炊出好運道

2

商季之 著

風文創 1253

目錄

第二十四章

「不。」鍾菱搖頭，坦誠道：「我討厭陳王，我在等他遭報應。」

這不像是鍾菱會說出的話。

她雖然有很多古怪的想法，但是在待人處世方面，一直都是包容友好的，很少有這樣顯露出憎惡的時候。

「妳和他……什麼仇啊？」

「算不上什麼仇吧，只是看不慣他。」鍾菱眉尾一挑，有些不悅的癟了癟嘴。「那日陳王來店裡，他看我的眼神就跟看什麼垃圾一樣。整個京城我最不樂意扯上關係的就是陳王了，我只是在為那些他迫害過的人打抱不平……」

提起陳王，鍾菱就好像變了個人似的，一副忿忿不平的樣子，像個一點就炸的炮筒子。

眼下她的心願一件一件的實現，連當初覺得最難攻破的鍾大柱，也做出了改變。

剩下的心事，便是那個將來會成為狀元的書生。雖然那是三年後春闈的事情，但是畢竟對手是陳王，鍾菱不覺得自己三年後可以和他正面抗衡，因此得早點想辦法才是。

祁珩對她來說，沒什麼距離感，反而對他有幾分不知從何而起的信任和依賴，鍾菱並不當他是外人，有些不便說給其他人聽的抱怨，也就對著他傾訴一下了。

最重要的是，祁珩是站在皇帝身後，站在陳王對立面的；而且他身處朝堂，看事情的角度敏感銳利，實在沒有比他更合適的傾訴人選了。

鍾菱對陳王的抱怨是一句疊著一句，祁珩根本一句話都插不進去，聽得一個頭兩個大，他就算是在朝堂上被群臣圍攻的時候，都沒有這般被動過。

「鍾菱……」他企圖開口插話，卻被鍾菱的聲音蓋了過去。

如此循環往復了三次，當鍾菱說到陳王強搶人妻的罪行時，祁珩受不了了，他無奈的抿了抿嘴唇，抬手掐住鍾菱的臉頰。他並沒有真用力，只是微微向上提了一下。

鍾菱臉頰上粉嫩的皮膚被指尖捏著，徹底被掐斷聲音，她被迫抬起頭，因為被掐著臉，紅唇微啟，她瞪著眼睛看祁珩，眼中滿是不可思議。

祁珩滿是歉意的朝著她笑了笑。「咱們吃飯的時候，就別聊倒胃口的事情了吧。」

他手上動作不重，聲音也是溫和的，但是莫名就教人覺得有一絲危險的感覺，從他身上散發出來。

鍾菱眨了眨眼睛，努力點點頭，保證自己會安靜。

可就在祁珩鬆開手的一瞬間，鍾菱眼中一亮，她猛地竄了起來，一個飛撲，伸手就要去掐祁珩的脖子。

鍾菱不是逆來順受的性子，可祁珩也不是吃素的，他察覺到鍾菱眼中光亮的時候，便知道她要幹什麼了。

他們之前在赤北村就沒少打鬧，尤其是鍾菱經常會欺負他腿腳不便，占點便宜就跑。只是祁珩剛能下地走路不久，便回京城了。

再見面時，他們一個是天子近臣，一個是掌櫃，都保持了幾分體面。可誰也不是能忍氣吞聲的性子，如今戰火一觸即發。

祁珩衣袖一翻，卻因為握著筷子的緣故，並沒有完全阻止鍾菱的動作。

鍾菱素白的手指剛碰到祁珩溫熱的脖頸，祁珩就在半空中捏住她的手腕。兩人就這樣僵硬的對峙著，從彼此眼裡看到了旗鼓相當的鬥志和笑意。

店裡剩下的一桌客人算是熟客，不是愛湊熱鬧的性子。他本就吃得差不多了，見了這邊的動靜，三兩口吃完了最後兩口飯，把錢留在桌子上，逃跑似的快步離開了。

鍾菱放鬆了繃得很緊的手指，扭頭看了那背影一眼，疑惑道：「他跑什麼？」

「大概是認出我吧，那是國子監的司業。」

還有什麼比吃飯碰到了隔壁部門的大主管，而且大主管還公然和食肆掌櫃動起手來更尷尬的事情嗎？

祁珩鬆開握著鍾菱手腕的手，一瞬間白皙的手腕上浮現出指印，很快便再無痕跡。就像什麼都沒發生過一樣，他們面對面坐著。

祁珩拿起了筷子，鍾菱給自己倒了一杯水。「妳是從哪兒知道陳王這麼多事情的？」

大部分是鍾菱在陳王府收集的，甚至她手裡還有一些陳王的「把柄」，只是上輩子的變故來得太突然，沒來得及用上，這輩子倒是可以好好利用一下。

鍾菱故作神秘的朝著祁珩招了招手，祁珩擰著眉頭翻了個白眼，卻還是向前湊了過去。

「陛下有意打壓陳王，那你們不會沒有打聽到，唐家有意投靠陳王吧？」

雖說祁珩表示過自己會尊重對方的「秘密」，但是他本能的還是正色幾分，習慣性的垂下了目光，眼眸裡光暗流轉，思緒飛轉。

鍾菱畢竟在唐家生活了這麼久，她會覺得有些不對勁的地方，也很正常，但是她對唐家的排斥有些太明顯了。

祁珩的「職業病」，鍾菱早就發現了，他真的很會串聯事件，並且保持邏輯清晰。

但鍾菱早已想好對策，她托著下巴，指尖搭在自己的臉頰上，輕聲說出了祁珩心裡所想的。「你在奇怪，為什麼我對唐家沒有一點親近之心？」

思緒被打斷，祁珩抬起眼眸。

他的眼裡並沒有鍾菱想像中的懷疑或者質問，只是平靜又溫和，像是堅定又帶著鼓勵的朝著她伸出了雙手。

「因為起了這心思的不是唐老爺子，而是唐之玉和唐之毅。唐老爺子沒有想背靠誰的意思，但他身體不好，所以蠢蠢欲動的，是唐之玉。」

祁珩恍然大悟。「所以妳是因為這個才決心離開唐家？」

「不全是，我當然是想要回到我爹身邊的。」鍾菱抿了一口茶水，接著說道：「我和唐之玉關係不算好，若是她掌權當家，定是容不下我的。一旦唐老爺子讓出了當家的位置，那我就會首當其衝，成為唐家送給陳王的一個……禮物。」

她語氣平靜，像是在說一件和自己不相關的事情，但是字字句句，都透露著她曾經的處境是多麼的危險。

「不知道陳王強搶的婦女，和平日裡喜好的伶人、舞女，你有沒有注意過。」鍾菱指了指自己的臉頰，一字一句道：「唐之玉知道，我這張臉，陳王會喜歡的；我身後代表唐家滔天的富貴，他也會喜歡的。」

她說完後周圍寂靜了一瞬，燭光將她的臉龐照得清晰明亮。

祁珩死死皺著眉，心臟的位置像是被誰捏住了一樣，鼓脹得有些難受。難怪她不喜歡唐家，走得這樣果斷，也難怪她討厭陳王。

祁珩忍不住想起了鍾菱那日在青月樓，妝容打扮之後顯得成熟清冷，極其有韻味，教人看過一眼就忘不掉的容顏。

按照他平日裡的辦事習慣，他一定不會只聽信鍾菱一人之言。

起碼，要去查陳王的喜好。陳王暗中接觸的官員、富商不少，唐家只是其中之一，因此他們並沒有那麼深入的去調查過；但是此刻，祁珩毫不懷疑的相信了鍾菱所說的。

一想到唐家想要把鍾菱送給陳王，祁珩就有些說不出的煩躁，他別開目光，胸口悶得有些喘不過氣來。良久，他喉結滾動了一下，聲音有些乾澀。「鍾叔知道這件事嗎？」

鍾菱搖搖頭。「他不知道，你也別告訴他啊。」

鍾大柱最近狀態不錯，難得的打起精神來要幫助孫六他們，鍾菱自然不想將他扯進來，讓他擔心太多。

祁珩長嘆一口氣。「我知道了，如今陳王在朝堂上的左膀右臂已經斬斷一半，接下來會把重心朝著他的經濟來源調查的。」

這就是鍾菱的目的。

她一個人單打獨鬥，不如借同一陣營的皇帝的手。她只要給出一個線索，以祁珩的敏銳程度，自然知道要怎麼去幹。不算利用，只是共贏罷了。

鍾菱悄悄鬆了口氣，和聰明人打交道很麻煩，但是這種時候又非常讓人覺得省心。

「快吃吧，菜都要涼了。今日蕓姨烤了一點改良版的棗花酥，要給你祖父和柳阿公帶回去些嗎？」

「不必了，他們這幾日出遊去了，等回來應該會第一時間就過來的。」

後廚沒什麼事情做，鍾菱就不急著走，她托著臉，有一搭沒一搭的和祁珩聊著。

但是祁珩有些心不在焉，看著對面明眸皓齒，言語細碎跳脫的鍾菱，他的胃像是被攥住了一樣，翻湧起一陣一陣的難受。

所有人都覺得，唐家養女風光幸福，可是她居然是頂著這樣來自同輩的惡意長大的，她能如此清晰的洞察到這一切，得多絕望難過啊。

這麼想著，祁珩沒吃幾口，便放下筷子。

鍾菱忙緊張的問道：「怎麼了？不好吃嗎？」

「沒有，胃有些不舒服。」

「你可能是作息太不規律了，那快別吃這大魚大肉了，我給你熬點暖胃的甜粥吧。」說罷她便站起身來，準備往後廚走去。

祁珩擺手，嗓子有些發緊。「不用了，改日再喝吧。」

他這反應……有些奇怪。鍾菱皺著眉把祁珩送出去，看他的腳步有幾分亂，倒是和剛才那個國子監的司業，有幾分相似。

祁珩走到馬車邊，朝著車伕低聲吩咐道：「不回府，去翰林院。」

鍾菱並不知道，她的幾句話，讓祁珩又跑回去加班調查唐家的事情了。

她揉著脖子，輕輕合上小食肆的門，有些不解的朝著後廚走去。

後廚裡眾人吃飯的吃飯，收拾的收拾，各忙各的，但當鍾菱走進來的時候，所有人都看了過去。

「怎麼了？」

眾人忙擺手。「沒事、沒事。」

怎麼大家都怪怪的……鍾菱皺著眉頭，臉上的不解越來越濃重了。

好在解惑的人很快就出現了。

宋昭昭輕手輕腳的走到她身邊，拽了一下鍾菱的衣袖，附在她耳邊輕聲說道：「剛剛我和鍾叔想端羊肉湯給你們，然後、然後……」

宋昭昭的小臉浮現一抹詭異的緋紅。「然後看見祁公子碰妳的臉，妳撲過去抱他。鍾叔就把我拽回來了……」

鍾菱的腦子轟的一聲炸開了，她脹紅著臉側過目光。鍾大柱倚著門框，正面無表情的看著她。

「不是啊！爹您聽我解釋！」

鍾菱解釋了整整一個晚上，她和祁珩只是在玩鬧，但是無濟於事，韓師傅他們一臉「我懂、我都懂，妳不用解釋了」的表情，笑咪咪的附和著鍾菱，但很明顯就是在敷衍她。

雖然他們不知道祁珩的真實身分，但是鍾菱和祁珩郎才女貌，在容貌上般配；最重要的是，兩人之間有一種是個人都能看出來的親密和熟絡。

韓師傅暗自將那日看見的陸青和祁珩比較了一下，還是覺得祁珩和鍾菱站在一起更般配些。

鍾菱放棄了解釋，她有些頭疼的扶著腦袋，走出了廚房。

後院裡，鍾大柱正坐在柴火堆旁，手裡捏著柴刀，長木塊夾在兩膝之間，一把木劍在他手下初具雛形。

「爹……」鍾菱捏著衣袖，朝著他走了過去，她真正在乎的其實是鍾大柱的想法。

只聽見鍾大柱沈沈應了一聲，他手上動作不停，在將劍柄打磨好後，才放下柴刀。他側過目光，看向鍾菱，眉眼間不再是一如既往的平靜，在月光下泛起了層層漣漪。

鍾菱第一次在他的目光中，看到了擔憂和思慮。

但是他沒有說出口，只是朝著鍾菱笑了笑。「妳雖已及笄，但是年紀還小，妳先想清楚自己是不是真的喜歡他。」

他頓了頓，似是在思慮什麼。「如今兩家條件還不太對等，等過上幾年……再談婚事吧。現在就算兩家都願意，但對妳來說，不太合適。」

言語之間，沒有反對，而是全心全意的在為鍾菱考慮。

這短短幾句話裡所蘊含的滔天父愛，迎面朝著鍾菱撲了過來，將她打了個措手不及。

「我……」鍾菱囁嚅著，不知道今晚重複了多少遍了。「我沒有喜歡他……」

「沒關係的，妳不需要思慮太多，只要確定自己心裡怎麼想的就好了，其他的事情，我會去解決的。」

在韓師傅還在喜悅鍾菱開竅的時候，鍾大柱已經在考慮更深層次的問題了。

他有些掙扎，不願回過頭去面對過去的事情，可是又想要給鍾菱最好的，起碼要讓她和喜歡的青年能門當戶對。

鍾菱有些回不過神。

當天晚上，她躺在床上，裹著被子，翻來覆去的睡不著。

腦子裡反反覆覆的，從盛夏時山坡底下的第一次見面，到後來小院子裡的日常，小食肆開業的那一天，青月樓裡……每一個畫面裡，都有祁珩的身影。

從一開始的鬥心眼，到後來展現出信任，那對外沈穩的青年，和她在一起的時候總是顯露出幾分閒適和幼稚。

鍾菱睜大眼睛，盯著窗臺上沐浴在月光下的蘭花，她終於對自己產生了一絲懷疑。

真的……沒有喜歡祁珩嗎？

鍾菱第二天起來的時候，哈欠連連，滿臉倦色。

在院子裡和宋昭昭一起洗菜的韓師傅有些詫異。「妳昨天晚上幹什麼去了？」

周蕓捧著粥小口抿著，隨口插了一句。「偶爾睡不好也正常。」

院子裡，鍾大柱昨夜削的木劍，眼下在阿旭手裡。少年終於可以不再用木棍，擁有一把像模像樣的劍了。他滿臉興奮，手上動作有力，將木劍揮舞得呼呼作響。

他也不再藏著掖著，而是每天一早就跑到小食肆開闊的後院練習。

小食肆裡的眾人對他的到來表示非常歡迎。

韓師傅夫婦還沒有孩子，他們瞧著阿旭勤快又懂事，看他的目光中都帶上幾分慈祥；周蕓就更不用說了，她剛失去了一個孩子，看著阿旭的時候眼裡都有幾分母愛在其中；宋昭昭還是個孩子，又怎麼會不喜歡多個玩伴呢？

鍾大柱不怎麼開口指導，只是看著，讓阿旭一遍遍的重複練習。

同樣需要練習的還有鍾菱。雖然小食肆裡紅白案師傅齊全，但是鍾菱沒打算就這樣從後廚抽身。

她充分利用後廚豐富的人才資源，做菜的時候跟著韓師傅學習技巧，閒著沒事就和周蕓一起揉麵團，學習醒麵、揉麵和開酥，順便研發新的菜品。

她還抽空給祁珩煲了粥，雖然反覆的否認和祁珩的關係，但是想到那日他說不舒服時的臉色，還是有些忍不住擔心起來。

她將唐家的消息透露給祁珩和他背後的皇帝，她只是說幾句話，但皇帝在背後就要花上無數的時間和人力去調查。祁珩現在肯定很忙，估計又要忙得吃不上飯了。

雖然有一點緋聞，但是無傷大雅，到底祁珩還是小食肆的股東，他的吃食上沒有打點妥當，鍾菱總會覺得自己這個掌櫃失職。

這麼一想，倒也沒那麼尷尬了。

於是鍾菱親自跑了一趟祁府送餐，並且請府中每天派人來小食肆取養胃套餐。

就在她出門的工夫，孫六拉家帶口的到了小食肆。

鍾大柱正在和孫六說話，周蕓抱著孫六的兒子逗弄，見鍾菱進來，孫六夫婦忙起身，連聲道謝。

「孫叔不必客氣，您是我爹的同袍，這是我應該做的。」

鍾菱剛走進院子，目光便被那十餘袋鼓鼓囊囊的麻袋給吸引住目光。

「這都是黃豆。」孫六解開一個袋子，抓出一把滚圓的金燦來。「這是地裡最後一波黃豆了，慌裡慌張的收割完，就全部運過來了。」

黃豆能做不少好吃的，這一袋子也夠吃過這個冬天了。

剛好阿旭還在，他是個有眼力見兒的，已經開始和韓師傅一起搬運起這數量不小的黃豆。

鍾菱將擺攤工具從角落裡搬出來，點上火，臨時調了些麵糊，給孫六和他的妻子示範。煎餅的難度本就不高，孫六和他的妻子試了幾次，便已經學會了。

「基本上就是這樣，備菜的工作，您可以來小食肆後院做，反正院子大著呢。」鍾菱拍了拍手上的灰。「茶葉蛋暫時還是我來煮，要是還有什麼問題，隨時可以問我。」

孫六和他的妻子忙點頭道謝。

鍾菱想了想，追問道：「對了，孫叔和其他的戰友還有聯繫嗎？他們若是要來京城，我可以提前去訂製些其他吃食的攤子。」

孫六忙道：「有的，有一個昆州的兄弟，剛聯繫上，他正在收拾家當趕過來。」

看來糯米飯攤子也可以安排上日程了。

鍾菱又聊了幾句，恰好宋昭昭在前面喊了她，探頭一看，是蘇錦繡來了。她客氣的朝著孫六笑了笑，忙招呼上周蕓，去和蘇錦繡聊天了。

看著她三步併作兩步的輕快背影消失在院子裡，孫六快步走到鍾大柱身邊，微微低頭，壓低了聲音道：「將軍，已經聯繫上楊毅了。他的妻子倖存了下來，或許會知道小菱在樊城裡經歷了什麼。」

在鍾菱忙碌的時候，鍾大柱也盡力的聯繫著倖存下來的赤北軍舊部，他想知道，樊城那役後，到底發生了什麼。

鍾大柱點點頭，餘光掃過正在搬黃豆的阿旭。他人還沒有那鼓鼓囊囊的黃豆袋子高，動作有幾分艱難，因為吃力所以臉色脹紅，但倔強和不服輸明晃晃的顯露在臉上。

「你抽空將赤北軍的那兩套入門拳法，教會他。」

「將軍！」孫六瞪大了眼睛，朝著鍾大柱一拱手。「這可是赤北軍不外傳的秘笈啊。」

皇帝之所以這麼執著的搜尋赤北軍的將士，除了圖名聲，更多的是為了只在赤北軍內部流傳的秘笈——護心鏡、獨特工藝的輕鎧，還有不曾外傳的拳法和劍法。

赤北軍的名頭難再復刻，但這些東西，都具有普適性，可以應用到每一支軍隊裡。

「怎麼，難道真的要帶著這些所謂秘笈就這樣入土嗎？」鍾大柱有些感慨的微微仰頭，看向那碧藍如洗的天空。「當年是朝廷背叛了我們沒錯，但是我們當時所圖為何？」

孫六下意識接道：「天下太平，安居樂業。」

鍾大柱輕笑道：「某種程度上，這願望如今已經實現了。現任帝王是個明君，他和我們當年面朝的，是同一個方向。」

「將軍……」孫六心裡那高築的城牆，因為鍾大柱的這一句話，有些搖搖欲墜。仇恨和苦難，讓他們無法感受到當下的太平；皇家和權貴對他們而言，也只是負面惡毒的象徵。而如今那把龍椅上的人是誰，他們並不在意。

「不能活在仇恨裡。」鍾大柱拍了拍孫六的肩膀，又指了指那賣力幹活的小小背影。「他是個有天賦的，好好教。」

孫六下意識的挺直了脊背，朗聲道：「是！」

行軍之人十年後依舊嘹亮的嗓門，惹得韓師傅和阿旭都詫異的扭頭看了過來。孫六忙低頭表示抱歉，察覺阿旭看向他的時候，那三白眼中，毫不掩飾的崇拜之情。

難怪將軍會對他這般上心，孫六暗自驚嘆，當真和赤北軍的風格有幾分神似。

和小食肆輕鬆愉快的場面比起來，忙活了一天的祁珩在回到家時，卻見到了個不願意見到的人。

那嬌俏的小姑娘坐在桌邊，兩腮鼓鼓囊囊，不知道在吃什麼東西。

祁珩本能的皺眉，待他跨進門檻，定睛看清桌上那口砂鍋的模樣時，臉色又陰沈了幾分。他語氣不善的呵道：「妳在吃什麼？」

「喝你兩口粥怎麼了？」那姑娘翻了個白眼，一點也不客氣的道：「這麼久不見，你為這兩口粥凶我？」

她語氣蠻橫驕縱，可祁珩似是已經習慣了，並沒在意。他艱難的自鍋底勉強舀出了一小碗粥，邊吃邊問：「妳自己回京的？」

「對呀！」小姑娘眨了眨眼睛，似笑非笑的看著祁珩。「回來解決婚事！」

「隨妳，別到處惹事就行。」

第二十五章

第二天一早，小食肆便熱鬧極了。

孫六躍躍欲試，一早就打算去擺攤了。而韓師傅不知從哪兒找到一個石磨，興致勃勃的開始折騰起黃豆。於是阿旭的晨間鍛鍊項目，就從舞劍，變成了力量訓練。

鍾菱捧著滾燙的豆漿，看韓師傅炒豆渣。

「一會兒豆腐做好，妳有什麼想做的菜？」

豆腐能做的料理可多了，像是魚頭燉豆腐、豆腐釀肉、香煎豆腐，還可以做些腐竹和油豆腐。

剛起鍋的油豆腐外表金燦焦脆，咬下去的時候還咯吱作響。在油溫的作用下，圓滾鼓囊的外皮裡是布滿氣孔的柔嫩，這使得油豆腐有極強的可塑性，若是和濃油赤醬的紅燒肉一起煮，吸收了鮮甜濃稠的醬汁，吃起來比肉還要香。

鍾菱當即便手舞足蹈的和韓師傅形容了一番這美味。

常規的菜交給韓師傅，鍾菱又開始琢磨起一些其他的創新吃法。比如說，豆漿涼麵。

記得以前煮海鮮麵的時候放點牛奶和豆漿進去，湯底便會更為醇厚香濃。

剛好鍾菱和周芸學了揉麵的技巧，涼麵的麵條需要纖細筋道，才能體現出獨特湯底的滋味來。

鍾菱立刻開始生火揉麵，她控制著手上的力道，在每一次拉扯的時候，仔細注意麵條的粗細情況。

周蕓一直站在旁邊，她沒有打擾鍾菱近乎虔誠的目光和動作，只是沈默的觀察著。

終於，鍾菱挑出一小把還算滿意的麵條，第一時間放進煮沸的水中。

麵條在水中翻滾躍動，在周蕓一聲「好了」的指令中，鍾菱迅速把麵條撈起來，浸入備在一旁的冰涼井水中，過了冷水的麵條會更筋道些。

鍾菱又拿來一只碗，簡單調了醬汁。其中的靈魂是兩勺醋和一點堅果醬，堅果醬是鍾菱自己研究出來的，堅果烘烤過後，再搗碎研磨，蘊含著整個森林秋日豐收的香氣。

這個季節不好找胡瓜，但是豆芽倒是有。倒入豆漿後，將已經涼透的麵條放入碗中，湯底是醇厚的乳白色，在上頭放一小撮脆嫩的豆芽和對半切開的雞蛋，賣相好極了。

周蕓身子不好，鍾菱不太敢叫她吃這過了涼水的麵，於是她將目光看向了韓師傅。

或許是對鍾菱的廚藝有了一些新的認識，韓師傅這次倒爽快的接過了碗。

豆漿都是一早現磨的，完美的展現了醇厚的口感，其中摻雜了堅果的芬芳香味和顆粒感，麵條浸潤在其中，入口的時候捲起了豆類和堅果油脂的香氣，筋道且極有韌性。

而最巧妙的是那兩勺醋，解了湯底過於濃稠可能產生的膩味，更添清爽。

韓師傅吃了一口麵，又喝了一口湯，朝著鍾菱點了點頭。「倒是有幾分新意。」

雖然冬日應當吃些暖和的湯麵，但是鍾菱還是興沖沖的把「豆漿涼麵」的牌子掛上了。

小食肆的門一直是開著的，此時還沒到飯點，但門口卻傳來一聲很輕的玉珮碰撞的聲音。鍾菱回頭，只看見一個年輕貌美的姑娘被一旁的侍女攙著走進來。

那姑娘衣著細緻講究，配飾齊全，卻又不張揚。水滴大小的耳墜雖然不起眼，但品相堪比貢品。

她的容貌氣度非凡，渾身上下處處展現著矜貴，舒展的眉眼中藏不住驕縱，一看便知道是富養出來的姑娘。

她尋了一張空桌坐下，眉尾一挑，看了一眼鍾菱。鍾菱愣神了幾秒，忙上前笑著招呼。

她是認識眼前這個姑娘的。

盧玥，江南出了名的富家小姐。京城有唐家，而江南有盧家。若是真要比起來，盧家比唐家底蘊豐厚，而且盧家是有爵位在的。

雖說是虛銜，但這就是唐家這些年求而不得的東西，也因此，唐之玉不惜與陳王勾結。

盧玥是盧家這輩唯一的女孩，盧、唐兩家在世人眼中，從來都是對立的，因此盧玥自小便被唐之玉視作眼中釘。

鍾菱前世見過盧玥。當時她和唐之玉在一起，忘了因為什麼事情，只記得唐之玉被氣得完全失態，而盧玥依舊是驕傲優雅，面色不改。

那一次的經歷，讓鍾菱對盧玥格外印象深刻。

盧玥掃了一遍菜單，隨口問道：「怎麼沒有粥嗎？」

「抱歉，沒有呢。」

小食肆的菜單上從來沒有出現過粥，盧玥的問話讓鍾菱有些疑惑，突然想到她昨天熬了一鍋粥，送去了祁府。難道……這盧小姐和祁珩有什麼關係嗎？

「不打緊，我就隨口問問。」盧玥擺擺手，隨手指了一下鍾菱剛掛上去的牌子。「先來一碗豆漿涼麵吧。」

沒想到開門第一單就是新品菜。

鍾菱很快就把豆漿涼麵端了上來，連帶著還有裝著山楂酥的小盞。

她這些日子跟著周蕓學習，天天都在烤糕點。天氣漸冷之後，門口的臨時糕餅攤便撤下了，因此若是某日糕點做的分量大的話，會放在店裡賣，如果數量少但後廚的大家又吃不完，就會送給客人。

盧玥是第一次見用豆漿做湯底的麵，她先是淺嚐了一口湯底的味道，在感受到那絲滑醇厚的口感後，才放心的拿起了筷子。

她吃了一小口麵，緩緩放下了筷子，拿起了山楂酥。

店裡有客人，就不能沒有人候著。宋昭昭正在幫著炸油豆腐，鍾菱便坐在店裡。

她在看見盧玥放下筷子的時候，心被提了起來。

只見盧玥斯文的咬了一小口山楂酥，細細咀嚼了好一會兒，嘴角有些止不住的揚起。她一抬頭，恰好和緊張兮兮盯著自己看的鍾菱撞上目光。

「小娘子，這山楂酥是哪位師傅做的啊？」

鍾菱有些摸不著頭腦，卻還是應道：「是我。」

似是有些驚訝鍾菱的回答，盧玥掩著嘴，誇讚道：「許久沒有吃到這樣對胃口的糕點，不知道店裡還有沒有其他的糕點。」

聽見誇讚的鍾菱總算是鬆了一口氣，她放鬆了幾分，解釋道：「只是偶爾烤些糕點，今日就只有山楂酥，您若是喜歡，我再給您拿一些。」

「那便有勞小娘子了。」

鍾菱轉身去了後廚。

盧玥的侍女小聲道：「小姐既是喜歡，為何不叫那小娘子到府裡來？」

「她身分特殊，不可能會願意的。」

盧玥喜好甜食，對糕點頗有研究。她在江南時，就將糕點鋪子和各大酒肆吃了個遍，然後想方設法的把糕點師傅挖到府中。

她昨日在祁珩那兒喝到的粥就很對她的胃口，只是祁珩似是生氣她喝了大半，怎麼也不說是哪兒買的。

盧玥最終還是問了祁府的管事，才會沒到飯點，就尋到小食肆來。她當然也從管事嘴裡知道了，鍾菱身分特殊的事情。

盧玥搖著頭感嘆。「她這樣的手藝，只是偶爾在食肆裡賣糕點，也太可惜了。」

盧玥此次進京城，是有長期留在京城的打算的。京城的糕點風格和江南略有些不同，難得碰到這樣合胃口的，怎麼也得想吃就能吃到才行啊。

鍾菱完全不知道自己被盯上了，她去後廚又取了幾塊糕點。

剛好後院在炸油豆腐，桌上又已經準備好了油酥，周蕓一時興起，便做了幾個荷花酥。正所謂敵人的敵人就是朋友，鍾菱非常樂意和盧玥結交，見她喜歡糕點，便也拿了兩個荷花酥出去。

荷花酥精美，又是剛出爐的，花瓣清晰透亮，層層分明。盧玥在江南見過類似的糕點，她重金聘請兼職的師傅也能做，只是論美觀的程度，還是眼前的這兩朵荷花酥更勝一籌。

一入口，才知道這外表的美麗，只是荷花酥最不值得一提的。

她從前吃到的，都是外表美麗，內在餡料卻平淡無奇。因此，她對這類漂亮糕點沒有興趣，但是這荷花酥一入口，便徹底顛覆她的固有觀念。

滿口馥郁的芳香讓盧玥睜大了眼睛，她嚥下嘴裡的東西，開口便詢問道：「這也是妳做的？」

「不是我，是另一位白案師傅。」

盧玥脫口而出。「妳這小食肆，有沒有打算分出一個糕點鋪子來？」

「啊？」

盧玥前腳從管事那裡打聽來消息，下人立刻就把盧玥找去小食肆的事情告訴了祁珩。祁珩輕嘖一聲，連飯都顧不上吃了，衣袖翻飛，朝著翰林院外走去。半路碰上了祝子琛，順路把他也帶上了。

畢竟盧玥雖然看著嬌弱，可實際上她在江南是凶名在外的。她是盧家這輩唯一的女兒，被慣得沒了邊，自小便是想要什麼就必須到手的性子。

若是鍾菱和她對上，不知能否招架得住。

盧、唐兩家互為對手，而鍾菱雖說是唐家養女，可是那成長環境，和盧玥根本無法比，盧玥的驕傲和底氣都是她自己給自己的。

想到這裡，祁珩的心裡更是急了幾分。他一路催促著車伕，終於到了小食肆的門口。祁珩一揮衣袖，下馬車後，一刻沒耽誤的大步朝著小食肆裡走去。

但在看清屋內的景象後，他的腳步一頓。

盧玥握著鍾菱的雙手，一副見了親人的樣子，熱切得都有些不像她了；而鍾菱完全沒有被強迫的樣子，她聽得認真，時不時還點點頭。

一個盧玥已經夠顯眼的了，加上祁珩和祝子琛，那更是不能在小食肆裡細聊了。

後廚在處理剛起鍋的油豆腐，熱火朝天的，鍾菱只好把他們帶到後院裡，在井邊搬了張小桌。

後院一直都是鍾大柱在打掃，乾淨敞亮，雖擺著洗淨的蔬菜和大桶豆漿，卻不教人覺得擁擠雜亂，反而有幾分富足的閒適感。

鍾菱去沏了一壺茶，轉頭就聽見盧玥和祁珩聊到一個非常敏感的問題。

「你們之間有過婚約?!」

祁珩撇了撇嘴，毫不猶豫的否認。「沒有。」

盧玥則是爽快的點頭應下了。「是啊。」

鍾菱的情緒在盧玥點頭的一瞬間，沈到了谷底，有一瞬間寒涼的濕意浸透了她的骨髓，教她一下子有些控制不住的心生幾分酸楚來。

可她依舊笑著，把茶盞放到桌子上。在座的每一個人都看得出來，她臉上的笑容勉強得快要繃不住了。

「鍾菱！」祁珩站起身，一把拉過鍾菱，將她拽著在旁邊的椅子上坐下。他沒有鬆開握著鍾菱手腕的手，開始埋怨道：「妳怎麼光聽她的，不信我啊！」

祁珩和盧玥算得上是青梅竹馬，盧家與柳家是世交，因為柳恩的關係，祁珩和盧玥自小就相識。

十年前動盪的時候，柳恩和祁珩的祖父在朝堂之上主持朝政，祁珩的父母也被捲入那一場政變之中而喪命。

祁珩一個人在府中，府中奴僕跑了大半，為了活命他被忠心耿耿的侍衛鎖在院子裡，侍衛們在外面拚死抗敵，卻忘了院子裡沒有任何吃食。

等到基本穩定了朝政的祁珩祖父回到家中時，祁珩已經餓得只剩一口氣了。

但是君主年幼，政局也只是暫時穩定，沒有人能抽得出時間來照顧這個半大的孩子，於是在柳恩的建議下，便將祁珩送去了江南。江南因為地理位置的緣故，並未受到太大的波及，依舊是一派山清水秀，溪流青瓦，滿塘荷花映天，宛若畫中的景象。

盧玥那時也才剛從京城祖父家返回江南不久，她在路上遇到山匪襲擊，幸運的是，剛好碰到前往樊城的赤北軍大部隊，因此獲救。

但是年幼的盧玥受到了驚嚇，成日躲在屋子裡不願意出來。盧家和柳家尋思著，就讓祁珩和盧玥多接觸，他們是同齡人，或許有共同語言。

如此一來，兩人便熟悉了起來。

祁珩到底年紀大些，心智也比一般同齡人成熟。當面對一個情緒比他還失控的孩子時，祁珩心中的那份責任感就升騰起來了。

是他告訴盧玥，吃甜食會讓心情變好。他一開始是買糕點給盧玥，後來就帶著她去買。

兩個孩子的變化讓柳、盧兩家都覺得驚奇，盧家兄長便開玩笑的提出過，給他們定一門婚事。當時的盧玥還小，不太懂其中的意思，但卻當了真，堅定的認為自己要嫁給祁珩。

只是在幾年後，朝政穩定後，祁珩就回到京城。在柳恩和祁珩祖父退居二線後，祁珩便投身科舉，開啟了忙得不可開交的公務生涯。

盧玥在祁珩離開後鬱鬱寡歡了一段時間，她年少時的經歷讓盧家人對她有求必應，江南自此多了一個驕縱的盧家小姐。

鍾菱捧著下巴，總算是搞清楚了情況。

「所以，只是年幼時候的玩笑？」

兩人齊齊點頭。

鍾菱這才鬆了一口氣，陽光似乎重新落在她的身上，整個人又重新注入了生機和活力。她細微的情緒變動，一點不差的被祁珩看在眼裡。

祁珩也跟著鬆了一口氣，扭頭看向盧玥。他板著臉，語氣有幾分重。「妳也是馬上要嫁人了，可別再對外說什麼婚事了，對妳的名聲不好。」

盧玥癟了癟嘴，她攤開手，欣賞自己的指尖，想要無視祁珩的話，卻被祁珩那沈穩的目光盯得發慌，只得應道：「知道了、知道了。」

雖然盧玥驕縱了一點，但她是個講道理的人，她能答應，就一定能做到。

鍾菱有些好奇的問道：「盧姑娘……要嫁人了？」

「嗯。」盧玥點點頭，她昂起了下巴。「家裡指定的，我這次進京城，沒有宣揚，倒是要看看，能被我兄長稱讚的人，到底如何。」

能和盧家這位小姐訂親的，估計也不是一般人，畢竟鍾菱剛問了一下，盧家的爵位雖無實權，卻也不低。關鍵是盧家有錢，誰娶了盧玥，那真的是下半輩子不缺榮華富貴了。

盧家有錢，而盧玥出手大方，和祁珩這種悶不吭聲買下清水街鋪子的低調不同，盧玥可是一上來就直接報價了。

她不只是空有錢，也真的懂經商的門道。鍾菱聽得一愣一愣的，要不是祁珩走進來，都已經要應下了。

盧玥想把隔壁的鋪子買下來，改建成糕餅鋪子。

祁珩皺著眉，聽盧玥用輕描淡寫的語氣，迅速規劃出從買店鋪到店鋪裝修的全部計劃。他問：「妳認真的？」

「當然是認真的！」盧玥揚了揚眉尾，語氣中有些得意。「省得阿兄整天說我只會花錢。思來想去我吃了這麼多年糕點，怎麼也算半個行家，開個糕點鋪子不是很正常嗎？」

祁珩轉頭問鍾菱，語氣明顯輕柔許多。「那妳怎麼看？」

鍾菱其實也有過這個想法，只是小食肆開張不久，雖說生意紅火，但是手上的錢還需要給祁珩一部分，不能全都花出去。

而周蕓雖然依舊表現出對製作糕點的熱愛，但是她畢竟小產後一直沒調養好，現在剛是需要休息的時候，體力怕是撐不起一家鋪子。

鍾菱自己也還要顧著小食肆這邊，不能全身心投入到糕點鋪子裡。

她把顧慮都說出來了。

盧玥抿嘴沈思了片刻，開口道：「不如，先讓我見見那位白案師傅？」

在小食肆的這些天裡，周芸的情況好了許多。因此，當鍾菱詢問她的時候，雖然她還有些不自在的拘謹，卻還是去見盧玥。然而在看見光鮮貌美的盧玥時，周芸下意識的想要遮擋臉上的胎記，脊背也非常不自信的越來越彎曲。

但是盧玥並沒有因為周芸的胎記和體態上的不自信，展現出任何多餘的神情。

她非常認真的誇讚了周芸的手藝，然後將自己想要擴展小食肆的計劃說給周芸聽。

自從嫁人之後，一路坎坷，早已丟失了年少時志氣的周芸，此時半天也沒有緩過神來。她抬起淚意朦朧的雙眼，聲音控制不住的顫抖。「您說，想要資助我開一家糕點鋪子？」

「不算是資助吧。」盧玥指尖在桌面上敲了兩下，她轉了轉眼珠子，迅速得出了一個完整的分潤計劃。「祁珩不是和小鍾姊姊一起開了小食肆？那我也可以和你們一起搭夥，鋪子我來買，年終的時候我們分成。」

周芸點頭答應了。

一直欣慰看著熱鬧的鍾菱，突然被拽進分成問題的討論中。「我為什麼也有分成？」

「因為妳做的山楂酥我也很喜歡。」盧玥朝著鍾菱挑了挑眉。「而且赤北軍於我有救命之恩，妳是赤北軍將士的女兒，我願意買下這個鋪子贈與妳。」

她輕描淡寫的，開口就是送鋪子。有錢，真好啊！

但是鍾菱堅決拒絕了。

她不想一直藉著赤北軍親眷的名頭得好處，有太多活下來的赤北軍和他們的家人們過得艱難，她如今衣食不缺，生活算得上富足，實在沒辦法接受盧玥的好意，良心上也過意不去。

最終在祁珩的調和下，眾人商量著，以年終分期的方式，來償還盤店鋪的錢。

盤下小食肆隔壁的鋪子需要盧玥去談，裝修也需要時間。現在就行動起來，應該能趕在春闈前開張，剛好也給了周蕓調養休息的時間。

聞聲出來的韓師傅聽說盧玥願意資助周蕓開糕餅鋪子，當即紅著眼眶對盧玥千恩萬謝。

在一片熱鬧的後院，祁珩輕輕拽了拽鍾菱頭後的毛領。「鍾叔呢？」

「他一早就出去了，不知道幹什麼去了。」

鍾大柱的行蹤，鍾菱從不過問，反正他只要願意出去，鍾菱都舉雙手贊成。「怎麼？你有事找他？」

「沒有，隨便問問。」祁珩猶豫了一下，他微微低頭，用只有他們兩個人能聽到的聲音道：「十號便是冬至了。」

鍾菱點點頭，她抬起目光，眼中有幾分的興奮之意。「我知道啊！看這幾天的天色，冬至那天肯定會下雪吧！」

不管見過多少次下雪，鍾菱還是很期待。

「冬至那日……不知道妳有沒有空？」祁珩停頓了一下，詢問道：「去清風山看梅花？」

鍾菱抬起臉，指了指自己，又指了指祁珩。「就我倆？」

「還有蘇姑娘、盧玥和汪琮他們，都是些熟人。」

踏雪尋梅，圍爐煮茶，說不定還能在雪地裡烤些吃食！鍾菱狠狠心動了。

「我想去！」她興奮的踮了下腳，嘴角止不住的揚起。「那我到時候安排一下那日的吃食，你們有什麼想吃的也可以提前告訴我！」

向來是在雪地中圍爐煮茶的，但是祁珩想了想，以鍾菱的性子，炭火都點上了，她肯定不會只滿足於烹茶溫酒。反正都是熟人，到時候讓她隨意發揮好了。

她總能帶來無限的驚喜，只是想想，就讓人對即將到來的冬至充滿期待。

被留在店裡的祝子琛雖然不知道祁珩把他帶出來幹什麼，但他已經吃飽了，此時滿臉饜足的跟在心情大好的祁珩身後，準備回翰林院。

臨上馬車前，盧玥喊住了鍾菱。「對了，鍾姊姊。」

她微微蹙眉，有些不悅。「有件事我得和妳先說一聲。我雖長居江南，但在京城裡，和唐家的唐之玉不對盤，她若是知道這鋪子有我一份，怕是要來找麻煩。」

很顯然，盧玥來之前沒有對鍾菱的身分做全方位的調查，又或是，鍾菱小食肆掌櫃、赤北軍女兒的身分，如今已經蓋過了她曾經是唐家養女的標籤。

「沒事的。」鍾菱朝著她笑了笑。「唐之玉嗎，我能對付的！」

第二十六章

在鍾菱應下祁珩冬至邀約的第二天，京城便撲簌簌下起了小雪。

鍾菱在梳頭的時候，聽見房門被敲了兩聲，鍾大柱的身影出現在屋外。

「外面下雪了。」

鍾菱哪還顧得上梳頭啊，她把素簪往髮間一插，胡亂扯過一件粉白色繡如意花紋的對襟長襖，抬腿就往外跑去。

天空灰濛濛的，潔白的雪花打著旋，輕盈優雅的落下。這只能稱得上是一場小雪，院裡翠亮的竹葉上只是蒙了一層白霜，並沒有積雪，但是這也足夠鍾菱興奮了。

剛從燒著炭的屋裡出來，她的臉頰上還殘留著溫暖的緋紅。她仰著頭，睜大眼睛，滿懷欣喜和期待，看著雪花從天上悠悠落下。

她就這樣安靜的站在院子中央，一言不發，卻滿含生機和希望。

鍾大柱失神了一瞬，還是出聲將鍾菱喊回了屋裡。「別凍著了。」

只是在院子裡站了一會兒，鍾菱便覺得裸露在外的手指和耳朵，被寒風吹得有些發麻。雖有些不捨，但她還是裹緊了衣裳，聽話的回到屋裡添衣裳。

可惜這場雪只短暫的下了一會兒，灰濛的天空很快就裂開一條縫隙，露出碧藍，傾灑下陽光。除去殘留在枝葉、青瓦上薄薄的一層晶瑩剔透，這場初雪就此結束在這個冬日早晨。

雖然短暫，但依舊讓鍾菱心情大好。

她吃過早飯之後就開始揉麵，準備在今日試賣餃子。

鍾菱小時候聽過冬至吃餃子，一整個冬天都不會凍耳朵的故事。雖然離冬至還有些日子，但是下雪的時候吃餃子，也是頗有儀式感的。

她一邊揉麵，一邊將這個故事說給宋昭昭聽。剛好宋昭昭從外面進來，耳朵凍得通紅，正用掌心捂著凍僵的耳朵，聽完當即表示自己一會兒要吃一大碗餃子。

不知是不是因為這場雪，鍾菱覺得，屋外的溫度比平時要低一些。

哪怕是這樣的天氣，阿旭依舊站在院子裡打拳。這是孫六教給他的第一套拳法，阿旭學得認真，也練習得勤快。

即使是兩世為人的鍾菱，有時候都很欽佩阿旭這個年紀所擁有的耐心和毅力。

剛好第一屜餃子起鍋了，是最簡單的豬肉白菜餡餃，韓師傅和鍾菱一起調的。

白菜鮮甜爽口，豬肉鮮美。因為天氣冷，肉餡放在屋外凍了一小會兒的緣故，蒸過之後，飽含滾燙充盈的汁水，是很家常但是美味的味道。

鍾菱只吃了一個，就放下筷子。

研發新菜色的時候什麼都只能吃一點，要不然很快就會吃撐了。而且餃子想要玩出花樣來，有太多可能了。

見這一屜餃子這麼多，鍾菱便將阿旭叫了進來。

天氣漸冷，小食肆眾人今日都多少加了一、兩件的內襯或外搭，但是阿旭依舊是昨日那身灰撲撲的舊棉襖，顯得本就在抽高的少年，有幾分單薄。

阿旭是個有原則的，即使現在和小食肆裡的每一個人都相熟了，但他依舊不幹活就不來吃飯。他每天早上幫忙洗菜打掃，然後借場地練習，練習完後，他祖母會在家等他吃飯。

「別客氣、別客氣。」鍾菱一把把阿旭推到桌前。「今早的菜可是你洗的，快吃快吃！」

小食肆試菜的時候分量一向很大，他是知道的，但看著在寬口大盤裡，皮薄餡多，微微透亮的餃子，阿旭有一瞬的不知所措。

見他沒有動靜，鍾菱直接開始動手打包了。「你幫著我們打掃了這麼久的後院，也沒有好好請你吃過飯。今天天氣冷，叫你祖母不要做飯了，不嫌棄的話吃餃子吧。

「若是不喜歡豬肉白菜餡，一會兒還有別的呢。」

阿旭難敵鍾菱的熱情，他只得抱著盤子，輕聲道謝。

因為冬至和祁珩有約，所以重頭戲的餃子菜單，鍾菱得在這幾日琢磨出來。

餃子可以水煮，滾燙的鮮湯暖胃；也可以蒸熟，蒸餃晶瑩剔透，賣相極好，保留內餡的鮮美和餃子的外形；煎著吃則能體驗到更為豐富的口感，將焦脆和柔嫩一網打盡。

而內餡的選擇也有很多，白菜豬肉、韭菜雞蛋、馬蹄鮮蝦……這還只是鍾菱能想到的，最能被大眾接受的口味；至於那些奇奇怪怪的創新料理，她還要再研究一下。

餃子的外形也不能只拘泥於一種，鍾菱已經和周蕓商量過，準備染個綠色的麵皮，做個綠白相間，白菜狀的餃子了。

從前鍾菱學校包餃子的活動，向來有在餃子裡藏硬幣的傳統，誰吃到這個硬幣，一年都可以一直好運下去。這樣有趣，又能獲得小幸運的活動，鍾菱自然不會放過。

只是如今要放銅板，怕顯得有些不乾淨。她思來想去，將鵪鶉蛋包進餃子皮裡，肉餡填充得飽滿，倒是和普通的餃子看不出區別。

韓師傅已經開始嘗試不同的餡料了，鍾菱抽空畫了一個宣傳板，只要吃到「幸運餃子」的，這頓飯就免單。

這種行銷手段，很難有食客能抗拒。誰都會覺得自己是那個幸運兒，何況不過一頓餃子錢，成本不高，值得一試。

水餃的湯倒是沒再用清湯了，容易喧賓奪主，失了餃子的美味。

韓師傅拿大骨熬了一鍋奶白色的湯，醇厚鹹香之中，帶著能抵禦寒冬的粗狂和豪邁。從寒風中走進燒著炭的小食肆，喝上一口這大骨湯，直接從舌尖一路暖到胃裡。

鍾菱也沒忘了給祁珩和盧玥這兩位金主送一份餃子。

因為天氣太冷了，不管哪種烹飪方式，都沒有辦法久放。鍾菱只能打包了生的，送到他們各自的府上再加工。

蘇錦繡其實也很久沒有來了，她的錦繡坊似乎和宮中的繡坊有接觸，加上最近京城冬衣的訂單不少，整個錦繡坊忙得不可開交。

錦繡坊離小食肆近，鍾菱就自己跑了一趟，送了蒸餃過去。

待她回來的時候，剛好碰上阿旭。他抱著一個裝滿大白菜的背簍，腳步穩當的朝著小食肆的方向走來。

看見鍾菱時，阿旭眼睛一亮，忙道：「祖母要我謝謝妳！」

白菜打過了霜，正是最清甜脆爽的時候，在陽光下反射著水潤的光澤，一看就是精心照料著的。

阿旭這般有原則，大概也是受了他祖母很大的影響。

正好這幾日做白菜餡的水餃，需要用到大白菜，鍾菱沒有和阿旭客氣，收下這一背簍的白菜。

此時還沒到正午，但陽光已經很燦爛了，溫度雖不高，陽光帶著些反常的灼熱。那些牆角、廊下，雪落的痕跡和水漬已經全部消失不見了。

站在陽光下有些暖意，但是迎面吹來的風卻寒涼刺骨。尤其是走了一大圈，出了一身薄汗後，哪怕是再細小的一縷風，都教鍾菱直打哆嗦。

她沒有一點猶豫的鑽進了店裡，又將炭火生得更旺些。

中午進店的客人不少，大部分人都點了餃子，畢竟「幸運餃子」還是挺吸引人的。餃子有蒸、煮、煎三種做法，給足了食客選擇的權力。

第一個吃到「幸運餃子」的食客，算是個熟人。是汪夫人，汪琮的母親。她點了一份豬肉白菜的蒸餃，在意識到吃到不一樣的餡料時，她招呼來了鍾菱。

鍾菱當即就宣布汪夫人這一桌免單，惹得其他的食客投去羨慕的目光。這一桌飯錢是小事，但是幸運的名頭顯然更讓人心動。

得了幸運頭銜的汪夫人心情大好，走的時候還給汪琮帶了一份煎餃回去。

很快就有腦子活絡的書生反應了過來，汪夫人點的是蒸餃，那後廚一般不會在一屜蒸籠裡放兩個幸運餃子。他的話得到了很多食客的認可，於是水餃和煎餃的訂單立刻多了起來。

鍾菱一直坐在櫃檯，看眾人分析，笑咪咪的沒有說話。

等到她點完單，轉頭進了後廚，立刻在蒸餃裡，放進了一個幸運餃子。

這一天下來，共有五個人吃到了幸運餃子，他們每個人都是紅光滿面，帶著滿足感吃完這頓飯。

到了晚上，慕名而來的食客就更多了。

鍾菱想了想，覺得幸運餃子的幸運刺激程度，還有些不太夠。反正京城的冬季很長，餃子還能賣很長一段時間，可以再開發新的玩法。

但是歸根究柢，空有噱頭是不夠的，餃子的味道好，才能吸引回頭客。

可能是受祁珩這個工作狂影響，又或者是想要快點把餃子開發工作完成，可以安心出去玩，鍾菱一個人在後廚待到了很晚。

等她揉著眼睛，鎖好小食肆的後門，準備回去睡覺時，在清水街盡頭，那夜間京城最為繁華的方向，隱隱傳來嘈雜的聲音。

鍾菱頓住腳步，站在巷子裡，朝著那方向望去。

綴著點點繁星的夜幕之下，濃厚的煙霧翻湧著從平地騰起。在灰色煙霧之下，隱約可見火光的輪廓。

她的瞳孔猛地一縮。

韓師傅、韓姨、周蕓和阿旭他們，就住在那個煙霧濃郁的區域……

鍾菱只來得及胡亂拍了幾下院子門，高呼兩聲「著火了」，便顧不上等鍾大柱出來，轉身就朝著濃煙滾滾的方向跑去。

鍾菱從來沒有跑得這麼快過，耳邊呼嘯著寒風，不安的心跳聲一下一下撞擊著耳膜，那些越來越近的哭喊和呼救聲，她聽得一點也不真切。

每一次呼吸都有冷冽的風灌進胸膛裡，隨著呼吸的起伏，細密的冰刃都在切割著血肉。跑過這短短幾百步的小路，鍾菱的腦子裡亂糟糟的，悲傷混沌一片，卻凝結不出一個具體的形狀。

韓師傅、韓姨，還有相處不久卻一見如故的周蕓。

他們對鍾菱來說，不只是小食肆的頂梁柱，更是她的家人。在日復一日的相處之中，將她前世所有的遺憾和愧疚全部治癒。

越往前跑，煙霧越發濃重，穿過遠遠圍觀的人群，越來越多捂著口鼻，半身灰黑的人從煙霧中衝出來。

灼人的黑煙裡有一種令人窒息的顆粒感，鍾菱下意識的皺眉。眼前的畫面雖有些模糊，但她沒有放過每一個人的面容，企圖找到熟悉的人。

起火的範圍有些大，火光映紅了半片夜空，已經有軍巡鋪提著水袋在濃煙中來回穿梭。鍾菱的腳步被撲面而來的熱氣和濃煙逼停，她大口喘著氣，有些無措的環顧四周，但是都沒有她要找的人。

當朝人雖有夜生活，但大部分第二天要上工的普通百姓，還是習慣早睡。這個時間點，大部分人都已經歇下了，此時背著火光往外逃竄的，大多衣衫單薄，頭髮凌亂。

鍾菱喘著粗氣，目光一刻不停歇的盯著那濃煙滾滾的巷子。

距離起火已經有一段時間了，往外逃離的人逐漸變少了。

鍾菱的一顆心徹底的被吊在喉頭，她只覺得胃裡翻湧著噁心了起來，一股令她難以承受的恐懼攀爬上她的肩膀。

世界上最殘忍的事情，莫過於從一無所有，到擁有了一切，最後又什麼都失去了。

火焰燃燒的黑色絮狀物輕飄飄的在空中打轉，像是一場下在夜色裡的黑色的雪。

那從巷子裡傳來的，噼哩啪啦的，是火焰燃燒的聲音。張牙舞爪的在夜色中叫囂著，不斷吞噬著周圍的生機。荒誕又悲哀，像是來自地府的鎖鏈，圈住了這一小塊區域。

鍾菱抹了一把臉，抬起腿準備跟在那提著水袋的軍巡鋪士兵身後，衝進泛著火光的煙霧中。

就在她邁出步子的一瞬間，那已經許久沒有動靜的黑煙裡，有兩個相互攙扶的人，快步走了出來。

在看見熟悉的身影時，鍾菱的心猛地跌落了下來，她腳下一軟，險些就跪倒在地。

韓姨和周蕓雖然半身灰黑的煙灰，但是看起來精神狀態還不錯的樣子。她們用帕子捂著臉，在看見鍾菱的時候，加快了腳步。

「別哭啊，別哭。」韓姨一把拉住了就要滑落到地上的鍾菱，抬手替她擦了擦臉頰。

周蕓鬆開帕子，拍著鍾菱的肩膀，大口呼吸著，臉上滿是劫後餘生的慶幸和後怕。

鍾菱這才意識到，自己不知何時已經淚流滿面了。她急切的張嘴想要說什麼，卻因為嗓子堵得厲害，什麼聲音都沒發出來。

韓姨知道她想問什麼，忙道：「老韓也沒事。」

她話音剛落，韓師傅的身影便從濃煙裡走出來。

韓師傅並非空手，他一隻胳膊夾著阿旭的腰，有些艱難的制止著像條鯉魚一樣，不斷掙扎的阿旭，腳步飛快的走到她們面前。

韓師傅沒有第一時間放下阿旭，他身上一片污黑，一張嘴便有一團黑煙在臉上散開。他被黑煙堵了嗓子，一時間止不住的咳嗽起來。

周圍有不少圍觀的人，有不少好心人幫著攙扶從火中逃出來，驚魂未定的人們。見韓師傅咳得厲害，有人舀了一碗井水，遞給了他。

韓師傅頷首道謝，接過了碗卻沒有喝，而是放下阿旭，掰開他的嘴，不管他的掙扎和抗拒，硬是給他灌了下去。

周圍一片混亂的場面，在那些嚎天喊地的聲音中，韓師傅這異常粗暴的行為，並沒有引起任何人的注意。

等到給阿旭灌了兩口水後，韓師傅按著他，仰頭將碗底最後一點水喝乾淨。

鍾菱忙接過空碗，還了回去。

恰好這時，宋昭昭和鍾大柱也趕了過來。宋昭昭手裡拿著斗篷，第一時間就給衣裳單薄的韓姨和周蕓遞過去。

見眾人都沒事，鍾菱這才鬆了口氣，但是當她的目光看向阿旭的時候，一顆心又被架在了火上，焦灼不安起來。

阿旭的情況實在是太反常了，他向來是像孤狼一樣冷靜的，此時卻完全紅了眼，若不是韓師傅一直控制著他，他就已經朝著火場裡衝去了。

鍾菱記得，阿旭是和祖母一起生活的。但是鍾菱一直守在這巷子最靠近火光的地方，她並沒有在逃出的人群裡，看到阿旭的祖母……

韓師傅有些痛苦的閉上了眼睛。「我們跑到門口的時候，梁柱砸下來了……阿婆走慢了一步，被擋在裡面。」

在那生死一瞬的時刻，阿旭剛好站在梁柱下，危急關頭，是他的祖母推了他一把，將他徹底推出院子外，而自己卻因為絆了一下，失去了逃出的可能。

阿旭在反應過來的一瞬間，就瘋魔了似的要往火場跑去。

火勢蔓延到隔壁的院子，房屋結構也受到影響，那熊熊的火光和逼人的溫度，讓韓師傅不敢再停留。他只能讓韓姨和周蕓先走，然後一把抄起阿旭跑了出來。

「我要去找奶奶！」

阿旭眼眶通紅，他似是瘋魔了一般，掙扎的時候一口咬在韓師傅的手上。在韓師傅吃痛鬆手的一瞬間，他猛地就朝著煙霧裡跑去。

還沒有來得及反應過來的鍾菱一驚，她忙轉身要追，但是她身邊的鍾大柱反應更快。

沒等阿旭衝進煙裡，鍾大柱已經一把抓住他的衣領，像是拖著一隻幼崽一般，將他拽了回來。

阿旭的手指繃得很緊，死死摳在鍾大柱的手掌上，企圖掙脫。

但是鍾大柱面色凌厲陰沈，是真的狠下了心。

阿旭怎麼可能敵得過鍾大柱的力氣，他掙扎著被鍾大柱拖了一路，滿臉淚水，啞著嗓子叫道：「我得去救我奶奶，那是我奶奶啊！」

鍾大柱一路將阿旭拖到牆角，他剛一鬆手，阿旭就又撒腿要跑，然後又被鍾大柱一把拽住衣領，重重的摁在牆上。

鍾大柱手上沒有收勁，那砰的一聲，不僅是阿旭疼得小臉皺成一團，就連站在旁邊看著的鍾菱都一哆嗦，只覺得脊背一陣發疼。

似是意識到了自己和鍾大柱的力量差距，阿旭放棄掙扎，他抬起一雙通紅的眼睛，滿眼淚水的哀求鍾大柱。

「我真的不能把她一個人留在那裡。我得救她真的，那是我奶奶，把我養大的奶奶！「所有人都不要我的時候，是她沒有放棄我，我不能在這個時候為了活命放棄她！」

他來來回回的，重複著這幾句話，情緒激動。

鍾大柱提著阿旭的衣領，逼得他抬頭直視自己。他啞著嗓子，低啞的嘶吼道：「鋪兵已經在滅火了！你現在進去就是送死！除了耽誤救人，什麼都做不了！」

這話像是驚雷一般，劈在阿旭的頭頂上，他一直抗拒的手臂慢慢垂了下來，眼神中的衝勁和狂熱，也逐漸散去。他的目光呆呆愣愣，失去了光彩。

恰好這時，孫六腳步匆忙的跑了過來。

他住得離清水街有些距離，一路跑著到小食肆，又在已經護送著韓姨和周蕓回去的宋昭昭那裡打聽到鍾大柱的去向，這才趕了過來。

「大哥！」

鍾大柱回頭瞥了他一眼，鬆開攥著阿旭衣領的手。

誰知剛剛還雙目無神的阿旭，一瞬間復活了一般，手腳並用的轉頭又要跑。他的動作徹底激怒了鍾大柱，鍾大柱手上再沒收著力氣，一把將阿旭扯回來，趁著阿旭還沒從慣性裡站穩腳步，抬手就是一巴掌。

阿旭被打得側過臉去，他往後跌了幾步，在靠著牆壁的時候，緩緩滑落下去。見他終於歇了要跑的勁頭，在場的所有人都鬆了一口氣。

鍾大柱回頭給鍾菱遞了一個眼神，朝著孫六一招手，毫不猶豫的朝著濃煙中快步走去，他們倆的身影很快就消失在視線範圍內。

那孤勇決絕的背影，讓鍾菱滿是憂慮的盯著巷子看了好一會兒。雖然以前就瞭解赤北軍將士的作風，從前只覺得偉大，但是真到這一時刻，鍾菱滿心滿眼的，只有擔心。

阿旭還坐在牆角，小狼崽像是受了重創一般，一動也不動。他身上只穿了一件單衣，黑色絮狀物圍著他紛紛揚揚，讓他看起來脆弱得好像下一秒就要跟著飄走了一般。

此時顧不上其他了，鍾菱脫下身上的對襟褂子裹住阿旭，用力的揉了揉他的頭髮。「我爹會把你祖母帶出來的，你要相信赤北軍的士兵！」

過了很久，阿旭才回過神，緩緩抬頭。

鍾菱的狀態其實比他好不到哪兒去，她眼眶通紅，臉上沾染了煙灰，狼狽極了。但是她的眼裡，依舊保持著幾分鎮定和希望。「我們一起等他們回來。」

現場的情況已經大致控制住了，除了軍巡鋪的士兵們，還有禁軍的身影，估計已經層層上報，開始調動不同部門的人手來處理了。

那些慌亂逃出的居民們，也被帶去臨時安置的地方，先湊活著過了這一夜。

而周圍圍觀的人，見火勢已經逐漸控制，大多打著哈欠回家了。

終於，在鍾菱的焦慮擔憂即將爆發的時候，鍾大柱和孫六從濃煙消散不少的巷子裡走了出來。

孫六的背上，揹著一個年邁的婦人。

一直處於失魂狀態的阿旭猛地跳了起來，他顫抖著手去探祖母的鼻息。

第二十七章

在探到溫熱鼻息的瞬間，阿旭欣喜若狂的回頭看了一眼鍾菱，但下一瞬，他渾身的力氣都被抽走了似的，跪倒在地上。

阿旭的祖母不知是不是吸入太多煙塵的關係，一直昏迷不醒。鍾菱簡單的給老太太清理了一下口鼻，確保呼吸能夠通暢，不被堵塞。

小食肆沒有馬車，平日裡都是蹭祁珩家的。無奈鍾菱只好向禁軍求助，借來一輛馬車。鍾菱和韓師傅一起，將阿旭的祖母送去梁神醫大弟子開在京城的醫館。

至於孫六和鍾大柱則留在現場。

由於這場火波及的範圍太大了，哪怕第一時間調動了禁軍，也還是忙不過來，光是要撲滅火，都用了好一會兒工夫。

這塊區域，前面是勾欄瓦舍，後面是密集的住宅區。有不少人因為離起火點太近，或者睡得太沈，沒有來得及在第一時間跑出來。

既然碰見了，就沒有袖手旁觀，見死不救的道理。

韓師傅揹著阿旭的祖母，鍾菱拽著失魂落魄的阿旭趕到醫館。

京城中起了這麼大的火，醫館自然也不會閒著，已是燈火通明，也有不少大夫揹著藥箱出門了。見鍾菱等人帶著一身煙灰衝進來，梁神醫的大弟子迅速察看阿旭祖母的情況。

他們誰也沒帶錢，甚至狼狽且衣衫不整，每個人臉上都帶著驚恐和疲倦，韓師傅簡單的說了當時的情況。

「提前用布巾捂住口鼻，為她爭取了很多緩衝的時間，加上之後清理了鼻腔，處理得很及時。」梁神醫的大弟子一邊檢查，一邊很快就得出了結論。「但是她畢竟年紀大了，吸入太多濃煙，恐怕一時半刻醒不來。」

此話一出，阿旭腳下一晃，搖搖欲墜得有些站不住。

梁神醫的大弟子招呼了一個女學徒過來，讓她替阿旭祖母清理身上的煙灰和衣裳。他看了一眼面如死灰的阿旭，將詢問的目光投向鍾菱。

鍾菱抿著嘴唇，輕輕搖了搖頭，開口問道：「那要多久才能醒來？」

她知道大夫是什麼意思，阿旭還是個孩子，如果要瞞他，可以用更為溫和的說法，讓孩子能接受。

但阿旭不是一般的孩子，他心智成熟，堅韌懂事；更何況，鍾菱並不想瞞著他，他有權利知道祖母的情況，也需要根據實際的情況自己做出判斷。

這一夜之後，他已經不再是孩子了。

「很難說。」可能會再也醒不過來了。

最終，阿旭的祖母被留在醫館，在大夫照顧下，她甦醒的可能性會更大一些。

鍾菱再三謝過梁神醫的大弟子，答應會在天亮後就把診費送來。

馬車是向禁軍借的，還是要趁早還回去。

夜色深沈濃稠，本該寂靜的街道，此時依舊人來人往，腳步匆忙。

隨著士兵不斷從一片狼藉的火場裡，將生死不明的人抬出來，悲切的哭聲此起彼伏，穿透夜色，聽得人不禁悲從中來。

鍾菱的胸口堵得難受，她不願多停留，和禁軍士兵道謝，攬著阿旭，朝著小食肆走去。

阿旭身上還裹著鍾菱的對襟粉襖，他行屍走肉一般的被鍾菱帶著往前走，目光呆滯空洞。半邊臉上挨的那個巴掌，此時紅腫發脹，看起來可憐極了。

這條來時快步跑過的小巷，往回走的時候，好像長得走不到頭。

腳步越發沈重，一直到看見後廚明亮的燈光，和站在外面滿心擔憂等待的宋昭昭時，鍾菱的心口這才打開一道小口。

「姊！」宋昭昭像是一隻雛燕一般，一頭就朝著鍾菱懷裡撲去。她的手臂緊緊環住鍾菱的腰，身軀止不住的顫抖著。

「好了好了，我們都好好的。」鍾菱用力的回抱了一下宋昭昭，又捧起她已經長了不少肉的臉頰，用力揉搓了兩下。「進去吧，別站在外面吹灰了。」

因為風向的原因，濃煙之下的煙灰，紛紛揚揚的四處飄散，描繪出冷冽寒風的形狀。

「快進來吧，喝一口薑湯。」韓姨已經換了衣裳，雖是滿臉的倦意，但在看見眾人的時候，臉上的笑意卻是發自內心，怎麼也藏不住。

薑湯是周蕓熬的，鍾菱一口氣喝下一大碗，當滾燙的辛辣一路從舌尖蔓延到全身，她才後知後覺的開始感覺到皮膚上的冰冷，渾身的肌肉也開始叫囂，痠痛得抬不起來。

大家一人一桌的坐在店裡，沒有說話，或喝湯、或發呆，各自消化著內心的情緒。

後廚裡還有不少水餃，周蕓給鍾菱拿了幾個，但還沒送到嘴邊，只是聞到餃子的味道，鍾菱的胃裡就一陣翻騰，她不能控制的乾嘔了一聲，忙丟下筷子，快步朝著門口走去。

鍾菱蹲在小食肆門口的溝渠邊，一手握拳，死死抵著自己的胃，好半天才緩過神來。

那段被遺忘的樊城往事似乎又被觸動了。

尖叫聲、哭喊聲，視線範圍內的黑暗，還有……近在咫尺的死亡。這一切都讓鍾菱感到恐懼，尤其是在鍾大柱還沒有回來的情況下。

鍾菱怔怔的看著溝渠裡不再清澈的溪水，心中一陣的酸楚。不知為何，明明是面對過死亡的人，這個時候反而比誰都懼怕。

一陣腳步聲在小食肆門口停頓，陸青看見縮成一團的鍾菱，試探著喊道：「鍾姑娘？」

鍾菱抬頭，她的眼神有些迷離，過了一會兒才聚焦，認出面前的人。「陸統領。」

陸青身邊跟著幾個士兵，他們看起來狀態非常不好，滿臉的灰黑，像是在泥潭裡打過滾一樣。就連陸青自己身上的鎧甲，都有火燎的痕跡。

「鍾姑娘，天色陰沈，怕是後半夜要下大雪，妳進屋去，別待在外面。」

就像證實他的話一樣，一陣寒風呼嘯而過，那幾個士兵一連打了好幾個哆嗦。

鍾菱扭頭看了眼起火的方向，眼中的擔憂越發濃重。「陸統領，店裡還有餃子和薑湯，您讓士兵們路過的時候，進來喝一碗、墊墊胃。」

陸青自然拒絕，但是小食肆的位置確實在救災途中，而且鍾菱非常堅持，說著她爹也在其中救人，多一個士兵存續體力，就能盡快趕赴救援。

這一場救援是持久戰，陸青最終還是答應了。

在鍾大柱沒有回來之前，鍾菱沒有辦法安然去休息。為了避免自己胡思亂想，也避免那些莫名的回憶又開始叫囂，鍾菱必須給自己找點事情做。

宋昭昭也擔心鍾大柱，執意要等他回來。韓師傅勸著韓姨和周蕓先去休息了，阿旭不肯去休息，就跟在鍾菱身後打下手。

他們合力將大鍋搬到店鋪外，在路邊生起火。一旁的桌上，擺著一大疊白瓷碗和筷子。

很快就有灰頭土臉的士兵尋了過來，禁軍的士兵紀律嚴明，訓練有素，安靜的自發排成隊。

他們吃東西的速度也很快，站在那裡三兩口就吃完餃子，也不用洗碗，直接就將吃得乾乾淨淨的碗，遞給下一個兄弟，走之前，也沒有忘記朝著鍾菱抱拳，鄭重道謝。

就像陸青所說，周圍的溫度悄然之間又降了下來，細小的雪花，輕飄飄的落下。

即使站在升騰著熱氣的大鍋前，鍾菱依舊被凍得鼻尖發紅。餵飽旁人所帶來的滿足感和一聲又一聲的道謝，有效緩解了鍾菱的焦慮。

此時已經是後半夜，她的思緒已經有些轉不過來了，只是機械化的給每個端著碗的士兵盛餃子，舀薑湯。

恰好這一鍋餃子見了底，士兵們不好意思看著鍾菱忙活，便自己拿過了舀薑湯的勺子。就在鍾菱仰著頭看著天空的時候，一陣馬蹄聲由遠而近，匆匆的在她面前停下來。

「鍾菱！」

披著湛藍色斗篷的祁珩翻身下馬，他抓住了鍾菱的肩膀，上下掃視了一番。在確定鍾菱沒有受傷後，一把將她攬進自己懷裡。

他驚魂未定的喃喃道：「妳沒事就好……沒事就好。」

「祁珩……」鍾菱下意識的攥住了祁珩的衣裳，她被溫暖裹住，像是找到了倚靠一般，鼻尖一酸。「我沒事，但是我爹還在裡面，他去救人了。」

「別怕，別怕。」祁珩捧住鍾菱的臉頰，拇指輕輕擦拭她臉上的淚水，目光溫柔堅定。「妳相信鍾叔，我現在要去現場，看到鍾叔我會第一時間告訴他，妳在等他的。」

鍾菱死死咬著下嘴唇，用力的點了點頭。「你快走，別耽誤正事。」

祁珩得知火災消息的時候，人還在宮裡，他在協助聖上完成了第一波調度的命令後，才趕過來的。

他那顆懸了一晚上的心，終於在看見鍾菱站在那裡的時候，才安安穩穩的落了地。

他身後還跟著官員，只是自己先帶著心腹抄了近路，趕來小食肆門口看一眼。兩人沒有多說話，便又揮手告別。

在祁珩走後，那若有若無的小雪，漸漸的大了起來。

後廚的餃子沒了，韓師傅便將蔬菜隨意切碎，和肉末一起煮，再用澱粉勾芡，煮成一鍋濃稠的鹹味羹湯。

頂著飄揚的雪花，鍾菱給士兵們舀著羹湯。冬夜裡，滾燙鹹香的味道，像是一整條街上的一盞明燈一樣，能夠暫時撫慰疲倦，溫暖人心。

機械化的舀羹湯的鍾菱，突然被人奪了勺子。她一回頭，就看見她牽掛了一晚上的鍾大柱站在身側。

他的臉上一道黑、一道白，雖狼狽但是眼中依舊清明。他啞著嗓子道：「喊妳幾聲了都沒應，快去歇會兒吧。」

緊繃了整夜的那根弦，在這一瞬間斷裂，鍾菱的情緒也在這一刻徹底崩潰。她緩緩蹲下身，嚎啕大哭起來。

鍾菱的情緒向來穩定，哪怕今晚這樣緊急驚險的情況，她不僅沒有自亂陣腳，還能穩住除了阿旭之外，所有人的狀態。

她也是突然意識到，人不是死過一次就會無懼死亡的。她可以坦然赴死，卻無法眼睜睜看著自己關心在意的人陷入危險。

周圍的士兵看著這年輕貌美的小娘子就這樣放聲哭了起來，一時間都有些手足無措。排在最前面的士兵順勢接過鍾大柱手裡的勺子，拚命朝著鍾大柱使眼色。

大叔，你快哄哄她！

可鍾大柱臉上的震驚和無措一點也不比他們少。

鍾菱在他面前一直都是情緒穩定的，她在待人處世方面的成熟穩重，總教人忘了她其實年紀也不大。

鍾大柱緩緩蹲下身，看著將臉埋進膝蓋裡的鍾菱，那平日裡沒有波瀾的眼眸，如今的心疼都要滿溢出來了。

他伸手拂去鍾菱肩上薄薄的一層雪花，輕聲道：「我救出了十三個人，沒有受傷。」

鍾菱抬起臉來，她眼眶通紅，淚眼朦朧的看向鍾大柱，肩膀一顫一顫的抽噎著。眼前鍾大柱的這張臉，彷彿和記憶深處的某個畫面，緩緩重疊了。

鍾大柱輕嘆了口氣，揉了揉鍾菱的腦袋。「對不起，讓妳擔心了。」

在見到鍾大柱後，鍾菱總算是安心下來了，隨之而來的是滔天的疲倦；若不是韓姨在門口守著，鍾菱險些泡在熱水中睡過去了。

屋內已經燒得暖暖的，因為剛剛從火場逃生，那炭盆的位置擺放得格外謹慎小心，窗戶也留了縫，避免悶著了。

鍾菱的腦袋一沾到枕頭，便瞬間沒有了意識。

她感覺自己似乎在一片黑暗的混沌裡浮沈，飄蕩了不知道多久，眼前是一片刺目火光。

鍾大柱、韓師傅、宋昭昭，那些鍾菱認識的親人、朋友們，一個沒少的站在火光裡，朝著鍾菱用力的揮著手。他們似乎在呼喊著什麼，鍾菱聽不真切。

眼看著火焰就要吞噬他們，鍾菱費力的朝著火光奔跑。但他們中間，似乎有很長很長的一段距離，不管鍾菱怎麼奔跑，都沒辦法靠近一點點。

孤立無援的恐懼讓她眼前逐漸模糊，呼嘯的風拂過臉頰，哪怕親友都已經消失在火中，鍾菱依舊不知疲倦一般的往前跑著。

突然，她被抱了起來。

那隻手死死箍住她的腰，跑了幾步後，又將她遞給另外一個人。灼人的火光消失在周圍，取而代之的是嘩啦啦落下的一場大雨。

鍾菱的視線範圍有限，雨水又模糊了她的視線。她隱約感覺到，他們似乎是在逃竄，躲避著什麼。

他們抱著的不只她一個孩子，鍾菱費勁的仰頭朝前看去，前面那個女人身上揹著一個小男孩，睜著滴溜溜的眼睛，朝著她招了招手。

孩子似乎沒有意識到眼下情況的危機，但是抱著他們的大人，腳步慌亂，似是胡亂在巷子裡亂竄著。

揹著男孩的女人驚恐的壓著聲音。「水路！不是說走水路嗎？」

「來不及了，走水路要穿過主街！」抱著鍾菱的男人將她往上顛了顛，抱得更緊些。

一個稚嫩的聲音堅定的開口道：「去南門！前幾日我們捉迷藏去過南門，從那裡可以出去！」

身後是刀刃相接的刺耳聲，鍾菱扭頭，只是隱約看見了有不少人滿臉驚恐的貼著巷子站著，顯然是等著領頭的人發話。

鍾菱清晰的感覺到，抱著她的那雙手止不住的在顫抖。他咬了咬牙，沈聲道：「走！」緊接著便是一陣天旋地轉。

鍾菱被顛得昏昏沈沈，根本來不及看清楚周圍的景象，那種浮沈的失重感緊隨而來，像是被扔進深海中一般，所有的掙扎，都顯得渺小且無濟於事。

「小菱！小菱！」

鍾菱被一股力量拽著晃了晃，她費勁的睜開眼，之前抱著她的男人正抓著她的肩膀。

感覺臉上有些黏糊溫熱，鍾菱伸手摸了一下，她低頭看向手掌，那滿手刺目的鮮紅，讓她的呼吸猛地一滯。

「我只能陪妳走到這裡了，妳跟著柳姊姊走，要好好活下去，活下去。」

男人絮絮叨叨的囑咐著，顫抖著粗糙的手撫摸過她的臉頰，替她將被打濕的劉海拂到一旁。「要活下去，一定要活下去。」

他止不住的哽咽著，滿懷不捨，將她交到了一個女人的手裡，然後堅定決絕的和其他幾個男人一起跑了出去。

鍾菱自始至終，沒有看清過他的長相。

接下來的畫面像是解析度極低的電影，一晃而過。隊伍裡的人越來越少，不知道是跑丟了還是怎麼回事。

雨水落到地上，便被染成了紅色。

她分明看不清楚眼前的畫面，卻很清晰的感覺到，隨著腳步濺起的那股血腥味。

她沒有看清柳姊姊的樣子，卻聽到周圍越來越密集的腳步聲，也感受到柳姊姊手上冰涼的溫度。

鍾菱不記得自己拐了幾個彎，又跟在幾個婦人身後，跑了多遠的路。

她只記得，最後在一個院子裡停了下來。

柳姊姊動作粗魯的將鍾菱按在一個有些雜亂擁擠的角落裡躺下，她手上動作不停，卻像是放鬆下來似的，感嘆了一句。「妳是誰家的姑娘啊，真漂亮。」

她隨手抓了稻草，蓋在鍾菱身上，在越來越近的腳步聲中，她低聲囑咐道：「妳就躺在這裡，不管一會兒發生了什麼，都不要動！不要發出聲音！」

說罷，也不等鍾菱點頭，便將手上最後的一點稻草，撒到她的臉上。

什麼都看不到了，只能聽見軍靴踏在雨裡的聲音，被一點點的放大，像是奪命的鼓聲一般，敲響在耳邊。

鍾菱就是在這樣極度緊張的情況下，猛地驚醒過來的。

她驚魂未定的坐起身，喘著粗氣，本能的環顧了一圈四周，確定這是她的房間後，才安下心來。

她捂著胸口，蜷縮著脊背。心臟的位置，像是被人揪住了一樣，疼得教人喘不過氣。

她幾乎是一瞬間反應了過來，這就是被她遺忘的那段經歷。

那不是夢，孩童的視角，清晰的觸覺，全都是屬於這具身體的，真實的經歷。

樊城發生的事情，鍾菱不曾親身經歷過，但當這段被忘卻的記憶重新湧現在腦海中時，便直接將她拽進了這一段往昔中，真實到教人難以抽身。

鍾菱不敢細想，她一頭冷汗，不知坐了多久，才逐漸平緩了呼吸。

她剛想起身喝口水，就聽見宋昭昭在敲門。

「姊，妳醒了嗎？」

鍾菱啞著嗓子應了一聲，宋昭昭忙推門進來，給她倒水。

「天都黑了好一會兒了，實在是不敢讓妳再睡下去了。」

「天黑了？」

「嗯，妳睡了一整天了。」宋昭昭倚著桌子，看著鍾菱穿衣服。「韓姨他們搬進來了，住在西廂房裡，阿旭住在鍾叔隔壁。這進進出出的動靜，居然一點也沒有吵著妳。」

宋昭昭說著，突然感覺到了不對。「妹，妳睡了那麼久怎麼臉色還這麼差？」

她根本沒有給鍾菱解釋的機會，立刻跑去找韓師傅。

正在灶前忙活的韓師傅瞥了一眼走進後廚，腳步明顯有些虛浮的鍾菱，當機立斷的往她碗裡又加了兩大勺雞肉。

「別怕，她這是嚇著了，得多吃點補補！」

周蕓在揉麵，聞言看向鍾菱，關切的問了幾句。韓姨放下了手中的活，立刻端了熱薑湯過來，把鍾菱拉到炭火邊坐下，硬是要盯著她喝下。

周圍很暖和，鍾菱都微微出了一身汗，那些絮絮叨叨的話，將她從惡夢拉回了現實裡，有一種不真實，卻腳踏實地的感覺。

鍾大柱提著一小袋炭進來，見鍾菱垂著腦袋失神的樣子，他將手中的炭放下，走到鍾菱面前。「怎麼，沒睡好？」

「爹……」看見鍾大柱，鍾菱忍不住鼻尖一酸，嘴角向下垮去。

這讓鍾大柱有些慌了，他抬手想要安撫鍾菱，卻不自然的頓在空中。

「我作惡夢了。」鍾菱思來想去，還是沒有把那個夢的內容說出來。

那是原身親身經歷的惡夢，對鍾大柱來說，也是他的夢魘。鍾大柱好不容易從過去走出來，開始聯繫故友，又開始接觸了一些新的事物，她不想因為這個夢，又讓鍾大柱回想起以前的事情。

所幸鍾大柱不是一個細膩敏感的人，鍾菱說了是作惡夢，他便安慰了幾句，轉身去給鍾菱找安神的熏香了。

鍾菱雖然隱約回想起樊城那夜的事情，但並沒有完全想起來。她腦海中，還是只有夢裡的殘缺畫面。

好在她並不是一個鑽牛角尖的人，過去的回憶固然痛苦，但是周圍熱鬧的交談聲和關切的詢問照顧，都讓鍾菱有一種溫暖真實的感覺。

又是死裡逃生一回，誰也沒說，但是氛圍更溫馨親密了許多。

不管怎麼樣，都過去了。

眼下，並不需要她完全想起那些過去，祁珩也曾經叮囑過她，不必強行回憶。

第二十八章

韓師傅在煎荷包蛋，他鬼鬼祟祟的彎腰，給鍾菱開了個小灶，把第一個起鍋的荷包蛋遞給了她。

家都燒沒了，韓師傅和韓姨的臉上卻完全沒有一絲難過的神情，反而表情輕鬆，一直慶幸著及時逃出來了；甚至，韓師傅還笑著和鍾菱說，幸好還沒有拿上個月的薪餉。

因為祁珩替韓姨引薦了梁神醫的緣故，韓師傅執意要給小食肆打三個月的白工，說什麼也不要鍾菱給的銀子。

現在想想，若是韓師傅拿了工錢，十有八九也是在火場找不回來的。

晚上吃的是雞湯麵，韓師傅說要給大家壓壓驚。雞湯熬得濃稠，醇厚噴香，勾得胃裡空空的鍾菱都忍不住在一旁嚥口水。

鍾菱是第一個拿到麵的，她也顧不上燙，喝了一大口湯。一入口她就被燙得直吸氣，但又囫圇的嚥了下去。

鍾菱吃了一大口麵條，環顧了一圈後，突然發現不對。「孫叔呢？」

鍾大柱將醋遞給鍾菱。「他去禁軍那裡了。」

他們救人的行為實在是有些高調，救人的效率又比禁軍還要高。在場包括祁珩在內，來了不少朝中官員，自然是引起了他們的注意。

鍾大柱不願出面，孫六在詢問過鍾大柱的意見後，最終還是答應了陸青的邀約。畢竟孫六的赤北軍身分是登記在冊的，有這個身分，他們救人的舉動也就合理了。

鍾菱點點頭，孫六願意和朝廷接觸，某種程度也算是一件好事。

胃裡有了些東西墊著，渾身也暖洋洋的。鍾菱吃到一半，舒展了一下胳膊，腦子也重新清明了起來。

「對了，我一會兒去拿錢，大家搬過來之後，很多東西得重新置辦。」鍾菱說著，卻突然意識到，後廚裡好像少了什麼。

「阿旭呢?!」

也不怪鍾菱沒反應過來，阿旭很少和大家一起坐著吃飯，而且鍾菱剛剛進後廚的時候，還有些陷在回憶裡。

和韓師傅他們一聲聲的噓寒問暖不同，阿旭不怎麼主動找鍾菱搭話，以至於鍾菱一時把他給忘了。這時突然想起阿旭，心又被狠狠揪了一把。

阿旭還是個孩子，他的心理狀況，可比鍾菱脆弱多了。

鍾菱顧不上吃飯了，她放下筷子，順著宋昭昭的指示，在小食肆門口，找到了蹲在臺階上的阿旭。

他穿著一件有些不合身，明顯是臨時尋來的襖子，半邊臉上殘留著瘀青，一臉失魂落魄的樣子，像隻倔強孤獨的小狼崽。

「阿旭。」鍾菱在門口站了一會兒，才上前喊他。「進來吃飯。」

阿旭頭也不回道：「我不餓。」

「聽話，先吃飯好嗎？」

「我不吃！」

鍾菱倒抽了一口氣，她看著眼前倔強的背影，覺得有些棘手。

好說歹說的答應阿旭吃完飯之後，一起去看他祖母。阿旭這才站起身，跟在鍾菱身後，進了後廚。

屋外下著小雪，阿旭的髮間綴著幾點雪白，很快就隨著屋內溫度上升，消失不見了。

阿旭的入座並沒有讓後廚的氛圍有什麼改變，只是所有人都默契的再也不提火災相關的事情，轉而聊起了院子人多了，要添置什麼東西。

阿旭沒有要參與聊天的意思，他沈默的喝了兩口雞湯，便說自己喝不下了。

經歷了這麼大的變故，一時半刻吃不下飯也算正常。鍾菱知道他在惦記什麼，便先帶他去了醫館。

在鍾菱昏睡的這個白天，祁珩雖然在朝堂上忙得不可開交，但還是從府中調了人手和一輛馬車過來。

進到醫館後，阿旭才像是突然活了過來似的，臉上也有了些生氣。

醫館的學徒領著他去看祖母，鍾菱則去找了梁神醫的大弟子，詳細的詢問了阿旭祖母的具體情況。雖然已經脫離了危險，但至今沒有甦醒的跡象。

交錢的時候，鍾菱突然很慶幸沒有衝動獨資開糕點鋪，要不然此時她還真無法一口氣拿出這麼多錢來。

這醫館的「住院區」走的是京城上流高端路線，費用高昂，但小食肆的大家平日裡忙起來，肯定顧不上阿旭的祖母，不如還是交給專業的醫館照顧。

阿旭暫時會住在小食肆裡，接下來何去何從，得看他自己的意願。

鍾菱進去的時候，阿旭正跪在床邊，握著他祖母的手。阿旭祖母此時乾淨整潔的躺在床上，一看就被照顧得很好。

屋子裡很安靜，鍾菱的腳步聲格外明顯。

「我已經和醫館的人打過招呼了，之後你可以隨時抽空來。」

阿旭沒有回頭，但他的肩膀微微顫抖著，小聲道謝。「謝謝……」

像是柳葉拂過心頭、羽毛落在肩上，輕輕柔柔，卻教人沒由來的感到一陣酸楚。

夜色已深，縱有千般不捨，阿旭還是得跟著鍾菱回去。雖然阿旭如今還不習慣，但是他內心裡本能的覺得，小食肆現在是他的家。

他得回家。

考慮到阿旭還需要一點時間緩解，鍾菱便放任他在後廚發呆。

主要也是小食肆歇了兩天，重新開業後實在是忙。熟客們紛紛來打聽情況，店內座無虛席。

鍾菱沒有想到的是，在重新開業的第二天，陸青來了。

陸青是穿著全套銀鎧，配著劍，帶著陛下的賞賜來的。

也不知道是不是故意的，剛好就在店裡人最多的時候進來，在所有人的注視下，陸青朗聲誦讀了小食肆的「功績」。

在鍾菱還沒有反應過來的時候，他身後的侍從將賞賜捧出來，交到鍾菱手裡。

賞銀二十兩。

錢是小事，更重要的是，皇帝為那夜韓師傅臨時熬出來的羹湯，賜了名字。那遒勁有力的「暖羹」二字，鑲了一圈銀邊，看起來和店裡字跡圓潤的菜名牌子格格不入。

一眼看去，就知道這道菜……非常不一樣。

鍾菱謝恩後，客客氣氣的送走了陸青。她再回頭時，店裡的食客全在看她。

「鍾姑娘……這陛下賜名的菜，今日賣不賣啊？」

「我們也想嚐嚐這陛下賜名的湯！是什麼名字啊，掛出來吧！」

當朝的流行風向，可能就是皇帝的喜好。

在眾人滿懷期待的目光和連聲要求下，鍾菱動作虔誠的捧著那銀邊竹牌，走到羊絨毯前，將牌子掛了上去。

「暖羹？」

「好名字、好名字！不愧是陛下！」

「冬日暖羹，還真貼切應景啊。」

眾人盯著竹牌，一時間，小食肆裡是此起彼伏的讚揚聲。

鍾菱自己也退後了幾步，仔細端詳羊絨毯上的菜牌。光是這料子，就和鍾大柱在後山隨手砍的竹子不一樣。

這個賞賜鍾菱很喜歡，她也隱隱猜到了，這可能是祁珩的意思。皇帝又沒來過小食肆，怎麼可能知道店裡掛著竹牌。

祁珩倒是真懂她的心思。

鍾菱抱著手，嘴角止不住的揚起來。

她如今有穩定的收入，沒那麼缺錢，也沒有很強烈的物慾，但這小小的御賜竹牌，卻能教她的小食肆，多了些傳奇的色彩。

就在鍾菱欣賞的時候，一個熟客急不可耐的湊到她身邊，催促著問暖羹今天能不能賣。

能！當然能！

這本來就是韓師傅看見什麼就隨手抓來切碎，胡亂熬的，簡直是低成本、零技術含量！

周圍似乎還有「內部相關人員」，正在和食客描述，禁軍那天喝到的暖羹有多美味。

鍾菱聽了一會兒，有些聽下去了，因為他形容得實在是太神了，什麼喝完之後全身有力、舌尖竄火，胃裡暖得像是燒著暖爐。

這大概和朱元璋喝到的「翡翠白玉湯」同個概念，禁軍在後半夜又睏又累的情況下，大概吃到什麼都會覺得精神亢奮吧。

但是鍾菱不能說出來。

畢竟這菜如今頂著御賜的名字，在場的食客是親眼看見禁軍大統領陸青帶來賞賜。此時眾人正是興致高昂的時候，都盼著做第一個吃上御賜名字羹湯的人。

鍾菱忙應下，跑到後廚去找韓師傅商量對策了。

韓師傅聽到御賜菜名的時候，手裡的鍋鏟直接扔了出去，驚得原地跳了兩下，但在聽說得到御賜的是那隨手做出來的羹湯時，韓師傅沈默了。

鍾菱艱難開口問道：「您還記得那日用了什麼食材嗎？」

韓師傅沈思了一會兒，搖搖頭。「都已經後半夜，早就不清醒了，手邊有什麼就放了什麼……」

「我倒是隱約記得。」周芸聞言走過來，她看向韓師傅。「照著江南羹湯的做法來吧。」

江南流行羹湯，微稠又開胃。韓師傅取來了胡蘿蔔、木耳和豆腐，吩咐鍾菱切丁後，又拿了一塊豬里肌，切丁醃製。

「既然是御賜，那必須得有些不同才對。」

鍾菱在一旁的架子旁翻來覆去的找了半天，抱了瓶瓶罐罐的香料出來。

那日禁軍士兵疲倦且飢腸轆轆，暖羹的口味偏重，這就和南方的清淡羹湯有區別。

鍾菱調配出來的香料中，有桂皮、花椒、茴香等，這些從西域或者更南的地方傳來的香料並不便宜，正好讓這道菜的價格配得上御賜的名字。

重頭戲則是黑胡椒，也是禁軍士兵會覺得「舌尖竄火」的原因。

「嚐嚐？」鍾菱舀了一勺，給後廚的大家一人分了一小碗。

這道菜還真是給足鍾菱發揮的機會，入口就是辛香濃郁的香料味道，羹湯的濃稠程度恰到好處，滾燙順滑。黑胡椒的味道最為濃郁，其他香料相互調和，口味豐富得教人眼前一亮。

像是迎面撲過來一陣西域的風，張揚熱烈，滾燙得教人冒了一頭汗；但是柔嫩的豆腐和脆爽的木耳、蘿蔔，在濃郁熱烈的同時，又賦予了這道菜清爽的口感。

鍾菱扭頭看向韓師傅，見他點頭後，才鬆了口氣。

雖然這御賜實在是來得突然，但是她還是希望這道暖羹能名副其實。這道菜肯定是要在京城小範圍掀起一陣波瀾的，它的味道得對得起御賜的頭銜才行。

宋昭昭已經收拾出白瓷小盞，一一盛盤後，端了出去。

「今日得了這御賜的菜名，實在是天大的喜事。誠邀在座的各位，共享這暖羹。」

鍾菱的話，惹得店內食客一片叫好。

她送出去的這幾盞暖爐沒有多貴，但是卻為她和小食肆博得了一個好名聲。而且這些食客也一定會幫著鍾菱去宣傳暖爐，絕對是穩賺不賠的。

招呼完店裡的客人，鍾菱才抱著那賞賜的二十兩銀子分配。

那天晚上韓師傅在後廚忙得神志不清了，他自然是要拿大份的；周蕓和韓姨堅稱自己什麼都沒做，說什麼也不要。

鍾菱便在分給宋昭昭後，抱著剩下的銀兩，去後院找鍾大柱和阿旭了。

這個點，鍾大柱一般都在後院裡劈柴；而阿旭，鍾菱沒有在後廚看見他，估計又在後院發呆了。

鍾菱滿臉興奮的抱著銀子跑到後院裡，卻在看見後院的畫面時，腳步一頓。

原本應該各自占據一個角落的鍾大柱和阿旭，此時面對面站著。鍾大柱揪著阿旭的衣領，哪怕鍾菱隔了一段距離，依舊感受到他周身縈繞著令人窒息的威壓。

從鍾菱的角度看過去，阿旭似乎是說了什麼，鍾大柱冷笑了一下，他鬆開攥著阿旭衣領的手，抬腿踹了過去。

鍾菱瞳孔猛地一縮，驚恐的瞪大了眼睛。

她突然想起在赤北村時，阿寶曾對她說過的話——

「妳不一樣，鍾叔可疼妳了。」

時至今日，鍾菱終於懂了這話是什麼意思了。

阿旭被踹得往後跌了幾步，他悶哼了一聲，大腿側一片灰白的印子。他別過頭去，肩膀小小的起伏著，也不說話，整個人倔強的站在那裡。

可鍾大柱完全不吃他這一套，他面無表情的轉身拾起柴火堆上的木劍，抬手拋給阿旭。不知為何，阿旭明明是一副不願意溝通的樣子，卻還是接過小木劍，擺出防禦的姿態。

阿旭這些日子勤學苦練，如今的馬步扎得穩當極了。他雙手握著劍柄，眼神像一隻蓄勢待發的幼狼，頗具有威懾力。

但是猛獸幼崽不管再怎麼樣露出自己的利爪，終究沒有辦法和師長抗衡。

當鍾大柱拾起一根細長竹枝，抖著手腕揮舞出尖銳的破空聲時，鍾菱有種不妙的預感。

阿旭身上有一股狠勁，他沒有因為眼前的人是這些日子教導他的鍾大柱，而束手束腳的不敢上前，相反的，他率先朝著鍾大柱出手了。

他的動作很快，但是架不住鍾大柱的動作更快。

他的劍術本來就是鍾大柱教的，如今和鍾大柱對戰，這和關公面前耍大刀有什麼區別？

只見鍾大柱腳下一晃，輕鬆的躲了過去，他抬起手臂，那竹枝帶著狠戾的破風聲，揮出了殘影，狠狠的敲在阿旭的前臂上。

縱使冬日的襖子厚重，但是阿旭依舊疼得一顫。

站在屋簷下的鍾菱也跟著一顫，明明沒有敲在她的身上，可她就是覺得身上一疼，甚至更為誇張的瑟縮了一下。

雖然挨了這麼一下，但阿旭沒有放棄，依舊凶狠的揮舞著手裡的劍，朝著鍾大柱劈去。

他死死咬著牙，似是不知疲倦似的，義無反顧的朝前衝去。

縱使竹枝一下一下敲在他的身上，但是鍾菱沒有在他臉上看到一絲的退縮，他的眼中再無他物，徹底的殺紅了眼，渾身上下逐漸被戾氣所環繞侵蝕。

鍾菱能感覺到，鍾大柱自然也察覺到了。

只見鍾大柱手腕一轉，竹枝帶著殘影，敲在阿旭握著劍的手背上。沒有了衣裳的遮擋，這一聲分外清脆，聽得鍾菱心驚了一下。

阿旭悶哼了一聲，手指抽搐，那木劍也脫手飛了出去。

因為疼痛，也因為力竭，他蜷縮著身子，緩緩的跪到地上。剛才還是那般倔強挺拔的身影，一下子就蜷縮成了小小的一團，好像下一秒就會被雪覆蓋，消失在視線中。

但是鍾大柱還沒有打算放過他，他的目光中沒有一點憐惜，低垂著眼眸注視著阿旭劇烈起伏的脊背，面無表情的又舉起了手裡的竹枝。

「爹！」

鍾菱看不下去了，在竹枝落在阿旭身上之前，她快步跑了過去，擋在阿旭身前。

破空聲近在耳邊，鍾菱別開頭，緊緊的閉上了眼睛，她已經做好準備挨這一下了。

但出乎鍾菱意料的是，沒有想像中的疼痛，竹枝停在了她手臂上一寸的位置。

鍾菱眨了眨眼睛，一時間不知道說什麼。她從眼前的鍾大柱身上，又找回了初見他時，生出的那無法控制的敬畏和恐懼感。

時至今日她也明白了，並不是因為鍾大柱的外貌多駭人，單純只是因為鍾大柱身上淬過血的威壓實在是太有威懾力了，那份氣場，讓人不敢輕舉妄動。

但是和鍾大柱相處了這麼久，鍾菱在如何和他相處這方面，有了很大的長進。

不管怎麼樣，不能就這樣看著阿旭繼續挨揍。

「差不多得了吧，爹……」鍾菱仰頭，嘴角帶笑，拖著尾音，帶著明顯的撒嬌和討好。

很顯然，鍾大柱就吃她這一套，他扔掉手裡的竹枝。

竹枝落地的聲響惹得阿旭一顫，抬起了目光。那三白眼中，殺戮之氣散去，在望向鍾大柱時，除了原先的冷漠和狠戾，多了一絲微不可見的懼怕和敬畏。

鍾大柱與他對視，語氣冷冽。「這話我不說第二遍，你自己記著。」

說罷，也不管阿旭什麼反應，轉頭就要走。

鍾菱忙三步併作兩步追了上去，將懷裡已經分好的銀子，塞到鍾大柱的手裡。

鍾大柱也愣了。「剛打完人就給我塞錢？」

「哪裡，這是聖上賜下來的，說是那日救火有功。」鍾菱擺擺手，她看了一眼依舊蜷縮在地上的阿旭，壓低了聲音詢問道：「您為什麼打他啊？」

鍾大柱冷哼了一聲，臉上有幾分不悅。「小孩子胡亂說話。」

胡亂說話？鍾菱有些摸不著頭腦，她這幾日都沒怎麼聽見阿旭開口說話，他到底是說了什麼，惹得一向沈默的鍾大柱這樣發脾氣？

見鍾菱眼珠轉得飛快，鍾大柱便知道她在猜想什麼，但他沒有解釋的意思，將手裡的銀子遞回去。「妳拿著花吧。」

鍾菱忙擺手。「您留著，偶爾孫叔他們來的時候，可以出去喝酒。」

鍾大柱掂了掂手裡的銀子，不動聲色的扭頭看了阿旭一眼。他壓低聲音。「妳去看看他。」

鍾菱給他一個「交給我」的眼神，快步走到阿旭身邊，將他攙扶起來。

說是攙扶，其實是硬拽。鍾菱儘量避開阿旭灰白棉衣上的白痕，替他拍了拍身上的灰。「沒事吧？」

阿旭沒有回答，他雙目通紅的盯著回到柴堆前坐下的鍾大柱，眼神中沒了仇恨和狠戾，取而代之的是不該屬於他這個年齡的複雜。

良久，他才緩緩開口。「謝謝。」

見他手臂上迅速隆起的紅痕，鍾菱輕輕碰了一下，惹得阿旭一顫。

剛剛還威風凜凜的幼崽，此時雖依舊倔強，但身上卻多了一股脆弱感，尤其是通紅的眼睛，好像馬上就要掉眼淚了。

鍾菱前幾日從醫館裡購入不少跌打損傷的藥，沒想到這麼快就發揮了作用。但是阿旭拒絕上藥，他小聲道謝，揉著前臂，又去洗菜了。

剛好韓師傅招呼了一聲鍾菱，她只能先去後廚。

「每桌都點了暖羹，快快，這鍋快沒有了。」韓師傅手上動作飛快，將食材取了出來，切菜的同時，示意鍾菱調製香料。

「這御賜的名頭這麼快就傳開了嗎？」

鍾菱好奇，探頭出去看了一眼。果然，三、五個臉生的客人圍在羊毛毯前，正對著那御賜的竹牌議論著什麼，左右是些讚美之詞。

鍾菱感嘆道：「看來接下來幾天，這暖羹怕是要從早熬到晚了。」

「這不是挺好的，這不比那雞豆花、金鑲玉來得好賺？」韓師傅輕笑了一聲，感嘆道：「我研究了一輩子御菜，誰能想到得到御賜名的，居然是這樣一道隨手調製出來的羹湯。」

能夠名留青史的料理，要不是真的美味到了極致，要不就是背後有特別的故事。

皇帝給這羹湯賜名，並非是因為這湯多美味，只是想宣揚小食肆在火災中配合幫助禁軍救災的行為。這讓這道菜的背後，充滿了價值。

也因為當今聖上受人愛戴，才讓這麼多人為了這個御賜的名字，慕名來品嚐。

這倒是讓鍾菱對小食肆未來發展的方向，有了一點新想法。她邊想著，邊調配好一大罐香料，和黑胡椒一起放到灶臺邊。

韓師傅正在熬羹湯，鍾菱在他身邊站了一會兒，猶豫了一會兒，才小聲問道：「這幾日……您有聽見阿旭說什麼嗎？」

「阿旭？」韓師傅抬頭，皺眉思考了一會兒，搖了搖頭。「他這幾日都不說話，我都沒怎麼見他開口。」

這就奇怪了。

但是不管是阿旭還是鍾大柱，想要從他們的嘴裡知道原委，都太難了。鍾菱暫時沒有想出更好的辦法，只能把這事暫時擱置。

畢竟冬至日的餃子研發，才進展到一半就被迫停業休息了兩天，而這突如其來爆紅的暖羹，也影響到鍾菱的餃子銷售計劃。

鍾菱和韓姨商量了一下，反正現在暖羹正是受歡迎的時候，不管新式餃子多美味新奇，也會被蓋過風頭，不如只賣原來就調製好的三種口味餡料的餃子，將冬至那日的主角讓給暖羹。

但也不是人人都喜歡暖羹的味道，有些人覺得暖羹味道過於辛辣刺激，並不習慣。

比如汪琮，他就不愛暖羹的味道，便看著他爹娘喝，然後給自己點一盅雞豆花。

這一下子，後廚都沒那麼忙了，韓師傅便抽空做了一批豆腐。

鍾菱想著冬至那天要和祁珩出去玩，便打算趁這幾日去探望懷舒師父。剛好韓師傅豆腐做多了，聽聞鍾菱明日要去訪友，便給她塞了滿滿一背簍。

第二十九章

當天夜裡，在夜色靜謐之時，空中下起了雪。

等到鍾菱醒來時，空氣中是徹骨的冰冷，入目是一片白雪皚皚，空中還在飄揚著雪花，若隱若現的臘梅香，在這冰冷中格外的清冷悠長。

和宋昭昭在院子裡堆了一個雪人後，鍾菱搓著通紅的手，和宋昭昭一起朝著後廚走去。

那日火災的事情，讓宋昭昭也受到了一些驚嚇。鍾菱想著既然要去寺廟，加上懷舒師父曾經也是赤北軍的將士，不如帶上宋昭昭一起。

只是沒想到宋昭昭拒絕了，說她今日已經和管帳的韓姨說好了，要繼續學習如何記帳。她願意學習，那是再好不過的事情。

鍾菱便打算一同去後廚拿準備好的東西，一個人啟程去探望懷舒師父。

但還沒走到後廚，竹枝破空的聲音，在靜謐的雪地之中，顯得格外的響亮刺耳。

宋昭昭往鍾菱身後躲了躲，攥住她的衣袖，顯然是怕極了這名義上切磋，實際上阿旭單方面挨揍的場景。

鍾菱有些頭疼的揉了揉太陽穴。這阿旭到底是怎麼惹到鍾大柱的啊……

她輕輕拍了拍宋昭昭的手背，帶著她走進小食肆的後門，剛好就看見阿旭摔進雪裡的一幕，雪積得有些厚，竟就這樣吞沒了他大半的身影。

眼看著鍾大柱提著竹枝走了過去，鍾菱忙鬆開牽著宋昭昭的手，快步往前走去，擋在阿旭面前，匆忙的開口道：「我今日去上香，不如叫阿旭和我一起去吧！」

祁珩府中的馬車配置很好，一點也不顛簸。

鍾菱倚靠著軟枕，抱著湯婆子，滿臉複雜的看著坐在她對面的阿旭。

阿旭的臉色很差，自從祖母出事後，他睡不好也吃不下，短短幾天，他臉頰兩側就凹陷了下去，讓原本稚嫩的臉龐，生生顯出幾分線條來，看起來成熟但也憔悴了許多。

鍾菱的目光在他手背上那道瘀青的長條狀傷痕上停留了一下，縱使有千言萬語，最終只是長嘆了一口氣。

她是愛的教育的提倡者，但是鍾大柱主張的卻是孩子不聽話，打一頓就好了。

「上藥了嗎？」

阿旭抬起目光，眼中閃過一絲茫然，隨後點了點頭。

瞧著這兩天三頓打，孩子都被打傻了！

雖然阿旭天天挨打，但他對鍾大柱並沒有生分和仇恨，反而是越發敬重了。這就是鍾菱和韓師傅等人並沒有徹底出手阻攔的原因，反正他們一個願打、一個願挨。

鍾大柱看似下手狠，但手上力道拿捏得當，若是能讓阿旭從那半死不活的萎靡狀態裡振作起來，那愛的教育的支持者鍾菱，是可以選擇睜一隻眼、閉一隻眼的。

馬車上氣氛沈默，只有車輪駛過雪地發出的咯吱聲。

鍾菱閉眼睇了一會兒，等到馬車穩當停下的時候，她才睜開眼。抬頭一看，阿旭依舊是剛上車時那抿著嘴唇，一副苦大仇深的模樣。甚至因為早上在雪地裡摔了一下，他此時不敢靠著馬車，坐得筆直。

「走吧。」鍾菱將懷裡的湯婆子塞給阿旭，自己則提起背簍。

阿旭見狀要替她拿，卻被鍾菱躲了過去。她俐落的揹上背簍，似笑非笑的開口道：「你身上的傷不疼了？」

這話硬是教阿旭臉上一紅，他雖搖了搖頭，卻老老實實的揣著湯婆子站在一旁，也不再和鍾菱爭了。

馬車就候在村子口，鍾菱領著阿旭朝著半山坡走去。

通往寺廟的小徑覆滿了雪，光禿的枝幹上結著剔透的冰柱，放眼望去，一片銀裝素裹，在微弱的陽光之下，折射著冰冷的寒光。

偶爾有鳥雀振翅，清脆的鳴叫聲迴盪在山林之間，像是誤闖了什麼無人之境一般，有一種不真切的感覺。

山中的空氣和京城中有些不同，在徹骨的低溫之下，草木的香氣也變得冷清許多，臘梅清冷的幽香不知從那裡飄來，淺淺淡淡的，卻又教人忍不住駐足細品隱藏在清冷之下的一絲香甜。

鍾菱在前面帶路，這小徑是青石板鋪成的，她走得格外小心。

置身山林之中，讓阿旭也短暫放鬆了下來，他跟在鍾菱身後，忍不住四處張望著。

他一抬頭，恰好和蹲在枝幹上的一隻松鼠對上目光。

松鼠睜著漆黑滾圓的眼睛，好奇的打量了阿旭兩眼。牠抬起爪子揉搓了一下自己火紅色的毛茸茸大尾巴，縱身跳到旁邊的松樹上。

伴隨著樹枝的晃動，針葉上的雪花被震落，揚起一片銀白色的雪霧。阿旭躲閃不及，被撲了一臉的雪。

轉頭想要催促他的鍾菱恰好看到這一幕，毫不留情的笑出了聲。

阿旭像小狗一樣甩了甩頭，快步追上鍾菱。他依舊還是沒有主動開口說話，但已放鬆許多。

很快便到了寺廟，褪了大半顏色的大門半敞著，一身灰色僧袍的懷舒握著一把大掃帚，正在門口掃雪。

聽見動靜，他抬頭。

鍾菱今日穿著一件鵝黃色的銀邊褙子，這般鮮嫩的顏色在雪地之中，顯得鮮活靈動。凍得有些發紅的臉，埋在頸間毛絨雪白的圍脖裡，漾開燦爛的笑容。

兩人隔得遠遠的，便雙手合十，互相低頭見禮。

跟在鍾菱身後的阿旭，有些好奇的打量著身材高大的懷舒，猝不及防的被鍾菱往前推了一把。

「這是我店裡的小朋友阿旭，今日和我一起過來。」

阿旭有些無措，他忙學著懷舒的動作，有些蹩腳的也行了一禮。

「昨夜裡這麼大的雪，妳怎麼想著今日過來？」

懷舒上前接過鍾菱揹著的竹簍，帶著他們二人往寺廟裡走去。

寺廟裡的小徑，已經都掃乾淨了。

「多做了些豆腐，想著給您送過來。」鍾菱背著手，腳步輕快的跟在懷舒身後。「這不是馬上要冬至了，但我冬至那日與友人相約去賞梅，便想著早些來陪您吃頓餃子。」

懷舒笑道：「剛好，後院的大白菜長得好極了。」

鍾菱照例先去殿中上香，阿旭跟在她身後，虔誠的拜了拜。

在進入偏殿前，鍾菱頓住腳步，回頭看向阿旭。「這邊供奉的是赤北軍的將士……」

阿旭咬著嘴唇，抬頭看向懷舒，堅持道：「我……我也可以進去上一炷香嗎？」

懷舒目光溫潤，微笑著點了點頭。「當然可以。」

阿旭和赤北軍是沒有任何關係的，這一點，鍾菱可以確定，能讓他堅持想要進去上香，只能是因為鍾大柱。

這就讓鍾菱更費解了，他每天又是被打、又是挨踹的，怎麼還能對鍾大柱這麼死心塌地？

上完香之後，鍾菱坐在院子裡，捧著熱茶，越想越不對。

「怎麼了，妳這一臉愁容的。」

懷舒端了兩碗熱騰騰的銀耳羹，遞到鍾菱和阿旭面前。

阿旭喝了一口，紅棗的香味縈繞在唇齒之間，湯水微稠，銀耳軟糯，甜滋滋的卻一點也不膩，一下子就驅散了一路上的風寒。

這簡單的美味，讓連續幾日食慾不佳的阿旭忍不住多喝了幾口。

鍾菱對懷舒，就是有一種沒由來的信任和親近。這幾日發生的事情實在是太多了，她便挑著，一一說給懷舒聽。

懷舒聽得很認真，他時不時點頭附和，在聽見鍾菱崩潰得開始嚎啕大哭的時候，他臉上是毫不掩飾的心疼，溫潤的眼眸裡滿是擔憂。

「但是那天晚上，我夢到樊城的事情了！」鍾菱挺直了脊背，眼眸亮亮的。

懷舒也跟著坐得更直了些，他們赤北軍是從城外攻進去的，等到入城的時候，只看見遍地狼藉的血跡，其中到底發生了什麼，他並不清楚。

「我從前想不明白，我是怎麼活下來的，但是我現在大概知道了，我是在被藏在屍體邊，矇混過去的。」

鍾菱是後來才反應過來，柳姊姊讓她躺下的位置旁邊，剛好堆著幾具屍體。她身上沾染了大片的血跡，又因為驚嚇過度昏迷了過去，才沒有被發現。

大概是清理城內屍體的時候，才發現她尚有呼吸，又恰好碰到了結束避難，返京的唐家人。

「像我一樣大的孩子們，被不同的大人保護著。他們……」想到這裡，鍾菱鼻尖一酸，有些哽咽的道：「他們護住孩子們，自己做誘餌去引開敵軍。」

那個一開始抱著鍾菱的人也好，柳姊姊也好，他們每個人，都用自己的生命，在保護著每一個孩子。哪怕，他們也不認識手裡的孩子到底是誰家的。

懷舒繃著臉，目光低垂，盯著地上那一堆雪，沈默了許久。

終於，他長嘆了一口氣，再抬頭時，眼眶微微泛紅，雖難掩悲傷，但還是笑著感嘆道：「這就是赤北軍啊……」

阿旭驚訝的仰著臉，懷舒的這句話，教他莫名一顫。像是有一陣帶著雨雪的風，呼嘯的從他心頭而過，將少年人心中的豪情壯志和責任感，鋪天蓋地的四處吹開。

鍾菱和懷舒互相安慰了幾句。

阿旭有些難忍心中的悸動，他舔了舔嘴唇，伸手想要去拿桌上的杯子。

他一伸手，懷舒便敏銳的側過臉，目光在他手背上的猙獰瘀青上停留了一下。這一看，便知是尖銳條狀物敲出來的痕跡，看著顏色，怕是下手還不輕。

在意識到懷舒的注視後，阿旭猛地縮回了手。

懷舒溫和的看向阿旭。「我這裡有跌打損傷的藥。」

背過臉去抹眼淚的鍾菱聞言看了過去，在看見捂著手裝啞巴的阿旭，和懷舒詢問的目光時，她一下子就明白發生了什麼。

她問阿旭。「我能說嗎？」

低著頭的少年，有些掙扎的摳了摳自己的手背，輕輕點了點頭。

剛剛鍾菱就已經和懷舒說了鍾大柱和孫六在火場裡救人的事，略過了他挨打的那一段。

阿旭之所以同意，是因為懷舒赤北軍將士的身分，也是因為在這遠離京城，遠離人群的山間寺院，讓他有一瞬間覺得自己是自在的。

不需要去考慮將來，不需要去回顧過去，真切的活在當下。

冷冽的風會吹走所有煩悶，潔白的雪會覆蓋住曾經的苦難，而他心裡的擔子，或許作為出家人的懷舒，更能夠理解。

鍾菱長話短說，客觀的描述了這兩日阿旭和鍾大柱之間奇怪的相處模式。

「所以，他身上還有傷？都是妳爹打的？」

鍾菱點頭，看向阿旭時的目光，多了幾分無奈。「我問了，他們倆都不肯說。」

阿旭依舊裝著啞巴，沒有說話。他垂著頭，以一種逃避的姿態，不知道在迴避什麼。

「我想，我大概知道怎麼回事了。」懷舒笑了笑，語氣舒緩。雪光映照在他眉眼間，溫和清透，似乎能包容下世間的一切苦難。

阿旭猛地抬起臉來，滿眼不可思議的看向懷舒。

但是懷舒沒有馬上給出答覆，他從容的起身，拿著鍾菱的湯婆子去了後院，再出來時，他的手裡，多了一把劍。

把湯婆子遞給鍾菱，他將那把劍朝著阿旭遞了過去。「他教了你一套劍法對吧？」

這和阿旭平日裡練習用的小木劍完全不一樣，頗有分量的樣子，劍鞘綴著繁雜的蛇紋，在陽光下，泛著銀白的冷光。毫無疑問，這是一把真正的寶劍。

甚至，劍身並未出鞘，但不管是阿旭還是鍾菱，都能感受到其中的殺氣，這是上過戰場的一把劍。

阿旭眼睛都要看直了，他嚥了口口水，試探著看了一眼懷舒。在懷舒鼓勵的目光中，他顫抖著雙手，接過了劍。

阿旭跑到一旁的空地去拔劍了。

鍾菱托著下巴，有些不解。「我記得，您上次……不是練棍嗎？」

「這是我好友的遺物。」

懷舒語氣平靜，但在看向阿旭試探著舞劍的身影時，目光中閃過一絲懷念。他輕笑了一聲，開口道：「這小子挨的揍，都是他自己活該。」

利劍出鞘的瞬間，發出一陣嗡鳴聲，在冷冽的空氣中傳開。劍脊沐浴在陽光之下，折射著清冷的寒光，上面的暗紋，清晰可見。

看得出來，這把劍被保養得很好，哪怕是過了這麼多年，依舊保留了銳氣，隱約可以窺見當年在戰場上的英姿和風采。

阿旭只是小心翼翼的揮舞了一下，面前的空氣便被劃開一個口子。

曾經在戰場上浴血奮戰的寶劍頗有靈性，即使多年過去，早已物是人非，但輕輕揮舞，便能感受到那劍鋒之上，似乎保留了主人的意氣風發。

這劍對阿旭來說還是有點太大了，他雙手握著有些吃力，但仍完美的挽了一個劍花。

「他根骨不錯，身上有一股狠勁，倒是和赤北軍的風格很像。」

懷舒看著少年舞劍的身形，滿臉懷念，透過阿旭，他彷彿看到了許多年前，那些無憂無慮的歲月。

「他這套劍法……」懷舒一頓，他微微蹙眉，看向阿旭的動作的目光，越發嚴肅凝重。

少年在剛剛抬手轉身的時候，下意識甩了一下頭。這動作看似多餘，卻讓懷舒一時間愣住了。

懷舒怔怔的看著阿旭，面上平靜如常，但心裡早已洶湧起波濤。他多年吃齋唸佛，早已沒有波瀾的一顆心，此時卻搖搖晃晃起來。

阿旭的身影，在漫天雪光之中，逐漸與他記憶裡的那個友人重疊。

他的那個友人，容貌俊美，年幼之時便學武，在少年時便練得一手好劍術，但太過於重視外在形象了，因為鬢邊兩縷飄逸的碎髮，經常被揪著罵。

那個年紀張揚得有些討人厭，即使知道錯了，卻也堅決不改。為此那友人每每練劍，都特意在轉身時，晃一下頭，不僅能避免碎髮遮擋視線，看起來也不羈瀟灑許多。

友人對自己的靈活變動，感到非常滿意。

幾年後，少年人走上了戰場，最終還是束起了鬢髮，但是那個晃頭的動作，也許是因為年少時的慣性動作太過於深刻，也保留了下來。

阿旭的額頭光潔，並沒有碎髮劉海，這個動作對他而言更為多餘。很顯然，阿旭是從教他劍術的人那裡學會的。那個教他劍術的人，到底是誰？

「他的劍，也是妳爹教的？」

懷舒朝著鍾菱微微一笑，看似無意，可實際上，他握著茶杯的指尖，用力得發白。

「是啊。」鍾菱點頭。「還有拳法，是孫叔教的。孫叔和我之前提過的昭昭的父親，同為右路軍斥候。」

「那妳爹是……」

「他似乎是中軍的將士。」

懷舒端起茶杯，茶水激盪著杯壁，他咬著舌尖，強迫自己冷靜下來，抿了一口茶水。

中軍、姓鍾，還有那個甩頭的動作……整個赤北軍中，不會再有其他人了。

那些青燈之下誦讀的經文，那些從指縫間流逝的過去，一下子，具象成了友人年少時的模樣。懷舒無法想像那個張揚貌美的青年，老去之後的樣子。

畢竟，他那樣重視自己形象的人，永遠都不會讓人看見他邋遢狼狽的一面。

十年不見，或許他那張俊美的臉上，只是平添了幾條皺紋。可能他依舊會笑得張揚，還是帶著讓人忍不住想要揍他一頓的囂張。

鍾菱有些錯愕的看著懷舒。

他突然笑了起來，是極具感染力的，發自內心的笑，任誰看了都會跟著揚起嘴角；但是伴著那笑容，他的臉上，有兩行清淚淌下。

「懷舒師父……」

懷舒抬手捂住眼睛，嘴角高高揚起，朝著鍾菱擺了擺手。「我只是太高興了，能看見這套劍法被傳承下來。」

這套劍法，是只在赤北軍內部傳習的，如今阿旭能練習，就證明他得到了赤北軍將士的肯定。

雖然這突如其來的好消息，砸得懷舒有些回不了神，但他畢竟是出家人，十年的修行早已磨平了他的鋒芒和情緒。他很快就平復了心情，雖眼眶微紅，卻語氣平緩的道：「我想，他應該是和妳爹，達成了什麼約定。」

約定？鍾菱皺眉想了想，這或許真是唯一合理的理由。

「或許，是一種類似師徒的關係。這套劍法是不外傳的，他能學，就證明他被認可了。或許就是因為這份認可，才讓他這樣心甘情願、心服口服的接受……責罰？」

懷舒微微笑著，轉頭看向阿旭。

「他從小和祖母相依為命，一下子發生這樣大的事情，自然難以接受。這小子，一看就是個倔種。」

鍾菱贊同的點了點頭。

「估計是忍受不了他這樣死氣沈沈的樣子，又或者他也說了什麼犯渾的話。」

從前懷舒帶兵的時候，也經常碰到這樣年紀不大的士兵。稱得上是孩子的年紀，正是犯倔的時候，哪怕是他那個後來身居高位的友人，也逃不過這段時期。

年少時衝動，總會不管不顧的說些渾話，明知道這樣不對，卻堅持不肯讓步。

赤北軍禁止內鬥，卻鼓勵大家在指定的地方切磋。那些犯倔的少年，就會被拉出來切磋，然後以切磋的名義，單方面的被揍一頓。一來二去，再談上幾次話，很快就成長起來。

因此，赤北軍的將士經常會開玩笑，說：「是不是又想被切磋了？」

而阿旭，本就是一個像狼崽一樣的孩子，尋常談話，對他起的作用不大。他自己心裡有一桿秤，旁人很難輕易動搖他的觀點。

就像起火那夜，鍾大柱的那一巴掌帶著火氣，也將衝動上頭的阿旭打清醒了。

對付小狼崽，就要用比他展現出來的更狠戾的方法。

雖然鍾菱不知道之後的那兩頓打是因為什麼，但是阿旭在竹枝的督促下，確實稍稍顯得不那麼頹廢了。

「我猜，這孩子從小就和祖母生活，估計說了什麼，不想活了，自己命中帶孤煞什麼的。」

若是別的赤北軍將士，氣歸氣，或許還不會氣得兩天打孩子三頓；但是懷舒很清楚，他那位友人，是最聽不得這樣的話的。

他見不得這樣長久的消極，他一直主張往前看，有空思索著死，不如站起來往前走，不管能走多遠，起碼比坐在原地來得強。估計阿旭這孩子，是犯了他的大忌。

懷舒臉上現出幾分無奈的神情。

從前在軍中，他的友人就不愛和別人談心，若是在氣頭上，更是罵完人就不管不顧的找個地方自己撒氣去了，善後的工作往往都丟到懷舒身上。

以至於如今偶有村民找來寺中，找他排憂解難之時，懷舒應付得格外順手。

沒想到這麼多年過去，自己還要給他收拾善後。

懷舒學著鍾菱的樣子，撐著下巴看向阿旭。他們在說話的時候，阿旭愛不釋手的拿著那寶劍，一刻不停的練習著。

山林之中的溫度，比外頭還要低上幾分。小桌下生著火盆，鍾菱的懷裡還揣著湯婆子，就算這樣全副武裝，她還是縮著脖子。

可就這短短的一會兒工夫，阿旭已經滿頭大汗了。他甚至把褂子脫下來，隨手一扔，一點也不耽誤練劍的時間。

鍾菱的面上有幾分無奈，而懷舒的眼中則是多了幾分讚賞。難怪能得到他那友人的認可，確實是個習武好苗子。反正，他認可的人、他的徒弟，自己提點一手，也算得上名正言順。若靠這孩子自己走出來，還不知道要多挨幾頓打呢。

見阿旭額間的汗水都能淌下來了，鍾菱皺著眉，朝著他喊道：「阿旭！把衣裳穿上，別凍著了！」

少年的身子一頓，有些不情願，卻還是聽話的穿上衣服，走了過來。他將手裡的劍雙手遞還給懷舒，一點都沒掩飾眼中的不捨。

懷舒心情頗好，他將劍放到桌上，笑呵呵的問道：「你和那位教你劍法的人，是不是達成了什麼協議？比如說，他收你為徒？」

阿旭有些猶豫，他思索了一會兒，才開口道：「還沒有。他說……要等我想明白了才肯收我。」

果然如此。

鍾菱眉尾微挑，有些驚喜的和懷舒對上目光。

她又問道：「你那天是不是和他說了，若是祖母出事，你也不活了？」

恰有飛鳥振翅，從一旁的桂花樹上縱身飛向高空，驚動了枝葉上堆積的潔白，落下一片雪，涼絲絲的飄了幾片，落在阿旭的脖頸上。少年被凍得一激靈，他臉上有些泛紅，卻還是點了點頭。

還真是和懷舒猜的一模一樣。阿旭從小獨立，也因此沒有安全感，很多事情，並不和別人交流，只是習慣自己揣測決定。

鍾菱撐著頭，輕嘖了一聲。「你為什麼不和我說呢？大夫明明說了你祖母的情況很好，若是知道你胡思亂想，我定是要你自己去問大夫，再把大夫說的話重複一遍。到時候你祖母醒過來了，你瘦得比她還厲害，你叫我怎麼和她交代？」

她說完，目光掃過阿旭手上的瘀青，氣不打一處來。「你這打，挨得是真活該！」

阿旭被訓得一愣一愣的，低著頭，沒有辯解，全認下了。

在他眼裡，鍾菱和鍾大柱是不一樣的。他對鍾菱犯不起倔，總是很習慣的就退讓了。

瞧著阿旭可憐兮兮的樣子，懷舒還是沒忍住的開口。「好了、好了。」

鍾菱想起這幾日，看阿旭被踹進雪裡的可憐模樣，又是心疼，又氣他什麼都不說。

「我去廚房擀麵！」她帶著一肚子悶氣，自己抒發去了。

阿旭小心翼翼的抬頭，看著鍾菱遠去的背影，眉眼之間有些失落。

他的小動作，懷舒全看在眼裡，他也不挑明，只是笑著招呼阿旭坐下。

第三十章

鍾菱來的時候，就已經想好吃什麼了。

餃子是白菜木耳豆腐餡，再用包餃子留下的大白菜芯，和凍豆腐一起煮一個湯。

凍豆腐是鍾菱揹來的，豆腐放在室外一夜，就凍得像磚頭一樣，宋昭昭第一次看見的時候還嚇了一大跳。

這個季節的大白菜甘甜脆爽，和菌菇、木耳一起煮，湯汁鮮美濃郁，濃縮了山林裡最新鮮的滋味，一點也不比大骨湯差。凍豆腐吸飽了湯汁，輕輕一咬便汁水飛濺，雖是素菜，卻依舊鮮美。

鍾菱擦著手，走出去準備叫他們進廚房吃飯，但院子裡的場景，卻教鍾菱一個踉蹌，險些栽進雪堆裡。

阿旭在哭！

那個兩天挨了三頓打、被踹進雪裡都一聲不吭的阿旭，在祖母病床前都沒有掉過眼淚的阿旭，此時正哭得滿臉淚水，肩膀止不住的顫抖。

而他對面的懷舒，依舊是溫和的笑著，寬容慈愛，好似能包容一切。

一時間，鍾菱站在原地，有些不敢上前。

在她去做飯的短短一刻鐘裡，到底發生了什麼？不管鍾菱怎麼問，懷舒都只是笑咪咪，只說是談了一會兒心。鍾菱不解，這到底是談了什麼，後勁這麼大……

阿旭早在看見鍾菱的時候，就背過身去，不願意鍾菱看見他淚流滿面的模樣。

鍾菱雖然還是氣他一副倔得要命的樣子，但終究還是心疼占了上風。

她只是覺得有話不直說，非要憋著，是很不明智的行為。她不希望阿旭因為這樣沒有意義的倔強，吃了本可以不用吃的苦。

或許是曾經淋了太多的雨，如今她希望能給孩子撐一撐傘，起碼讓他們不要覺得這世界無情得沒有一絲暖意。

鍾菱折回廚房，在懷舒的指示下，找了一塊乾淨柔軟的布巾，在熱水裡浸透擰乾，不由分說的就蓋在阿旭的臉上，還用力的揉搓了兩下。

「好了好了，不凶你了。」

阿旭從熱布巾下掙扎出來的時候，他眼眶微紅，襯得眼眸更加水亮，早已褪去初見時的凶狠，現出柔軟稚嫩的一面。

他應當是想明白了，因為這幾日，鍾菱從未在他眼中，看到過除了悲傷之外的情緒。許是心結已經解開，阿旭在坐上餐桌時，久違的有了一些胃口。

鍾大柱治不好好吃飯是有一手的，能給人在心理上造成很大的壓力。從前鍾菱一頓就吃兩口，鍾大柱雖不會說什麼，但會一直盯著她直到她吃完為止。而阿旭沒有那麼好的待遇，估計這幾日沒少因為吃飯的事情挨罵。

懷舒喝了一口菌菇白菜凍豆腐湯，長舒了一口氣。「妳的手藝，真的是越來越好了。」

「您也可以自己煮，我帶了綠豆粉絲，您回頭煮進白菜湯裡，也很好吃。」

懷舒笑著應下。「我記住了。」

每個人面前的小盞裡，還有兩個圓滾雪白的湯圓。

湯圓是懷舒自己做的，湯圓皮軟糯，不甜但是有一股糯米香，一口咬下去，滾燙的芝麻餡帶著撲鼻的甜香，豐富的油脂和芝麻醬一起爭先恐後的湧出來。

阿旭雖看著冷硬，實際上偏愛甜食。他面前的餃子一口都沒動，但是湯圓已經全進肚子了。他咀嚼著湯圓，臉頰鼓鼓囊囊的。

懷舒轉頭剛好看見這一幕，他溫和道：「阿旭喜歡？那一會兒帶些湯圓回去吧。」

阿旭聞言睜大了眼睛，忙加快咀嚼，急著把嘴裡的東西嚥下去。

就在鍾菱以為阿旭要拒絕的時候，他居然點了點頭，禮貌道謝了。

鍾菱震驚！懷舒師父到底給他下了什麼藥?!

像是知道她心有疑惑，在阿旭主動提出要留在廚房洗碗的時候，懷舒朝著鍾菱招招手。

兩人穿過大殿，沿著後院曲折的小路，逐漸走到了一片臘梅林中。

臘梅顏色透亮，綴在光禿的枝幹上，微黃的花瓣半掩埋在雪中，卻依舊展現出舒展的弧度來。上山時聞到那若有若無的幽香，大概就是來源於此，那藏身暗處的香味清冷，置身於這臘梅林，便被濃郁卻不膩人的沁香包圍。

「這臘梅開得好，折些回去，能養很久。」

懷舒的手裡握著一把剪子，鍾菱則跟在他身後，在雪地上撿拾些乾淨完整的臘梅，又收了些沾了花香的雪，忙得不亦樂乎。

懷舒的動作俐落，他個子高，揀些舒展筆直的枝幹剪下。他剛準備轉身將手裡的一捧臘梅花放到地上，就見鍾菱站在他身後，眉眼彎彎的伸出手。

「您到底和他說了什麼啊？」

「不過是分析了一下他的處境。他是個聰明的孩子，只要稍微提點，就會明白了。」懷舒笑著，伸手替鍾菱撣去落在肩上的雪。

「妳爹那教育方法啊，很有赤北軍的風格，其實也挺適合那孩子的，但他年紀還小，經歷得不夠多，容易鑽牛角尖，還是需要有人盯著的。」

他這是在提醒鍾菱，不能讓阿旭和鍾大柱這樣一直硬碰硬下去，在阿旭成長起來，或者鍾大柱放緩心態之前，早晚會兩敗俱傷的。

既然知道了鍾大柱有收阿旭為徒的想法，鍾菱對阿旭也是更上心了幾分。怎麼說，阿旭也算是她的弟弟了，她得罩著阿旭才是！

鍾菱抱著臘梅花枝，又和懷舒師父聊了幾句赤北軍的事情。

等到紮好那兩捆臘梅花枝，準備回到殿前時，鍾菱向懷舒師父發出了邀請。

眼看著就要過年了，小食肆裡大家湊成一桌，熱鬧的吃年夜飯，想到懷舒師父孤身一人在這寺廟裡過年，鍾菱便有些於心不忍。

但是懷舒輕輕搖了搖頭，說：「我是出家人，莫要掃了你們過年大魚大肉的興致。」

在得知鍾菱的父親是誰後，懷舒在一瞬間的狂喜後，迅速就冷靜了下來。也是在這極短的時間裡，他決定暫時先不去見他的友人。

畢竟……他已經出家了，能夠得知友人尚且在世的消息，已經是上天恩賜。

更何況，如今友人能收養和親生女兒一般年紀的鍾菱，定是已經從失去妻女的悲傷中走出來了。身旁有這樣一個懂事聰慧的女兒，又有一個很倔但是優秀的弟子，想來是過得很不錯的。

眼下，似乎還沒有到見面的時機。

午後的陽光燦爛許多，映在雪上，閃著晶瑩剔透的光亮。

懷舒拿著棍子，和阿旭切磋了一會兒，眼看著時間差不多了，便送他們出門。

懷舒還向阿旭承諾了，等他拜師成功之後，就送他一把劍。話聽著很像在哄小孩子，但是雙方都極其認真，並不像是說笑的樣子。

馬車載著滿懷的臘梅沁香和一背兜的凍湯圓，回到京城裡。在回程的馬車上，阿旭一改來時的沈默，鄭重的朝鍾菱道謝。

那日在火場外巷子裡陪著他的人是鍾菱，陪著他去醫館，又交了一筆不菲的醫藥費的，也是鍾菱。鍾菱做了這些，卻從未多提過一句。

阿旭在極端低落的情緒支配下，沒有留意他身邊的人究竟給予了他什麼，在被懷舒師父提點了之後，他才恍然大悟。

他停留在原地，不肯往前走，卻忽視了身前等候著他，關心他的人。

滔天的悔意折磨著這個半大的孩子，他一上馬車，就再也憋不住那醞釀了許久的話。

鍾菱認認真真的聽完後，總算是鬆了口氣。

太好了！終於不用每天提心弔膽地推開小食肆後門，看到那「家暴」的場景了！也終於不用感受鍾大柱和阿旭之間詭異的低氣壓了！

阿旭說完了心裡話，開始支支吾吾提起醫藥費的事情。

只是他才剛起了頭，就被鍾菱無情打斷了。

「你現在可別跟我提錢的事情。」鍾菱拾起一支臘梅，遞到阿旭手裡，鄭重道：「你我之間，也算是有滔天的緣分。我爹既有意收你為徒，那你以後就是我異父異母的弟弟了。」

異父異母的弟弟？阿旭是第一次聽到這種說法，雖有些奇怪，但仍心下一暖。從小和祖母相依為命的孩子，從來沒有這樣堅定的被選擇過，不知為何，鼻尖有些發酸。

阿旭側過身去揉了揉鼻子，聲音有些發抖，卻清晰堅定的喊了一聲。「姊。」

回到小食肆的時間，剛好是備菜的時候。眾人都在後廚，不緊不慢、有序的幹活。

鍾菱將湯圓交給韓師傅，又把一大捆臘梅枝分給周蕓和韓姨，在各自的房間放一些，剩下的一捆準備放到店門口。

她想了想，挑出最好看，花朵最飽滿的兩枝，走到後門外的小巷子裡，將臘梅和一盒芝麻湯圓交給了車伕，麻煩他送去祁府。

等到鍾菱從小巷子裡回到後廚時，阿旭正在向韓師傅道歉。

韓師傅的手上至今還留著牙印，是他從火場裡把阿旭硬拖出來時，被阿旭咬的。如今再看見自己的「傑作」，阿旭幾乎將臉埋進衣領裡，不敢和韓師傅對視。

作為這幾日詭異低氣壓受害者的韓師傅，見阿旭總算不再彆扭了，也是鬆了一口氣，一點也沒計較阿旭那日的失禮，寬慰的揉了揉少年毛茸茸的頭頂。

得到韓師傅寬容原諒的阿旭，在鬆了一口氣的同時，也陡然繃緊了脊背。

他能感覺到，有一道目光從柴堆角落，落在他身上。少年鼓起勇氣，腳步僵硬的走向後院的角落。

幾乎所有人的心，都被提了起來。

阿旭不敢抬頭，一直到視線範圍裡，出現一雙灰黑的加絨布鞋時才停住腳步。

他鼓起勇氣，方才敢抬起目光。只是在視線觸碰到鍾大柱那不悲不喜，沒有情緒的目光時，阿旭心下一驚，又猛地避開目光。

他低垂著眼眸，朝著鍾大柱屈膝跪下。阿旭跪得筆直，而後他俯下身子，鄭重的朝著鍾大柱磕了三個頭。

少年的額頭觸碰著地面，但是卻一點也不教人覺得卑微低賤。

相反的，在他膝蓋落向地面的瞬間，附在他身上那層黑色的雪也緊跟著碎裂開，散落一地陰霾，最終消融在淺淡的陽光之下。

雖置身寒冬，周身飄著碎雪，但有無限的生機沿著少年人的脊背舒展開，堅韌頑強的開始蔓延生長。

在鍾大柱的注視下，阿旭抿了抿嘴唇，態度誠懇，語氣坦然。「我知道錯了。」

鍾大柱沒有說話，半垂著眼眸看向阿旭。他的眉眼之間，已然沒有了那強勢至極的威懾力，而是略顯妥協和感慨。

在阿旭低頭的時候，鍾大柱便不再是一個嚴格的赤北軍將士了。他像一個父親，注視著自己的孩子，雖有不滿和氣憤，但最終歸於無奈，也為少年的堅持感到欣慰，為他的倔強和低頭感到驕傲。

良久，他才沈聲道：「起來吧。」

院子裡的其他人皆鬆了口氣。

他們二人之間的關係，好像什麼都沒有說，但是誰都知道是怎麼回事了。

等鍾大柱交代了阿旭幾句，便放他走了。

韓師傅和韓姨沒有孩子，他們本來就很喜歡宋昭昭和阿旭，如今見他放下心事，皆是欣慰。韓師傅堅持要慶祝一番，要給阿旭露一手，於是笑呵呵的上前詢問阿旭想吃什麼。

阿旭猶豫了一下，開口答道：「芝麻湯圓。」

從寺院帶回來的湯圓正擺在桌上，圓滾雪白，有幾分可愛。只是韓師傅的笑容，突然就繃不住了。

最後還是鍾菱出手，定下了晚上的菜單。

半隻雞燉雞湯，剩下的半隻剁成雞塊拿去炸，再清炒兩個蔬菜，重頭戲是八寶飯。沒有湯圓，韓師傅硬是霸著鍋不讓人煮湯圓。

難得見韓師傅這般孩子氣，鍾菱氣笑了，詢問了阿旭的意見，確定他不是非得要吃湯圓後，便也隨著韓師傅去了。

八寶飯原本是年夜飯的菜，今日提前試菜。

糯米裡面摻了一大勺豬油，蒸煮後軟糯油亮，浸潤在豬油的柔和香味之中，無論是口感還是味道都更上一層樓。餡料用的是周蕓調製的豆沙餡，混了山楂和紅棗泥，酸甜可口。

這本是周蕓給未來糕餅鋪子調試的餡料，被鍾菱就這樣徵用了。

同時她還和周蕓分享了很多花裡胡哨的餡料，比如奶黃餡、芋頭餡和牛奶餡。如果順利的話，小食肆今年過年的時候，就可以販售各種口味的八寶飯了。

這個豆沙餡料的八寶飯阿旭和宋昭昭都很喜歡，他們看都不看桌上的燉雞一眼，只朝著八寶飯伸出筷子。

實在是擔心他們一口氣吃太多糯米消化不了，無奈只好由鍾大柱出手，將八寶飯先收回灶臺上。嚴肅的告訴二人，要等吃完飯後才能吃八寶飯。

小食肆後廚久違的沈浸在一種輕鬆歡愉的氛圍。

將阿旭的心事解決掉之後，鍾菱終於可以放下心來，安心的準備起冬至那日出行要帶的東西了。

接下來的幾日，除了點暖羹的人特別多之外，後廚並沒有特別忙。

鍾菱提前將香料調配好，暖羹就可以全部交給韓師傅了，而她則跑去周蕓那兒一起研究糕點了。

荷花酥和桃花酥，雖然精緻好看，但畢竟已經在青月樓銷售了一段時間了，鍾記糕點鋪在來年春天開業，得有更加亮眼的糕點才是。

周蕓在嘗試做麵果。

鍾菱蹲在一旁看了一會兒，便明白了這麵果是怎麼回事。

麵果用食材做成餡料，再用麵團儘量還原食材的形狀和顏色，比如用紅棗做「紅棗」，用核桃做「核桃」。

主要的難處，還是在於如何讓麵團更接近實物的樣子。

年少之時，周蕓的麵果也是聞名川蜀的。少女的手指纖細靈活，能夠維妙維肖的還原出食材最原本的形狀，擺在白瓷盤子裡，足以以假亂真。

只是，她的手指已經不復當年的纖細靈活了。嫁人之後，她洗衣做飯、砍柴下田，指節變得粗大，爬滿了繭，更因為冬日的勞作，生出頑固的凍瘡來。

小食肆後廚裡，除了鍾菱和韓姨，其他人都有凍瘡。因此鍾菱早早就訂購了一批湯婆子，又多次囑咐阿旭和宋昭昭，摻著溫水洗菜，碰完水之後要馬上擦乾手。

雖然已經極力避免再生凍瘡，但是重新成為白案師傅的周蕓，對自己手指的狀態非常不滿意，尤其是在鍾菱也嘗試過捏麵團後。

鍾菱算不上有天分，但勝在年輕，從前又是個養尊處優的小姐，沒幹過重活累活，手指的敏感度極高，練習了一段時間後，捏出來的麵團像模像樣的。

周蕓已經練習了一段時間了，此時桌上擺著的兩個梨子，圓潤青黃，飽滿新鮮，若不仔細看，真會以為這就是從樹上摘下來的真梨子。

「妳明日出去玩的糕點，我都已經準備好了。」見鍾菱圍著案臺轉悠，周蕓擦了手，笑著看向她。「怎麼，一刻都等不及要去赴祁公子的約了嗎？」

「您說什麼呢！」鍾菱瞪大眼睛，炸毛了似的，壓低了聲音又忍不住嚷嚷。「我是太久沒和錦繡他們見面了！」

路過的韓師傅端著一條處理好的魚，邊走邊敷衍的點點頭。

鍾菱只覺得自己百口難辯，有一口氣憋在胸口，上不去也下不來。她憤憤的邁著步子想要和韓師傅理論，只是她剛邁出步子，就被腳步匆忙的宋昭昭攔住了。

宋昭昭挑了挑眉尾，神色飛揚，有些壓抑不住語氣中的興奮。「祁公子找妳！」

祁珩？

鍾菱忽視了宋昭昭那滿臉旁觀別人談戀愛的興奮。

她只是奇怪，明日便是冬至，祁珩今天來……是不是他們約定賞梅煮酒的行程，出了什麼問題？畢竟祁珩這幾日根本忙得不見蹤影，連他手下的祝子琛都消失了。

本就接近年關，那場火災的波及範圍又很廣，祁珩若是沒空，也很正常。

只是想到這裡，鍾菱心中的雀躍和期待，一下子跌到了谷底。

她想要和祁珩見面，卻又不想聽到行程取消的消息，一時間，連腳步都變得猶豫躊躇了起來。她攥著衣袖，指尖無意識的揉搓著，眉眼間閃過一絲煩躁和無措。

終於在宋昭昭的連拖帶拽下，鍾菱還是走出後廚。

並不是營業的時間，祁珩正站在羊毛毯子前，看著菜名。他身著湛藍色的大氅，披著半身風雪，似是消瘦了一些，整個人看起來更加的挺拔修長。

聽聞動靜，祁珩轉過頭，看見鍾菱的一瞬，眼眸中染上了笑意。他順勢側過身，鍾菱這才看見，他懷中還抱著一團毛茸茸的東西。

似是感受到鍾菱好奇的目光，那毛茸茸動了動，從祁珩的臂彎裡抬起一雙漆黑的眼睛。

那是一隻棕黑色的小狗，看起來小小的一團，卻依舊可見幾分英氣颯爽來。不知是什麼品種，有些像鍾菱從前見過的獵犬。總之，光看那爪子的大小，就知道長大一定是一隻威風凜凜、體形巨大的狗。

未來的猛犬此時窩在祁珩的臂彎裡，一雙厚實又軟乎乎的耳朵隨著牠歪頭的動作，輕輕顫了顫。

鍾菱那一顆浮浮沈沈的心，在看見小狗的那一刻，就不知道被拋到哪裡去了。她快步上前，在祁珩面前站定，卻頭也不抬，一個眼神都沒給祁珩，徑直朝著小狗伸出手。

小狗很懂事，牠對著那纖細手指嗅了嗅，然後伸出粉嫩的舌頭，舔了一下。

鍾菱反手在小狗的腦袋上，揉搓了兩把。小狗的毛髮柔軟，牠樂得在鍾菱的手掌下搖頭晃腦，咧了嘴。

「妳抱一下？」被冷落的祁珩將懷裡的小狗往前遞了遞。

鍾菱順勢接了過來，小狗不重，卻很暖和，抱在手裡像是小火爐一樣。小狗在鍾菱懷裡尋了個舒服的姿勢，仰著頭看她，一雙清澈的黑眼睛看得鍾菱心都要化了。

「哪來的小狗啊？」

「祖父和柳大人從江南帶回來的。」祁珩拍了拍衣衫上沾著的狗毛。「我太忙，養不了，不知妳願不願意養牠？」

祁珩看了看鍾菱，又低頭和小狗對視了一會兒。

說實話，她覺得……祁珩的眼睛和這小狗有點像。一樣的清澈透亮，看向鍾菱的時候，都有一種無辜的討好感，這讓鍾菱根本說不出拒絕的話。

見她接受了小狗，祁珩臉上的笑意更加明顯了。

「你吃些什麼嗎？」

祁珩擺手拒絕。「不吃了，我還要回翰林院。」

鍾菱抱著小狗，和祁珩並肩朝門口走去。

跨過門檻的時候，祁珩微微俯身，像是無意提起一般，輕聲道謝。「臘梅很香，我很喜歡。」

他的聲音低沈，在耳邊響起，惹得鍾菱耳尖一燙，有些不自在的抬起肩膀，蹭了蹭臉頰。

祁珩將她耳朵竄上的緋紅看在眼裡，笑盈盈道：「那……明天見？」

就在他邁開步子要離開時，鍾菱忙喊住他。「等等！」

她望向懷裡的小狗道：「既然是你送我的狗，那你為他取個名字吧！」

「那就叫……蒸蛋吧。」

第三十一章

這隻叫蒸蛋的小狗，被鍾菱交給了阿旭，委託他幫忙照顧。

阿旭雖然解開了心結，但他從前就沒什麼朋友，獨來獨往的，鍾菱之前便想著給他找個玩伴，這下剛好，小狗絕對能提供優質的陪伴。

「你記得每天帶牠出去溜溜。」鍾菱把蒸蛋塞到阿旭懷裡，囑咐道：「院子可以分一半給牠，但是不可以讓牠靠近爐子和洗菜的地方，也不可以進廚房。」

祁珩不僅送來了狗，還送來了一些狗窩、狗碗之類的物品，鍾菱也全都交給阿旭了。

她拍了拍阿旭的肩膀。「以後你就是蒸蛋的好舅舅了！」

阿旭生疏懵懂的抱著狗，他張了張嘴，自己也不知道要開口說什麼。而蒸蛋此時正翻著肚子，四腳朝天對著牠年少的小舅舅吐舌頭。

「以後可以讓蒸蛋陪你去看祖母。」鍾菱從荷包裡取出兩塊碎銀，遞到阿旭手裡。「路上看見什麼喜歡的就買。」

鍾菱根本沒給阿旭拒絕的機會，把狗繩和項圈往他懷裡一塞，推著他出門了。

等到阿旭花了比以往多一倍的時間，牽著蒸蛋從醫館回來後，他們的關係看起來已經相當不錯了。

蒸蛋蹬著毛茸茸的短腿，在阿旭腳邊打轉。阿旭進廚房吃飯的時候，牠眼巴巴的扒著臨時搭建的圍欄，委屈的搖著尾巴，導致阿旭和宋昭昭兩人根本沒心思吃飯，隨便吃了兩口，就去找蒸蛋玩了。

在店裡最忙的時候，他們倆還輪流值守，保證蒸蛋身邊一定有人陪著。到了晚上，阿旭直接抱著毛絨墊子，引著蒸蛋回房間了。

看見小朋友和小狗相處得這麼好，鍾菱總算是放下心來。

第二天一早，鍾菱就起來梳妝收拾，還沒到和祁珩約定的時間，就已經提著準備好的餐盒，在門口等著馬車了。

他們分明沒有告知對方，卻默契的都提早到了。

祁珩掀開馬車的簾子，目光朝前看去，恰好看見鍾菱提著裙子，邁出小食肆後廚。

她身上的絳紅色對襟短襖，是用錦繡坊新訂購的一批料子做的，面料柔軟鮮豔，衣袖處用銀絲綴著如意紋，顯得低調卻鮮活。

裙襬的底色是銀白的，像是一片無瑕乾淨的雪地，暈染開的藕粉和繡工精緻的紅梅，完美映襯著短襖的絳紅色。端莊優雅，又顯得年輕活潑。

鍾菱上次去青月樓時，裝束清冷，而今日的打扮卻張揚明媚。短襖顯得人高䠷，遠遠看去，鍾菱挺拔纖細的身形好似傲立雪中的寒梅一般，教祁珩一下子挪不開眼。

尤其是在馬車緩緩停下後，看見那張年輕貌美的容顏，綻放開笑容。鍾菱的眼尾帶著一抹緋紅，只要她眼尾眯起來，就會變得深情又蠱惑，可她的眼神明明是乾淨清透的。這強烈的反差，讓祁珩根本移不開目光。

他接過鍾菱手裡的餐盒，攙著她上了馬車。

因為房間裡放了臘梅的緣故，鍾菱的衣衫上也沾染了臘梅的清冷沁香。那若有若無的香味惹得祁珩心癢癢，心跳亂了節拍，連呼吸都急促沈重了幾分。他別開眼，不敢和鍾菱對視。

「你餓嗎？」鍾菱並沒有察覺到祁珩的異常，她打開食盒，朝著祁珩遞過去。

鍾菱還記得，祁珩腹中空虛的時候會格外的暴躁，今日出門的時間實在是早，她擔心祁珩還沒吃早飯。

「多謝。」祁珩伸手，拿起一個雪白圓潤，尚且溫熱的豆沙棗泥餡小饅頭，有些食不知味的嚼著，目光隨著馬車的顛簸，時不時晃到鍾菱的身上。

陽光灑進馬車，剛好落在她髮間的金步搖上，墜下的兩片金葉子，閃耀著金燦的陽光，給她添了幾分矜貴。

一路上，兩人都沒怎麼說話，除了聊幾句蒸蛋之外，就沈默了下去。

一直到馬車緩緩停在山頂的寺廟門口，鍾菱扶著祁珩的手下車的時候，有些驚訝。「不是說……賞梅嗎？」

山間溫度比平地更低一些，周圍堆積的雪，也更加厚實。憑欄遠眺，群山連綿，雲霧繚繞，如水墨畫一般的絕美景象，讓鍾菱一下子有種不真實的感覺，就好似人在畫中一樣。

祁珩還沒回答，蘇錦繡就挽著盧玥，笑盈盈的朝著鍾菱走來。

「你們可算來了。」

自那場火災之後，鍾菱便忙得團團轉，仔細想想，她已經有一段時間沒有看見蘇錦繡和盧玥了。也不知道她們倆是怎麼相識的，但是鍾菱沒有想那麼多。她笑得燦爛明媚，呼出一團白霜，小跑著撲向她們二人的懷抱。

祁珩替鍾菱拿著暖手的湯婆子，朝著揣著手，正看著姑娘們擁抱嬉笑的兩個男人走去。

祝子琛眼下有一抹明顯的青黑色，顯然是這段時間沒少被按在翰林院加班。

他身邊的汪琮也好不到哪兒去。眼看著就要過年了，年後便開春闈，汪琮已經全然沒有了和鍾菱初見時恣意跳脫的樣子了，氣質沈穩的同時，有一種被榨乾的無力和脆弱感。

但是和祝子琛比起來，汪琮還是捯飭得整潔明朗，往那兒一站，玉樹臨風的模樣，吸引了不少經過的小姑娘的目光。

「不是說賞梅嗎？沒說要來寺廟啊。」

鍾菱被蘇錦繡攬著，朝著寺廟裡走去。

蘇錦繡扳著手指，一一數了起來。「妳的小食肆多少受了火災影響，怎麼也得來祈福一下；而且汪琮要參加會試；祁大人和祝公子因為火災的事情，忙活太久了；我可能要和宮裡搭上線；盧姑娘明年又要定下親事……」

細細算來，每個人似乎都有要做的事情，都有要祈求的願望。

「而且我聽說啊……」盧玥抬頭看了一眼不知道在聊什麼的三個男人，扯了一把鍾菱的衣袖，壓低聲音道：「聽說慶雲寺求財運和事業很靈，但是後面的那座月老廟啊，在求姻緣這方面，可是京城數一數二的靈。」

鍾菱剛想開口詢問盧玥的婚事考察得怎麼樣了，就見盧玥神秘兮兮的朝著她擠眉弄眼。

「妳們有沒有什麼想法？」

鍾菱本能的搖頭，但她下意識的又側過目光，看向走在她身後的祁珩。

似是有所感應一般，還在和汪琮說話的祁珩突然就朝她看了過來。

以掛著冰凌的深綠松針為背景，兩人的視線交會。明明只有一瞬，但祁珩眼裡的笑意，卻讓鍾菱像是被火焰灼了一下似的，她迅速挪開了目光，下意識捂住了心口。

看見鍾菱這失神的樣子，盧玥輕笑了一聲，和蘇錦繡相視而笑。

這兩個人之間，很明顯的，祁珩有情，鍾菱也有意。但是他們自己卻似是沒有意識到一樣，誰也沒有要捅破這層紙的意思，真是教旁觀的人看著乾著急。

慶雲寺香火鼎盛，他們一行人算來得很早的，卻依舊有不少香客已經點上香了。

殿前的大香爐，升騰起青煙，和山間的雲霧，逐漸相融，然後消散在風中。檀木的香味和不知從何飄來的臘梅清香混在一起，有一種教人安心的力量。

伴隨著沈重綿長的敲鐘聲，鍾菱雙手合十，朝著殿中的佛像拜了拜。

她從前並無信仰，只是經歷太過於奇異，教人如何也不敢小覷因果輪迴，對神佛之事，也更加的尊重了。

仔細想想，一路走來，確實是應驗了因果。

唐之玉曾那樣羞辱過她，陳王對她更是堪稱虐待，她和虐殺書生妻子和弟弟的事毫無關係，卻還是被送上了斷頭臺。

可如今，面對著這高大威嚴的佛像，鍾菱的心裡已無仇恨。

她在持香閉目的時候，想到的是看起來硬朗許多的鍾大柱，是長個子也胖了的宋昭昭和阿旭，是身體逐漸康健的韓姨，是找回自己一手廚藝的周蕓，還有，獨居山中的懷舒。

不知不覺，她也被愛包圍了。

她所求並不多，不過是小食肆的眾人平安健康。還有那個前世在下一屆春闈之中一舉奪魁的書生，鍾菱也虔誠的替他和他的妻子、弟弟求了一份平安。

鍾菱緊隨在祁子琛之後，將香插進了香爐裡。

或許，珍惜眼下所有的，才是她重活這一世真正要把握住的東西。

看著那三炷香緩緩升騰著青煙，她感到格外的平和安靜，甚至有一瞬間，鍾菱覺得自己好像看透了一切，又放下了一切，幾乎可以原地出家了。

她長舒了一口氣，惹得祁珩回頭看過來。

「怎麼了？」

鍾菱笑著搖搖頭。

祁珩時不時會來小食肆晃一晃，她非常享受餵食別人的那種滿足感，而餵食祁珩，又是鍾菱覺得最有成就感的。

兩人相視而笑，但剛剛插完香的盧玥突然插進了祁珩和鍾菱之間。

她扯了扯鍾菱的衣袖，壓低了聲音。「欸，那是不是唐家那個大小姐啊？」

祁珩和鍾菱齊齊順著她所指的方向看去，雖然只看見了一抹藕粉色的背影，但是鍾菱很確定，那就是唐之玉。剛剛的心如止水，一下子泛起不安的漣漪。

鍾菱皺著眉，有幾分不解。

上次在青月樓碰到了陳王，這次又碰到唐之玉，就這樣巧嗎？只要出來玩就一定會碰到這幾個容易教人勾起心中不妙回憶的人。

鍾菱這段時間沒有怎麼關注唐家，她甚至不太清楚唐老爺子現在身體情況如何。

但是盧玥來到京城之後，就一直盯著唐家。見鍾菱有興趣，她雙眼發亮，拉上蘇錦繡一起，分享起唐家的情況。

「唐老爺子得了梁神醫的救治，如今身子骨兒還算硬朗。」

梁神醫是鍾菱介紹給唐老爺子的這件事情，她沒有刻意瞞著，反正傳出去，大家只會誇她懂事孝順，對她來說是百利而無一害；至於唐之玉會怎麼想，鍾菱根本就不在乎。

唐老爺子之前身體不好的時候，家中部分的產業已經移交到唐之玉手中，這也是唐之玉對鍾菱頗為排斥的原因之一——唐之玉怕鍾菱會和她爭家產。

如今唐老爺子精神狀態還不錯，只要留意一下唐家這半年的情況，就一定會察覺到唐之玉和唐之毅投靠陳王的心思。

唐老爺子雖坐到京城數一數二富商的位置，實際上他的手上還挺乾淨的，也沒有太多野心。以鍾菱對唐老爺子的瞭解，他不會就這樣放任唐之玉帶著唐家站隊到陳王身後。

這樣想想，唐之玉這段時間應該過得不怎麼樣吧。

同為經商世家的盧玥，還有白手起家開繡坊的蘇錦繡，顯然都比鍾菱專業很多，她們一一細數唐家在生意上的變動，最終得出了結論。

唐之玉今日出現在慶雲寺，十有八九是因為手下店鋪的生意不怎麼樣。

鍾菱對上香拜佛這事，從來就不上心。但是仔細想想，之前在唐府的時候，好像唐之玉確實會每月都去一趟山上。

你一言、我一語的聊了一會兒之後，盧玥興致高昂許多，她回頭看了不斷湧入的香客，催促道：「不用管她了，我們快點去後面的月老廟吧。」

蘇錦繡附和道：「我記得後面還有一棵可以掛紅綢的樹，我們早點去占個好位置！」

祁珩三人沒什麼意見，見姑娘們腳步一拐朝後院走去，便亦步亦趨的跟上。

一行人穿過殿後的荷花池，鍾菱在仰頭望向天邊那一抹金燦陽光的時候，不小心踩到了雪，腳底有些打滑。

她穩住重心後停下腳步，尋了塊乾燥的地面，低頭蹭了蹭鞋底。

祁珩快步上前，低聲問道：「怎麼了？」

「沒事。」鍾菱甩了甩腳踝，原地踏了兩步，確定腳下不滑了之後，才抬頭看向祁珩。

一個水囊遞到了她面前。水囊小巧玲瓏，裝在繡著粉色海棠花的小布袋裡，一點也不符合祁珩的風格。

只是鍾菱還沒開口表示自己的詫異，祁珩已經將水囊塞到她手裡了。

「別看了，就是給妳準備的。」

語氣之間的幾分侷促，讓鍾菱忍不住笑了起來。

她擰開蓋子，冒著熱氣的甜香便縈繞在鼻尖，是溫度剛好可以入口的紅棗水。

剛剛聊了那麼久的天確實有些口渴，鍾菱喝了幾口之後，暖意在全身蔓延，讓人不由得滿足得瞇了瞇眼睛。

她合上蓋子，笑著和祁珩道謝。

祁珩點頭應了一聲，順手接過她手裡的水囊，又把湯婆子遞了過去。

鍾菱把湯婆子往懷裡一揣，腳步輕快的又跑去找盧玥她們了。

「您這……」一旁目睹全部過程的祝子琛抿著嘴唇，一臉複雜。

這兩個人相處時的動作，實在是太默契自然了。雖然並無任何肢體接觸，但是不論是伸手的動作，還是眼神的交會，都如沈浸在熱戀之中的新婚夫婦一樣。

但是，作為祁珩左膀右臂的祝子琛很清楚，他的上司，根本就沒有和鍾菱表過心意。

祝子琛之所以這麼關注他們，是因為他背著祁珩，接了一份「私活」。

昨日柳恩從江南回來，抱了一隻小狗來翰林院。祁珩很快就抱著狗出去了，而柳恩則找上了祝子琛。

在得知這兩人的感情沒有什麼實質的進展之後，柳恩毫不掩飾臉上的嫌棄，半是威脅、半是誘惑，讓祝子琛幫著推動一把祁珩。

祝子琛並無心上人，也沒有定下婚事，壓根兒不懂感情問題。

但是柳恩發話，背後定也有祁國老的意思，祝子琛不敢不接。今日他這一路上觀察，只要祁珩和鍾菱目光相交，旁人就根本插不進話。

「怎麼？」祁珩收斂了幾分笑意，詢問的看向祝子琛。

「沒……沒事。」祝子琛忙擺手，又覺得自己這樣有些刻意，於是順手指了指祁珩拿在手裡的水囊。「我替您拿著吧。」

「不用！」祁珩毫不猶豫的拒絕了，怕他搶走似的，直接將水囊掛到肩上。

祝子琛見慣了翰林院裡雷厲風行的祁珩，也聽說過他在朝堂之上的從容不迫，偶爾也能看見他私下的輕鬆隨意，但是眼前的這個祁珩，讓祝子琛覺得陌生。

這一瞬間，祝子琛立刻將柳恩的話拋到一旁，隨便找了個理由，快步走到汪琮身邊。

不管是祁珩還是鍾菱，他祝子琛一個也惹不起。他們倆的事情，還是別摻和的好。

汪琮今日也有點不對勁。

他不僅話少，而且時不時便目光渙散，不知道神遊到哪兒去了。

眾人都當是他即將參加會試，太過於勞累緊張了。因此在月老廟院子裡，領到的第一根紅色綢緞，被遞到了汪琮手裡。

火災一事已經過去了，繁雜的政務永遠都處理不完。其他人不過是想要求一個心安，而汪琮是實打實的要去做大事了。

小方桌上擺著筆硯，專供香客書寫。

一旁的大榕樹，枝幹如傘蓋一般撐開，彷彿傘架一般，覆著一層白雪。白雪下，垂著鮮紅的綢緞，隨著微風飄蕩，連成一片，像一團燃燒在雪下的火焰，燃燒著的是香客們赤誠的心願。

「這紅綢，是要靠甩上樹去的。」

盧玥拉著蘇錦繡，買了一把小銅墜飾。她素白的手掌攤開在鍾菱面前，幾個形狀各異的玲瓏墜飾，正躺在其上。

鍾菱挑選了一個柿子形狀的，紮在綢緞的一端。墜飾看著不大，但是拿到手裡卻有些出乎意料的沈。

剛好有香客已經寫好了願望，正甩著胳膊，將繫著墜飾的一端甩出圓弧線，等到時機差不多的時候，便朝著樹枝的方向用力拋去。

眾人的視線隨著那一抹紅飛向枝椏，綢緞勾到樹枝，抵銷了墜飾向前衝的勁，墜飾因為慣性在樹枝上纏繞了兩圈，紅綢便穩穩的捆在上頭了。

見自己的心願被掛到了樹上，那個香客一喜，忙雙手合十，虔誠的閉目許願。

這棵榕樹高大，樹幹都足夠好幾個人合抱了，那樹枝也挺高，自然會有人扔不上去。

但是那香客也不生氣懊惱，撿起紅綢，又去一旁較為低矮的桂花樹或者銀杏樹上，找一個合適的枝頭，仔細的拴掛在上面。

放眼望去，這月老廟前的樹上皆是一片飄揚的紅色。

一根紅綢，並不起眼，但是當每一棵樹上，都捆綁著紅綢的時候，放眼望去有一種波瀾壯闊的史詩感，每個人的心願好像具象化了，最後構成了這震撼的景象。

鍾菱看了一會兒，才轉身去尋筆。

心願這種東西，多少有些隱密，大家都默契的保持著一定的距離，低頭思索並書寫著。

鍾菱所求不多，她寫下了「平安喜樂，順遂無憂」後，便停住了筆。誰知道綢緞以後會不會掉下來呢，鍾菱不敢寫帶有真實資訊的東西上去。

她思索了半天，實在是想不出來自己想要什麼了，剛想將筆放下，卻在抬頭的一瞬間，對上祁珩的目光。

也不知祁珩這樣看著她多久了，鍾菱有一瞬的失神，她朝祁珩做了個口形。

怎麼了？

祁珩笑著輕輕搖了搖頭，又低下頭，保持著笑容在綢緞上添了幾筆。

鍾菱有一點莫名其妙，等到她回過頭的時候，才發覺筆尖不知何時抵在紅綢上，留下了一團墨漬。

鍾菱輕嘖了一聲。

雖無傷大雅，但是就有些不好看了，所以她提筆在這墨漬周圍添了幾筆，畫成了一朵小花的樣子。

祁珩在放筆的時候，瞥了一眼鍾菱手裡的紅綢緞。

鍾菱一點也不遮掩自己寫了什麼，她的字端正圓潤，一眼便看得清楚。那朵圓滾的小花和她的字跡很般配，一點也不顯得突兀。

見祁珩探過目光，鍾菱眉尾一挑，踮著腳也想看一眼祁珩手裡的綢緞，但是祁珩藏得很好，鍾菱什麼都沒看見，於是她瞪了祁珩一眼。

祁珩好脾氣的朝鍾菱笑了笑，嘴上哄著她，手指卻靈活的將綢緞收攏得更嚴密了些。

可不能教她看見了！

盧玥和汪琮已經興沖沖的跑到榕樹下，找合適的位置去拋綢緞了。

但成功率顯然不是很高，第一個拋出去的盧玥並沒有成功，她撿起綢緞，轉頭就去尋找別的樹了。祝子琛緊跟上她的腳步，也跟著去找別的樹了。

只有汪琮成功了，他似是鬆了一口氣，忙雙手合十，額頭抵著指尖，虔誠的閉目祈禱。

接下來蘇錦繡也沒有掛上去，她笑著去找盧玥了。

「妳先？」祁珩朝著鍾菱挑了挑眉。

先後順序沒那麼重要，鍾菱朝前走了兩步，伸直了手臂，伴隨著耳邊呼嘯的風聲，她將手裡的綢緞拋了出去。

那一抹鮮紅觸碰到枝椏，驚落一枝積雪，卻因為些微的差距沒能掛上去，而是直直的墜落下來。

鍾菱笑了笑，小跑著將綢緞撿了回來。她往回走時，朝著祁珩抬了抬下巴。「輪到你了！」

那一團紅色，在祁珩手裡似乎被賦予了格外的力量。

鍾菱仰著頭，看著那綢緞在空中劃出優美的拋物線，最後又穩穩落在一枝沒有纏繞其他紅綢的枝幹上，墜在綢緞下的小銅兔在空中晃了晃，輕快又自由。

待到鍾菱收回目光時，祁珩已經在低頭許願了。

他恰好背著光站著，從鍾菱的角度看過去，他的鼻梁高挺，眉骨如畫，雪花落在他微顫的睫毛上，微不可見的清冷光亮一閃而過。

鍾菱看得有些出神了。她的目光專注，一寸寸的描摹過祁珩銳利的下頜，連呼吸都刻意的放緩了幾分，似是怕驚擾他的虔誠。

她這般不加掩飾的直接目光，一直到祁珩睫毛震落了雪花，眼看著就要睜開眼的時候，才猛地收回來。

鍾菱像是逃跑似的，轉身就走。她的背影有些慌亂，心臟跳動的節奏更是亂成了一團。她已經顧不上去尋盧玥他們掛的綢緞了，只是隨手尋了一棵樹，胡亂的便在枝頭打了個結。一直到低頭閉目的時候，她的耳邊還迴盪著自己慌亂的心跳聲。

鍾菱強迫自己深呼吸了幾下，平緩了情緒後，才開始許願。

照著流程，報了一遍名字、生辰和小食肆的地址後，鍾菱才開始緩緩默唸出她的願望。

「希望小食肆裡的每個人都能平安健康。」

說罷，她頓了頓，又補充了一句。

「那朵小花，是希望我和祁珩能夠一直……一直……這樣相處下去。」

在鍾菱低頭的時候，早就掛好綢緞的其他四個人站在一棵銀杏樹下，視線在祁珩身上轉了又轉，再落到微微蹙眉的鍾菱臉上。

盧玥靠著蘇錦繡的肩膀，有些不解道：「她是求什麼，這麼為難嗎？」

「大概是，自己都沒搞懂自己的心思吧。」蘇錦繡輕笑了一聲。「我們小鍾平日裡看著成熟，可在感情方面可實打實還是個孩子呢。」

這話倒是中肯，惹得眾人齊齊點頭。

祝子琛這會兒還想著柳恩交給他的任務，見蘇錦繡頗為專業的樣子，忙請教道：「那指望鍾姑娘開口，是不是有點難？」
回答他的是盧玥。
只見她伸出一根手指輕輕搖了搖。「這可不一定，小鍾機敏，而且姑娘家的心思靈敏得很，說不定什麼時候就突然相通了。祁大人雖然比小鍾年長些，但是他滿腦子公務，家裡又沒個女性長輩提點，怕是難哦。」
「我看不一定。」誰也沒想到，今天一直沒怎麼開口的汪琮，直接篤定的反駁了盧玥的意見。他面色有些複雜，似是不知道要怎麼開口。
在其他人催促的目光之下，汪琮看了一眼還在榕樹下的祁珩，他抓耳撓腮了好一會兒，方才壓低了聲音開口。「你們有看見祁大人寫了什麼嗎？」
蘇錦繡和祝子琛對視了一眼，又扭頭看向了盧玥。
他們都從彼此的眼中，看到了迷茫。
「祁大人他寫了……」
「祁大人寫了什麼啊？」
一道有些興奮的聲音突然在背後響起，驚得汪琮一顫，手忙腳亂的跳出去兩步。
鍾菱不知何時站在他們身後，雙目發光，笑意盈盈的看過來，眼神中有一股興奮勁。
剛剛只顧著盯著祁珩，居然沒有人留意鍾菱。
汪琮倒抽了一口氣，這下是什麼也不敢說出來了。

但是剛剛想偷看被拒絕了的鍾菱此時興致昂揚，她不斷的追問道：「他到底寫了什麼啊，還藏著不給我看呢！快說出來跟大家分享一下！」

汪琮擦了一把額間的冷汗，剛想開口糊弄兩句。可就在這個時候，在祝子琛的提醒下，汪琮才發現，祁珩已經朝著他們走過來了。

祁珩在聽見鍾菱的話後，一下子就明白了他們在聊什麼。他有些不悅的皺了皺眉，臉上有幾分冷意。

在場唯一和祁珩有過共事經驗的祝子琛迅速暗道了一聲不好。

怕是要完蛋！

第三十二章

祁珩瞇著眼睛掃了一眼祝子琛，但是並沒有說什麼，而是走到鍾菱面前，抬手戳了一下她的腦門。

他似笑非笑的問：「妳想知道我寫了什麼，為什麼不直接來問我？」

鍾菱眨了眨眼睛，不知道為什麼她好像從祁珩的語氣裡，聽到了一絲絲小委屈？

於是她順著祁珩的話，問道：「那你寫了什麼啊？」

他的語調微微上揚，帶著一絲笑意。「和妳一樣的。平安喜樂，順遂無憂。」

鍾菱追問道：「那你為什麼藏著不讓我看？」

「因為怕妳說我抄妳的。」祁珩笑著，指了指汪琮。「不然妳問汪琮，他剛剛看到了。」

好端端站在一旁的汪琮突然被點了名，他繃直了脊背，極其鄭重的朝著鍾菱點了點頭，用堅定至極的語氣道：「是的！祁大人寫的就是平安喜樂，順遂無憂。」

雖然感覺有點奇怪，但是祁珩已經輕輕推了推她的肩膀，招呼著大家往外走了。

祁珩到底許了什麼心願，對鍾菱來說並不是一定要刨根問底的事情。她沒把這件事放在心上，而是跟盧玥一起，有一搭沒一搭的又聊了起來。

這件事情好像一下子就被大家拋在腦後了，但是走在最後面的汪琮，卻面色複雜。他有千言萬語，已經到了嘴邊，卻沒有辦法說出口。

這種感覺實在是太難受了！

就在汪琮滿臉鬱悶之時，有人悄悄拉了拉他的衣袖。

蘇錦繡不知何時悄悄落後了大家半步，走到他的身邊。她的鳳眸有光芒閃爍，神采奕奕。「你給我說說？」

她的聲音輕輕的在汪琮心底撓了撓。汪琮紅著臉，附在蘇錦繡的耳邊輕聲說道：「執卿手，共偕老。」

滾燙的氣息撲在耳邊，蘇錦繡的臉倏地變得通紅。她捂著嘴，指了指祁珩又指了指鍾菱，震驚之餘帶著些許的詢問。

汪琮點了點頭。

蘇錦繡沒忍住，克制至極卻還是壓抑的尖叫了一聲。

所有人都在為祁珩和鍾菱兩個人的感情操心，但是作為當事人之一的祁珩，居然比所有人想像得都要清醒理智。

蘇錦繡壓低聲音。「那他為什麼不和小鍾說啊？」

祁珩不說的原因可太多了。

雖然汪琮沒問，但是他出身官宦人家，家世背景和祁珩有幾分相似，對他們這樣的家庭來說，婚姻並不是單純的迎娶一個女子，而是男女雙方背後家族的結合。

婚姻大事，講究門當戶對，若是雙方的家庭差距太大，會產生很多矛盾和問題。

但是這兩個人實在是太特殊了。

雖然鍾大柱只是個農夫，但是他曾經是赤北軍將士，鍾菱怎麼說也可謂是有功軍眷，且鍾菱在唐家長大，是按京城裡嬌小姐的教養長大的，規矩儀態，一點不差。

而祁珩家中就只有祁國老一個長輩了，現在在家中，祁珩有絕對的話語權，他若真心想要迎娶誰家姑娘，還真沒什麼阻力。

雖說兩家並不是傳統意義上的「門當戶對」，但是只要他們二人足夠堅定，應當是沒什麼問題的。

汪琮的目光若有所思的落在前方正在下臺階的二人身上。

這一段石刻的臺階，有些陡峭。

鍾菱提著裙襬，低著頭看路，她的另一隻手搭在祁珩的掌心裡，在她看不見的後方，祁珩正虛扶著她的腰，隨時做好接住她的準備。

或許，祁珩不說，是因為拿不准鍾菱的心思。

以汪琮從小聽著祁珩奮進經歷長大的經驗來看，祁珩非常尊重鍾菱的意願和想法，他應該是在等鍾菱表明態度。

這時，汪琮又想起從小在祁珩陰影下成長的恐懼。

祁珩雖和他們年齡相仿，但是因為過分聰慧的緣故，很早就參加科舉，進入官場。汪琮雖然年紀不大，但是前有祁珩年少中舉，後有祝子琛這個寒門早他一屆出仕，怎麼看都是將他襯托得格外紈袴無能。

如今看到在長輩口中無所不能的祁珩，在遇到感情問題時，也是拘謹克制的，汪琮心裡突然就平衡了。

果然沒有人可以做到全能！

當一行人的車馬，到達半山腰的山莊時，所有人都驚訝的發現，一直興致不高的汪琮，不知為何，心情突然好了許多。他主動替鍾菱拿起食盒，領著眾人往裡走去。

在場的人裡，祁珩忙得沒時間娛樂，祝子琛也是，反倒是汪琮，對這裡熟門熟路的。

「後山有一片很大的梅花林，休息一會兒後，可以去看看。」

山莊的小廝接過汪琮手裡的玉牌，恭順的迎著眾人往裡走去。

「帳篷搭在梅林間，今日冬至，應當有不少人。」汪琮四處張望著，介紹道：「但是帳篷之間，隔著距離，不用擔心會碰上。」

這個山莊的概念，有些像鍾菱從前去過的農家樂。

不知道是誰這樣有經商頭腦，包了一座山，然後在偌大的山上各處，搭建了亭帳，造型類似蒙古包和亭子的綜合體，既能夠遮風擋雨，又可以無死角的欣賞風景。

他們的亭帳恰好在山中的溪澗旁邊，雖然大雪覆蓋了山林，但是溪水依舊清澈，溪流聲清脆悅耳，伴隨著草木香味和梅花的香味從帳中穿過，十分風雅。

帳中早已燒著炭盆，雖是半露天，卻比外面溫暖許多。中間擺放著一個泥爐，散發著熱氣，一旁放著裝著桂圓、橘子的果盤，是用來烤著吃的。茶壺放在單獨的小爐灶上，也已經升騰著熱氣了。

「公子若是還有其他要求，只管喊一聲，奴隨叫隨到。」小廝行了個禮後，便退下了。他說的其他要求，估計是一些娛樂設施。

鍾菱一路走過來的時候，就看見拿著麻將和葉子牌的小廝走過去。雖然鍾菱有一點蠢蠢欲動的想要打牌，但是她沒有忘記自己的任務。

盧玥正往爐中放桂圓。「這種多汁的水果，烤一烤總是更甜些，冬日溫度太低了，烤過後，更好入口。」

「這邊似乎還有川貝梨湯，若是想喝的話可以……」汪琮話說到一半，目光突然落在鍾菱手裡滿滿一盒子的梨子上。

見汪琮目光詫異，鍾菱忙解釋道：「這是麵果，不是真的梨子。」

這麵果靈巧又肖似真的梨子，一下子吸引了所有人的目光。

「這是蕓姨準備放在糕點鋪子賣的，你們嚐嚐。」

提起糕點鋪子，盧玥便來了興致。

麵果入手時觸感柔軟，仔細聞聞，可以聞到一股極其淺淡的梨子清香。盧玥拿在手裡觀賞了好一會兒後，才送進嘴裡。

麵團鬆軟，一口就咬到了裡面的餡料。那是周藝用梨子加上幾味草藥熬的梨子醬，綿密芳香又不甜膩，是清爽的口感。

就好像真的咬了一口新鮮的大梨子一樣，滿口芬芳，清甜不膩口，吃到中間切成丁的果肉時，教人立刻就有一種汁水四濺的錯覺。

盧玥吃完了一整個麵果，感嘆的開口道：「這糕點鋪子開起來後，不得發大財啊！」

「藝姨還調了好幾個口味，等糕餅鋪裝修好了，到時候再來一一品嚐。」

這邀請，大概沒有人會拒絕。

鍾菱將幾個裝著糕點的食盒全都打開，擺在桌上，供大家食用。

這四、五個餐盒往桌上一放，頓時顯得澎湃豐盛。尤其是周藝的手藝很巧，糕點的樣式比鍾菱做的要好看上許多。

就在所有人都覺得，這些糕點就是鍾菱帶來的所有食物時，鍾菱還沒有停止打開餐盒的動作。

她甚至不知道從哪裡掏出來一個鐵架子，穩穩當當的插進爐中，在上面鋪開一張細密的鐵網。

就在眾人疑惑她要幹什麼的時候，鍾菱拿出一雙筷子，將已經醃製好的雞翅，整齊的擺在烤網上了。

雞翅表皮在接觸到燒紅的鐵網時，滋滋作響，空氣中的清雅和風流，瞬間被高溫下油脂的香味所取代。

「這……這……」祝子琛看著這升騰著白煙的爐子，有些不知所措的將求助的目光看向其他人。

從來就沒有聽說過，在這般有意境的地方，直接掏出肉來烤的！

但是仔細想想，雖然沒有人這麼做過，卻也沒有說不可以這樣做。

祝子琛覺得，自己大概是和鍾菱認識久了，原先的那套原則，似乎有些隨意了起來。但是這樣風雅的烹茶煮酒，變成了煙霧繚繞的烤肉……清流出身的祁珩能夠接受嗎？

就在祝子琛將懷疑的目光緩緩投向祁珩時，祁珩開口了。

他語氣平靜，甚至帶著一點點的疑問。「沒有別的了？」

「還有羊肉，已經串好了，和豬五花裝在一起。」鍾菱又拿出兩個食盒，將詢問的目光投向在場的其他兩位女性。「蕓姨烙了小餅，妳們吃嗎？」

早就看呆了的蘇錦繡和盧玥，被鍾菱這一手俐落的操作驚得說不出話。不知道好好的圍爐煮茶，為什麼會被鍾菱理解成雪地燒烤。

但是周蕓做的小餅，沒有不吃的道理。她倆忙點頭，連聲應道：「吃！」

留下汪琮和祝子琛四目相對，相對無言。

短暫思索了一下，祝子琛突然意識到自己剛剛的想法有多愚蠢。祁珩怎麼可能不接受?!明明是祁珩去通知鍾菱圍爐煮茶的事情，不管鍾菱是不是誤解今日到底是來幹什麼的，這都是祁珩縱容的結果。

突然被迎頭敲了一棍的祝子琛有些回不過神，但他很快就被蘇錦繡一把抓去烤肉了。別的帳篷瀰漫著茶香，還有水果烘烤過的香味，客人們談笑風生，文雅體面；但是到了他們這裡，是煙霧繚繞，炭香四溢，手忙腳亂，小廝遠遠看著還以為是著了火，忙腳步匆忙的趕過來。

可才走到一半，便聞見了肉類炙烤後發出的焦香，還有香料的味道在空氣中橫衝直撞；再看那幾位公子、小姐，七手八腳的翻烤著食材，好生熱鬧。

沒見過這種場面的小廝，在原地震驚了一會兒後，還是退了回去，沒有上前打擾他們，而是轉身和上頭報備去了。

正興致勃勃烤肉的幾人並不知道，他們在悄然之間，改變了圍爐煮茶的風氣。京城在接下來的幾年裡，雪地燒烤大受歡迎。

鍾菱並沒有想過自己會就此引領起風潮，她正從汪琮手裡，搶下最後一隻烤翅。

鍾菱喜歡雞翅表皮焦脆一些的口感，少一點雞皮的硬韌，入口焦脆，雞翅醃得入味，外表金黃微焦，但用牙齒撕咬下的肉卻依舊鮮嫩，且保留了汁水，滿嘴油香。

看著被一掃而光的雞翅，鍾菱有些意猶未盡的舔了舔唇角。

好在鍾菱還準備了其他的肉，豬五花和羊肉都已經醃製好了，肥瘦相間，一烤便滋滋冒油，香味飄出去好遠。用小餅一捲，雖說沒有生菜和大蔥，但是微韌的餅皮裹著滾燙柔嫩、一咬就汁水四溢的肉，也頗有一番風味。

滿是油脂的烤盤上，最後再放上茄子、白菜等提前洗淨切好的蔬菜，烤肉留下來的油脂足夠浸潤蔬菜，透過高溫，讓肉類的香味滲入蔬菜中。

汪琮還帶了兩壺清酒，給每人斟了一杯。杯中是帶著梅子香氣的澄透液體，聞起來沒什麼酒氣，只有清甜微酸的香味。

鍾菱是能喝酒的，甚至在當陳王妃的時候，還被鍛鍊出頗好的酒量。

只是在那種滿是心機和算計、不懷好意的酒桌上鍛鍊出來的酒量，讓鍾菱一度聞到酒味就止不住的反胃乾嘔，所以她才會在上次和蘇錦繡一起去青月樓時說自己喝不得酒。

但是汪琮帶來的這個梅子清酒聞來清香，一點也沒有勾起她不好的回憶，反而像是和這群摯友一起，漫步於梅林中一般，輕快愉悅。

蘇錦繡在商場上摸爬滾打，酒量很好；而盧玥更是從小就有祖傳的海量，這一點青梅酒對她而言，根本不在話下。

見她們倆都舉杯對飲，鍾菱也想要拿起杯子，但是有一雙素白修長的手攔在她面前。

祁珩蹙眉，低聲問道：「妳能喝酒？」

鍾菱眉尾一揚，理直氣壯道：「能啊！」

祁珩有些不明白，她的自信從何而來。之前在赤北村的時候，鍾菱給鍾大柱買酒，自己是一滴也不碰的，莫不是在唐家練就的酒量？

其他人都已經舉杯，若是不讓鍾菱喝，實在掃興，尤其是鍾菱不一定會聽他的，叫她不喝就不喝。與其讓她偷摸著喝，不如光明正大的盯著。

於是那一小盞清酒，還是到了鍾菱手上。她歡快的和祁珩碰杯，豪爽的飲了一大口。梅子的酸香和酒的辛辣交織在一起，刺激了舌尖後，一路滑進胃裡，暖得人精神一振。

祁珩小小抿了一口，再抬頭時，鍾菱已經兩眼發光，跑去和蘇錦繡碰杯了。

鍾菱是個酒品極好，並且十分豪爽的人。

在場的都是她真心實意相交認可的朋友，而她表達自己喜歡的方式非常直接，幾乎是一碰杯，她就仰頭喝個乾淨，一點也沒有酒桌上的心眼，滿滿的全是真誠。

不過兩口酒下去，鍾菱的臉上就竄上了兩抹緋紅，與她眼尾上挑的紅色霞光逐漸交融，清透的眼眸中，很快便覆上了一層朦朧。

祁珩不過是低頭翻看一下烤盤上的肉，鍾菱已經開始仰著臉傻笑了。

而盧玥和蘇錦繡顯然也有些上頭，她們的眼中雖然依舊清明，卻比往日亢奮許多。喝了酒之後，平日裡亭亭玉立的姑娘們，狀似無骨般的貼在一起，正說著悄悄話。

不知道說到了什麼，被圍在中央的鍾菱咧開嘴笑得開心，她伸手就要去搆酒壺，祁珩眼疾手快的制止了她的動作。

被奪了手中杯子的鍾菱有些不悅的撇了撇嘴。「我的酒量很好的！」她眉飛色舞道：「我以前把辰安侯家的世子喝趴下過！」

辰安侯世子是陳王陣營的人，這是京城裡眾所周知的事情。鍾菱對陳王是避之不及的態度，怎麼會有機會和辰安侯家的世子喝酒？

祁珩只當她是太怨恨陳王，已經開始說胡話了。

見鍾菱還伸著手想要去拿酒盞，祁珩忙拉過她，握著她溫軟的手，輕聲細語的哄道：「不喝了好嗎？」

鍾菱眨了眨眼睛，似乎是花了一點時間，才認出來面前的人是祁珩。她瞇著眼睛笑，爽快的應下。「行啊！」

這是祁珩從未見過的，真實燦爛，毫不掩飾熱烈情緒的鍾菱。彷彿有一支箭，在鍾菱眼眸中的笑意裡幻化成形，呼嘯著朝著祁珩的心口射去。

祁珩倒抽了一口氣，別開了臉，不敢再和鍾菱對視。

若說她剛剛帶著黏糊的目光，對著蘇錦繡和盧玥說著悄悄話，祁珩只是略微有些心動；但是當他真的和鍾菱對上目光時，他根本招架不住這般略帶著迷離的笑意。

而且萬一鍾菱真的說出什麼讓他完全沒準備的話來，又要怎麼辦……

祁珩的喉結動了動，微微側目，卻看見祝子琛和汪琮並肩而立，蘇錦繡和盧玥坐在一起，齊齊看著他。

眾人忙別過目光，生硬的轉移話題。「去不去後山看梅花林啊！」

蘇錦繡忙接道：「去啊，怎麼不去！」

「後山好像還有梅花鹿，我們去看看？」汪琮率先邁步，招呼了一聲。

眾人齊齊往外走去，祁珩握著鍾菱的手突然被甩開了。

只瞧見鍾菱邁開步子，也跟著往前走去。祁珩忙一把撈過她，止住她繼續往前走的腳步。「妳去哪兒？」

「我想去看梅花。」鍾菱仰著頭，眨了眨眼睛，認真重複了一遍。「我也想看梅花！」

雖然看似乖巧，但頗有一種「你不依我，我就要鬧了」的勁在。

以祁珩混跡官場多年的經驗，千萬不要企圖和醉鬼講道理。於是在鍾菱那滿懷期待的目光中，祁珩解下自己的圍脖兒，嚴嚴實實的繞在鍾菱的脖子上。

不知道為什麼，她只是喝了幾杯清酒，渾身就燙了起來，剛剛握住她手的時候，祁珩還被她掌心的溫度灼了一下。

再次從上而下檢查了一遍鍾菱身上的衣衫都穿嚴實了後，祁珩才開口道：「走吧！」

鍾菱小小的歡呼了一聲，亦步亦趨的跟著祁珩往外走去。

亭帳外，剛好是一片石子路，上面覆蓋著未化的雪，有些濕滑。祁珩剛想轉身攙一把鍾菱，突然有一片滾燙柔軟，擠進了他虛握的掌心裡。

鍾菱的手指輕輕的在祁珩的掌心裡動了動，那微妙的觸感叫祁珩忍不住渾身一顫。

但是鍾菱似乎一點也沒有意識到有什麼問題，她還在認認真真的下臺階，牽祁珩的手，真的只是怕摔倒。

祁珩在心中重複默唸了三遍「她喝醉了」，方才平復了被鍾菱撩撥得有些飄飄然的心。

走完這段石子路後，鍾菱卻沒有鬆開祁珩手的意思。她不緊不慢的跟著祁珩的步子，漫步在雪地中。

雲霧繚繞，天地間的色彩除去遠山青黛和覆蓋在其上的潔白，似乎只有眼前這一片高傲紅豔的梅林了。山間多風，四下靜謐，時不時捲起幾片碎雪，悠揚的飄落在二人身上。

有一種共白頭的氛圍。

鍾菱似是覺得有些冷，她握著祁珩的手更加用力了些，整個人也朝著他貼了貼，想藉著他挺拔的身軀，抵禦一下風寒。

雖然隔著兩層冬衣，但在感受到緊貼著他手臂的身軀時，祁珩倒抽了一口氣，身體有一股躁熱升騰起來。

祁珩哪裡還顧得上看梅花，就在他覺得鍾菱可能真的醉得失去理智的時候，鍾菱突然開口，字正腔圓的喊了一聲。

「老闆！」

「嗄？」祁珩尚未從那連翩遐想中抽身，猝不及防的被這一聲，喊得一愣。

「老闆！給您匯報一下小食肆這季的經營情況。」鍾菱的眼中依舊有些迷離，但這一點也不妨礙她語氣堅定的匯報。

「小食肆的總體經營情況很好，主要分為主菜、小食和糕點三部分。其中糕點的成本最低，但是利潤最高，總共……總共有……」鍾菱有些苦惱的皺了皺眉，她迅速的伸出手，扳了一會兒手指，但是似乎並沒有得到結果。

於是她有些歉意的道：「對不起老闆！我沒有記下具體數字，但是我都記在櫃檯的帳本上了，等翻閱後，會第一時間告訴您的。」

祁珩有些頭疼的揉了揉太陽穴。

牽手散步、雪中賞梅、山谷獨處，隨便哪個詞，都是天時地利人和的浪漫，為什麼會變成小食肆經營情況匯報？

祁珩一點也不在意小食肆到底盈利多少，如果可以，他甚至想要開口再給小食肆投個百八十兩的銀子，換得鍾菱立刻從小食肆掌櫃這個身分裡抽身。

說她不清醒，她似乎不太清楚自己在說什麼，但是同時她又腳步穩健，口齒清晰，講出來的話還頗有條理，或許是酒精放大了她思維裡的跳脫。

即使他可以在翰林院裡坐上一整天，耐心處理最為繁瑣的政務，但此時，有一股難耐的躁意在他的胸膛翻騰。

祁珩實在是不想再聽小食肆的財政匯報了，反正鍾菱現在並不完全清醒，祁珩便一把拉過鍾菱的手臂，手指虛虛的抵在她的紅唇上。「咱們出來賞梅，就先不談公務了好嗎？」

鍾菱抬著臉，她認真思索了一下祁珩的話，在確定祁珩說的話確實有道理後，她眉眼彎彎，點了點頭。

她微挑的眼尾，暈開一片緋紅，與身後的梅花交映，明豔卻一點都不媚人，反而是純粹清透的，教人不忍靠近，深怕驚擾了這份清冷和乾淨。

望著那輕快奔跑的背影，祁珩的眼中再也裝不下其他的東西了，他朝著那窈窕背影朗聲道：「鍾菱！」

「嗯？」鍾菱聞言轉過頭，等著祁珩接下來的話。

但是祁珩只是輕笑了一聲，搖了搖頭。「沒事。」

這一瞬間，理智重新占據了上風。鍾菱現在並不完全清醒，他說什麼，並沒有意義，只不過滿足自己罷了，對她……並不公平。

若是鍾菱全然清醒著，她一定會打破砂鍋追問到底的，但此時，她的注意力都放在雪地和梅花上。

祁珩便不遠不近的跟在她身後，眼含笑意的看著鍾菱的身影。

兩人就這樣走著，穿過了這片梅林。

就在鍾菱眼中流露出一絲意猶未盡時，祁珩走到了她身邊，低聲詢問道：「鹿苑就在附近，妳想要去看看小鹿嗎？」

想起剛剛盧玥他們也說要去看鹿，鍾菱便毫不猶豫的點頭了。

周圍沒有了梅樹遮掩，行走在羊腸小徑之上，鍾菱貼著祁珩走，藉他躲避冷風。

他們還沒有走到鹿苑，甚至眼前的景象尚未開闊，便聽到了一陣爭執的聲音。

總覺得這兩個聲音都有些耳熟。鍾菱腳步一頓，她皺著眉思索了一下，拉著祁珩的手就往前跑去。

第三十三章

果不其然，小徑的盡頭，在連廊下，有兩撥人面對面站著，氣氛看似有些緊張。

人數較少的一方，為首的是盧玥；而和她對峙的，衣著華麗，鬢間綴著繁複首飾的人，正是唐之玉。

兩方人馬聽見腳步聲，齊齊朝著鍾菱和祁珩看過來。

沒等他們任何一個人開口，鍾菱已經放開祁珩的手，朝著唐之玉的方向跑過去。

祁珩瞳孔一縮，生怕她做出什麼不理智的事情來，忙上前去攔她。

沒承想，鍾菱直接略過了唐之玉，直奔一旁的假山。在眾人錯愕的目光中，鍾菱從地上撿起了什麼，高高舉起來給祁珩看。

「小貓！」

那巴掌大，雪白但是有些髒的異色眼小貓被鍾菱抓在手裡，無辜的甩了一下尾巴。

唐之玉有段時間沒有見到鍾菱了，她只知道鍾菱的小食肆生意還不錯，偶爾會看見印著「鍾」字的食盒，或者聽見有人談論小食肆。

每當聽見這些消息的時候，唐之玉一點都不高興。

尤其是又從陳王那裡聽說了，陛下想要光復赤北軍的事情。她好不容易讓鍾菱成為了落魄獨臂村夫的女兒，若是鍾菱的那個殘廢爹入了皇帝的眼，豈不是帶著鍾菱也跟著飛黃騰達了？

這是唐之玉最不願意看見的，尤其是這段時間，她過得也不怎麼樣。

她和唐之毅和陳王之間的部分謀劃，被病情好轉，又開始管事的唐老爺子知道了。唐家這段時間就沒個安生，一直都吵吵嚷嚷的。

唐老爺子希望他們能夠收手，可想要從陳王身邊抽身，沒那麼容易，尤其是在父親年邁抱病，胞弟尚且年輕衝動的情況下，唐之玉不得不站在中間周旋。

因此，在看見鍾菱的食肆一日開得比一日好的時候，唐之玉的心裡就很不舒服。

如今一見，鍾菱的容貌和身段，居然比起在唐府時還更要出眾，她身上穿著錦繡坊出品的新衣，是如今京城貴女們都要搶著才能預訂到的。

而唐之玉今年太忙，還沒有去錦繡坊採購新衣。

一時間唐之玉心裡的憤怒，不知從何而起，卻來勢洶洶。

她想要看到的是面黃肌瘦，狼狽不堪，整個人被打壓進泥土裡的鍾菱，而不是這樣貌美窈窕，氣度出眾的鍾菱。

「妳在這裡犯什麼傻？」唐之玉擰著眉頭開口，毫不掩飾語氣間的厭惡。

鍾菱把小貓揣進懷裡抱著，扭頭看向唐之玉，她的目光坦然，只是眼神中有些許迷茫。

「妳做了廚子，就做成現在這個樣子？真是丟人現眼！」唐之玉的聲音尖銳，被寒風一吹，更顯得刻薄。

她自動就帶入了長姊這個角色，語氣不免顯得高高在上了起來。

鍾菱還在唐府的時候，經常這樣被唐之玉說教。那個時候的鍾菱並不會直接和唐之玉起衝突，大多時候都只是忍氣吞聲嚥下這些惡意。

今時不同往日，更何況，鍾菱還喝了酒。

就在鍾菱想要開口反駁的時候，盧玥大步上前，伸手捂住鍾菱的耳朵。

「她說的不是什麼好話，乖，咱不聽！」

盧玥的這番舉動把唐之玉氣得直瞪眼。最可氣的是，鍾菱還點了點頭，一點也沒有理會她的意思。

盧玥觸碰到鍾菱臉頰的時候，指尖一片滾燙。她用詢問的目光看向祁珩，在得到他目光中的指示後，毫不猶豫的攬過鍾菱的肩膀。「走吧走吧，別在這兒浪費時間了。」

祁珩順勢走在鍾菱的另一側，將唐之玉的目光遮擋得嚴嚴實實的。

蘇錦繡和汪琮到底還是保留了幾分體面，和唐之玉見了個禮，不等她有什麼反應，便緊跟了上去。

看著被簇擁在中間，消失在視線裡的鍾菱的身影，唐之玉幾乎要咬碎一口銀牙，眼眸裡閃著森冷的光。

她一直站在原地，周身的氣壓很低，沒有人敢上來打擾她。

這份沈默，是被靴子踏過石板的沈悶腳步聲打斷的。
唐之玉回頭，在看見那一抹絳紫的時候，她的眼神中閃過一絲驚慌，忙低下視線，朝著來人屈膝行禮。
「陳王殿下。」
「嗯。」陳王隨意的抬手，示意唐之玉免禮。他的目光若有所思的沿著羊腸小徑，望向鍾菱一行離開的方向。
「那個紅色衣裳的女人，就是唐家的養女？」
「是的。」
陳王嗤笑了一聲。
他上次派人去查青月樓那個驚鴻一瞥的女子，處處碰壁，不知道是祁珩在護著她，還是皇帝出手了，總之，並沒有什麼進展。
今日陳王來這山莊，是與唐之玉談事情的，沒想到，竟又碰見了她。
「妳來和本王說說，妳這妹妹……是個什麼樣的人。」
鍾菱臉上燙成這樣，眾人也不敢再讓她在外面吹風了，收拾了一下後，便各自返城了。
一直到上了馬車，祁珩才發現，剛剛鍾菱撿回來的那隻白貓，居然一直窩在她懷裡。
那貓也是機靈的，一點動靜都沒有。一直到馬車駛出山莊，牠才探出腦袋，睜著一雙異色的眼眸，朝著祁珩「喵」了一聲。

鍾菱迷迷糊糊醒來的時候，天色已經漸暗了，她掙扎著坐起身來，腦子裡亂糟糟的。腦海中的記憶，停留在後山的那片紅梅林。不過只是勉強有個畫面，至於說了什麼，鍾菱一點印象都沒有了。

她光記得自己能喝，卻忘了對酒精耐受的不是她現在的這具身體，這個年紀的鍾菱，應當是沒沾過幾滴酒的。

鍾菱輕嘖了一聲，扶著額頭準備起身，找個人問問在她斷片的時候，到底發生了什麼。只是她剛側身，被子裡突然有什麼東西蠕動了一下，發出細細的叫聲。

鍾菱頓時不敢動彈，她的脊背僵硬，牢牢盯著那團蠕動掙扎的被子，腦子裡已經出現了不少極為恐怖的猜想。

一直到和一雙異色的圓瞳對視上，鍾菱才鬆了那口緊憋著的氣。

小貓蹣跚著，粉色肉墊踩在被子上，一顛一顛的朝著鍾菱走過來。鍾菱一把撈過小貓，將牠摁在被子裡一通揉搓，惹得小貓直叫喚，尾巴一甩一甩的。

雖然小貓很可愛，但是為什麼她的床上會有一隻貓？

鍾菱帶著一肚子的困惑和不解，穿上襖子準備去小食肆看看。

她原本打算把貓放在房間裡的，但是小貓見她起身，跌跌撞撞的就追了上來，然後從床上跌了下去。

無奈，鍾菱只好把貓抱在懷裡，推門出去。

小食肆的後廚依舊火熱忙碌，拴在院子裡的蒸蛋看見鍾菱，興奮的搖著尾巴叫了兩聲。被小狗的聲音吸引，宋昭昭從後廚裡探出頭，在看見鍾菱後，小跑著奔了過來。「姊，妳醒了啊！」

宋昭昭抬手，摸了摸她懷裡小貓的腦袋。

鍾菱忙問道：「這哪兒來的小貓啊？」

「啊？」宋昭昭有些詫異的開口。「不是妳抱回來的嗎？」

「啊？」

很顯然，宋昭昭也不太清楚是怎麼回事。兩人面面相覷，好一會兒都沒人說話。

這種記憶有短暫空缺的感覺很不好，好像腳下的路，有一塊空洞，但是卻不知道具體是哪塊，不知何時就會踩上去。

為了避免遺失樊城那段經歷的事情再次發生，鍾菱思索著是不是應該去找蘇錦繡或者盧玥，又或者，找祁珩問個清楚。

宋昭昭捏了捏鍾菱懷裡小貓的爪子，突然想起了什麼，連忙道：「啊對了，姊，孫叔來了，他們在前面坐著呢。」

「行，我知道了。」鍾菱點點頭，將小貓遞給宋昭昭。

鍾大柱從來不踏進店裡的，這是鍾菱印象裡，鍾大柱第一次在營業時間出現在店裡。

她剛往前走了一步，又回頭追問道：「妳在後廚，那誰在店裡啊？」
「阿旭在呢，鍾叔說要鍛鍊一下他。」
這倒是讓鍾菱有些好奇了，她穿過廚房，和韓師傅、周藝打過招呼。
踏進店裡的時候，她一眼就看見了繫著圍裙，背著手站在鍾大柱面前，不知道在說什麼的阿旭。
店裡客人不多，今日冬至，有家室的，大多都早早回家了。
小食肆今日販售生餃子和湯圓。因為餡料美味，價格實惠，賣得特別好。在節日裡，食客們多半選擇帶回去煮，和家人一起享用。
鍾菱走到了鍾大柱身邊，喊了一聲。「爹。」
她又笑著和孫六打了招呼，孫六和鍾菱相熟，他笑了笑，給鍾菱介紹了一下對面坐著的兩個人。
「這是食肆的掌櫃，鍾菱。小菱，這位也是赤北軍的士兵，董宇，這位是董夫人，也是從樊城倖存下來的眷屬。」
叫董宇的男人，身材勻稱高壯，臉上有一道很明顯的疤痕，劃過他的半邊臉頰，讓他的面容看起來異常猙獰。
他身邊的中年女人，五官銳利，看起來並不太好相處的樣子。
他們的衣著樸素，打著補丁，顯然日子也過得清貧。但是鍾菱一點也不敢小覷，敬重的開口打招呼。

「董叔、董嬸。」

既然是赤北軍的將士，董宇臉上的傷是怎麼來的，自然不用多說。自從尋回樊城的片段記憶後，鍾菱對赤北軍的眷屬們，有了更深一層的認識。

畢竟，她欠那些不知道名字的哥哥、姊姊們，一句謝謝。

鍾大柱指了指一旁的椅子，示意鍾菱坐下。他沈聲問道：「頭疼嗎？」

雖然鍾菱不清楚鍾大柱有沒有生氣，但是她還是有些理虧，於是儘量裝作乖巧的模樣，搖了搖頭。

鍾菱的那些小心思，鍾大柱看得一清二楚，他輕哼了一聲。「放心吧，那小子說，除了硬抱走一隻貓之外，妳沒幹什麼出格的事情。」

聞言，鍾菱才鬆了口氣。

一旁的董宇開口問道：「這就是你女兒？」

他的聲音很低，有一種很不正常的沙啞，很可能嗓子也受過傷。

「對，我女兒。」

董夫人瞥了一眼董宇，董宇便立刻從桌邊拿出一個匣子，站起身來要遞給鍾菱。

這突如其來的見面禮，讓鍾菱有些措手不及。她忙站起身，推脫道：「您太客氣了，用不著這樣，真的。」

董宇沈聲道：「小菱，妳既然喊我們一聲叔嬸，妳就是我們赤北軍所有將士的女兒了。」

他的聲音低啞，並不好聽，卻讓鍾菱心下一暖。

董夫人看向鍾菱。「是啊，小菱，是妳不能和我們客氣才是。」

他們實在真誠，鍾菱無奈，只得扭頭看向鍾大柱。在鍾大柱頷首後，鍾菱才再三道謝，接過了那匣子。

董宇是個有些不善言辭的男人，似是因為聲音的緣故，他不怎麼愛開口說話，於是鍾菱便和董夫人聊了幾句。

恰好，韓師傅給鍾菱開了小灶的暖胃湯煮好了，鍾大柱就催促著她去後廚吃飯。

董宇一直目送到鍾菱離開，方才壓低了聲音詢問道：「將軍，這就是副將的女兒？」

鍾大柱點了點頭。

「那您，可準備將計劃告訴她？」

後廚裡，鍾菱捧著湯，不安分的四處走動，她的目光落在角落裡多出來的一袋東西上。

「這是什麼啊？」

「山楂。」韓師傅回頭看了一眼。「妳那個和尚朋友送來的。」

鍾菱詫異的開口道：「啊？他今日來過？」

鍾菱是第二天才知道，董宇是聽聞了孫六這邊的消息，從西北趕過來的。

和孫六不一樣，董宇的年紀比鍾大柱還大些。當年在赤北軍時，他便是赫赫有名的中軍督衛，一手劍法出神入化。他的夫人當年在赤北軍中也小有名氣，性子直爽，善用長槍。

可能是因為超乎常人的身體素質，讓他們二人在樊城一役中存活了下來，雖說董宇身上帶傷，但好在夫妻二人相互扶持，日子倒也一天天的好了起來。

在鍾大柱的支持下，孫六暫時在禁軍中協助陸青做事。

而曾經作為赤北軍將領的董宇，他的思想境界顯然要高得多。

當聽聞鍾大柱的消息和皇帝要光復赤北軍的消息的時候，董宇想都沒想，直接帶著妻子奔往京城。

「董叔……沒有兒女嗎？」鍾菱一邊洗著山楂，一邊問阿旭。

阿旭現在是每天都跟著鍾大柱，鍾大柱在小食肆裡，他就在小食肆裡打雜；鍾大柱若出去，阿旭也跟著，像一個小副官。

「董叔有一個兒子。」阿旭思索了一下。「好像去浪跡江湖了。」

鍾菱有些不敢相信自己聽到什麼。俠客！這是她未曾接觸過，但是聽起來真的很酷的一個職業。

「不過，董嬸說他們來京城的時候留信了，所以俠客過年的時候可能會趕過來。」

這可太有意思了，今年過年肯定熱鬧！

周蕓很早就和鍾菱打過招呼了，她想要趁著過年，回一趟川蜀。畢竟當年離家嫁人時，和家人鬧得並不愉快，在終於想通了之後，還是想回家和父親和解的。而韓師傅和韓姨自然也跟周蕓一起回去。

鍾菱則早就和蘇錦繡說好了，蘇錦繡並無什麼親人了，會一起來小食肆吃飯。

這下多了董宇一家，想想都覺得熱鬧。

阿旭替鍾菱去了一盆子的山楂核後，便起身去練劍了。

不知道從什麼時候開始，阿旭已經改口喊鍾大柱師父了。

董宇認為要先試探皇帝的態度，因此，他這些日子得了空閒，便開始教阿旭騎馬和劍術。

雖然和赤北軍相關的事，鍾大柱從來都不露面，但是鍾菱總覺得，他一直站在背後，運籌帷幄的操控著一切。

從分析皇帝的態度和重建赤北軍這個消息的真偽，再將流散四方的赤北軍將士們重新召集回京城，仔細想想，鍾大柱的城府和手段，可能比所有人想像得都要厲害。

鍾菱端起處理好的山楂，思來想去，還是回了一趟房間。

她取了一袋銀子，遞給了阿旭。「我去後廚了，你一會兒把這個交給你師父啊！」

鍾菱自認為自己沒什麼心眼，要不然她上輩子也不會莫名其妙揹了個黑鍋慘死刑場了，至於鍾大柱要做什麼，鍾菱並不在意。

他們這些人，心中的家國責任實在是太重了，不可能會做出什麼傷天害理的事情的。鍾菱能做的，就是給鍾大柱支持。

小食肆這段時間的收益很好，好到鍾菱這樣沒有野心的人，都想擴張一下店面了。恰好盧玥有些不放心鍾菱，特意踩著中午的飯點來探望她。

鍾菱一時半刻想不出山楂可以做什麼吃食，留了大半的山楂給周蕓熬山楂醬後，取來一把山楂，做了一鍋山楂排骨。

山楂本就開胃，烹煮之後，酸甜的香味更加明顯。尤其是山楂一股草藥般的獨特清香，燉煮進軟爛酥香的排骨裡，讓這本來有點油膩的一道肉食，一下子變得開胃了起來。

可能是昨天喝酒吹風的緣故，鍾菱顛了一會兒鍋，覺得腰背有些痠痛。韓師傅見她一直扶著腰，便連哄帶趕的，把鍾菱趕出廚房。

剛好鍾菱還沒有吃飯，她便端著剛出爐的山楂排骨，坐到盧玥對面。

「新菜？」

「不是，在試菜呢。」

盧玥挾起一塊排骨，還沒送進嘴裡，便已經能聞到山楂的酸香味。京中的年輕人，都喜歡這樣並不常規的酸甜口感。

盧玥也不例外。

山楂排骨顏色鮮亮誘人，排骨上了糖色，燉煮得軟爛酥爛，只需微微一抿，入味的肉便能從骨頭上脫落，滿嘴酸甜鮮香，教人恨不得連骨頭都嘬上一口。

酸甜的香味在唇齒間流連，又在胃裡晃蕩了一圈，一下子把食慾全都喚醒了，饑餓感一下子就竄了上來，張牙舞爪的侵蝕著人的理智。

盧玥沒有再和鍾菱說話，將這塊排骨吃得乾乾淨淨後，她望著一桌子的菜，嘆了口氣。「我本來只想吃兩口的，這排骨也太開胃了，我覺得我能吃下這一整盆。」

鍾菱格格笑了起來，也伸出筷子挾了塊排骨。「妳得嚐嚐這山楂，那才是真的開胃呢。」

山楂果肉沒有直接吃的時候酸，吸收了醬汁中的肉香，清爽酸香。水果入菜，往往能衝撞出教人耳目一新的口味來。

比如西瓜煮湯、榴蓮燉雞、梨子炒雞和荔枝烤魚。

可惜這個時代，想要在京城吃到熱帶水果幾乎是不可能的事情。西瓜倒是還有可能，鍾菱已經準備來年春天去觀察西瓜在京城附近的種植情況了。

但是大部分的水果，還是沒辦法強行加入菜裡的。

比如說鍾菱今天福至心靈，熬出來的橘子骨頭湯。橘子越煮越酸、甚至煮出了一點草木的苦澀味道來，誰嚐了，都得皺了半天眉還緩不過來。

好在，山楂和排骨還是很搭的。

盧玥更喜歡這山楂，她挑了幾顆，吃了大半碗的飯。

第三十四章

等到兩人都吃了半飽，這才放慢了進食速度，開始聊了起來。

盧玥舀了一口酒釀圓子，道：「隔壁鋪子我已經談好了，他們年前就會和我手下的人交接，等過完年之後，就馬上安排人進去裝修。」

裝修的具體風格，是周蕓和盧玥直接溝通的。

鍾菱對她們倆都非常放心，她只是想詢問一下進度，順便把自己的想法說給盧玥聽。

「妳想把二樓也收拾出來？」

鍾菱點點頭，起身去櫃檯拿了帳本，遞到盧玥面前。

這份帳本是她今天早上新抄的，酒醒後，她只記得自己給祁珩報了一遍帳，但她根本不記得自己和祁珩到底說了什麼，更不要說具體數額對不對了。

這種不負責任的匯報，讓鍾菱回想起來一陣後怕，她生怕自己說了什麼不該說的，讓祁珩對小食肆的經營情況產生懷疑。

於是她一早就起來，準備把帳本送去祁珩府上，讓他看過才能放心。

盧玥有些不解，她一邊翻著，隨口問道：「妳和祁珩這關係，還要向他證明嗎？」

「親兄弟還得明算帳呢，何況我們沒有任何血緣關係。」鍾菱老成的微微搖頭。「合作還是得拿出真金實銀的成績，我不會打感情牌，祁珩也不是外人，還是真誠一點的好。」

這和盧玥從小接收到的知識有些不一樣，但是如果說出這些話的是鍾菱，倒教人一點也不意外。

鍾菱說自己不會打感情牌，但實際上，她也根本沒有這樣的意識。

或許在利益上，這不是最優解，她不像個商人，根本就不是在做生意，而是在做自己喜歡的事情，且十分豁達。

有一瞬間，盧玥的眼眸深處，閃過了一絲羨慕和嚮往。

「帳本很乾淨。」盧玥讚賞道：「我記得妳過年要和祁珩分紅，我覺得妳可以等到年後，再開始著手準備擴張二樓的事情。」

鍾菱確實有這樣的想法，畢竟年前的時間也不多了，這段時間又是忙著開導阿旭，又是出去玩，鍾菱已經有段時間沒有研發新菜了。

她想在年後的春闈推出一波新菜單，也想趁著過年的時候，在限定節日的特定菜品上賺上一筆。

鍾菱又詢問了一些專業問題後，把帳本收好。

見盧玥已經放下筷子了，鍾菱忙問道：「妳一會兒有事嗎？」

「嗯？」盧玥抬眼，搖了搖頭。

鍾菱笑嘻嘻的伸手拉過盧玥，帶著她往後廚走去。「那妳別走，我給妳秀一手啊！」

冬日、山楂、下雪。

鍾菱昨日捧著山楂的時候，第一個想到的不是山楂排骨，而是糖葫蘆。

她向來想到什麼做什麼，昨天晚上就試著熬了一點糖，準備試做糖葫蘆。在阿旭和宋昭昭滿懷期待的目光中，鍾菱卻把這一鍋糖炒出了反沙。

在黏稠糖液變成了白沙的時候，鍾菱便暗道不好，好在她反應夠快，及時把山楂從竹籤上取下來，丟進鍋裡翻炒，成功得到了另一道小食——糖雪球。

白糖如雪一般，裹著飽滿通紅的山楂，看起來童趣可愛，引人食慾。

雖然宋昭昭和阿旭都很喜歡，但是鍾菱還是執意要做出有脆殼的糖葫蘆。於是她苦練了一夜，今日見到盧玥，當然要拿出來秀一手了。

甚至連插糖葫蘆的稻草墩子，鍾菱都已經拜託鍾大柱做好了。

鍾菱繫著圍裙，頂著盧玥疑惑的目光，站在灶臺前。面前的灶上生著火，糖液在咕嚕咕嚕冒著小泡，一旁擺著串好的鮮紅山楂。

將山楂串在糖液裡滾一圈，確保山楂的每個地方都能裹上糖液，同時要注意糖液不能過厚，以免影響口感。

裹上糖液的糖葫蘆要迅速從鍋裡轉移到光潔的大理石石板上，天氣冷，動作一定要快。

鍾菱微微躬身，聚精會神的盯著山楂，手腕微微用力，甩出一道飄逸漂亮的「糖風」，頓了兩秒，確定糖漿冷卻後，鍾菱將糖葫蘆從石板上拿了起來。

圓潤鮮紅的山楂外面，裹著一層晶瑩剔透的糖殼。剛剛在石板上清甩的動作，讓未凝固的糖漿在山楂的背後揮灑出一道晶瑩的薄薄糖片。在陽光下，這串山楂閃閃發亮，顯得格外誘人。

將手裡的糖葫蘆遞給一旁的盧玥，鍾菱得意的揚起了嘴角。

她可是特意考察過了，京城裡並不怎麼流行吃糖葫蘆。

小食肆門口的小攤上，出現了頗為有趣顯眼的新品。

在覆著白雪的清水街上，突然出現了一面畫著通紅山楂的旗幟。走近了看，小攤前立著一個巨大的稻草墩子，上面插滿了晶瑩剔透，裹著一層糖殼的山楂串。

乍一看，頗有視覺衝擊感，教人不由得就放慢了腳步。

在盧玥小口吃著糖葫蘆的時候，鍾菱手上動作嫻熟，迅速的將所有的山楂串裹上糖液。每一串糖葫蘆都是獨一無二的造型，因為鍾菱動作和力度的不同，糖液的形狀也各有不同，一起插在稻草墩子上的時候，彷彿教人看見了胡亂吹過的風的形狀。

「怎麼樣？好吃嗎？」忙完的鍾菱擦了把手，轉頭問盧玥。

糖殼被冷風一吹，就像是封了一層冰一樣。入口最先感受到的是涼意，而後才是在舌尖溫度下化開的甜味。

糖殼薄且脆，襯得山楂格外清甜多汁。糖殼在咀嚼之下碎成了糖渣，中和了山楂裡的酸味，同時在微軟的果肉之中，又有清脆的糖渣在唇齒間流竄，口感非常豐富。

盧玥本就喜好酸甜口味，此時毫不猶豫的點了頭。

攤子上除了糖葫蘆串，還有糖雪球，畢竟不是所有人都願意拿著枝竹籤在路上邊走邊吃的。

糖雪球表面微沙，雖然和糖葫蘆材料一樣，吃起來卻是另一種截然不同的口感。盧玥嚐了一個，當即便打包了一份。

此時正是吃飯的時間，街上人來人往，不少人被吸引了目光，上前來詢問。

兩種山楂甜食定價並不高，屬於一般人能夠負擔得起的價格。

那群結伴在街上玩的孩子們聽聞風聲跑來問價，嚥著口水又跑去湊錢了，六、七個人一起吃一根，也相當和諧快樂。

而當初那個蹲在角落裡，孤零零看著他們玩鬧的阿旭，現在已經能面無表情的拒絕鍾蔆的餵食了。

「我不吃這小孩吃的玩意兒。」

盧玥抱著糖雪球，像是聽見什麼有趣的新鮮事似的，打趣道：「你不就是小孩嗎？」

阿旭撇過頭去不理盧玥，留給她一個高冷的側臉。

鍾蔆也不管他，笑呵呵的將手上的糖葫蘆遞給即將出門的董宇和董夫人。

「這……這……我……」

董宇不善言辭，他沒想到鍾菱也準備了他的份，這個人高馬大的男人，捏著串糖葫蘆，有些手足無措。

「這什麼這，小菱給的，你拿著吃就是了。」董夫人翻了個白眼，笑著和鍾菱道謝。「妳董叔嘴笨，其實心裡樂呵著呢。」

董宇和董夫人，一個不善言辭，一個爽朗潑辣，都是極其好相處的性格。

鍾大柱和孫六一起出去了，董宇和董夫人要帶著阿旭去京郊禁軍的訓練場騎馬。

小食肆裡的大人對孩子們一直是一視同仁的。

當初阿旭開始練習騎馬的時候，也帶上了鍾菱和宋昭昭。但鍾菱從前在唐家的時候便已經學會了騎馬，她本人對騎馬沒什麼興趣。

而宋昭昭非常不適應，可能和她小時候的經歷有關係。總之，她只去過一次，便不願再去了。

騎馬，就變成了阿旭一個人專屬的興趣班。

將他們從後門送走後，盧玥也打算拿著糖雪球回府了，但是鍾菱神神秘秘的攔住她。

那塊光滑的石板，可不只放糖葫蘆一個用處。

鍾菱從後廚換了一個小鍋，重新開始熬糖，待到糖液黏稠，咕嚕冒著小泡的時候，鍾菱便舀了一小勺。盛滿糖液的小勺冒著熱氣，懸在石板之上，鍾菱微微轉著手腕，糖液緩緩傾瀉而下。

以糖液為墨，以石板為紙，一朵五瓣小花，赫然出現在石板上。

趁著糖未徹底在寒風中變硬，鍾菱忙將一旁準備好的竹籤按在小花中間，再用薄竹片，小心翼翼的把小花從石板上揭下來。

鍾菱笑容中帶著一絲如釋重負，她舉著手裡的小花展示給盧玥看。

而她這一手糖畫，被路過的小孩目睹了全程。

那小孩當即便定在原地，滿臉豔羨的盯著鍾菱手裡的糖畫，扯著一旁婦人的衣袖，嚷嚷道：「娘！我要吃這個！」

婦人無奈，只好上前來，詢問價格。

鍾菱壓根兒就沒打算靠糖畫賺什麼錢，不過是圖個好玩，還原一下童年記憶裡的樂趣。尤其是臨近過年，她希望能給京城的孩子們帶來一點甜蜜的小小快樂。

唯一美中不足的，大概就是鍾菱的畫技了。

鍾菱無法還原出記憶裡糖畫攤子裡的那個轉盤。

記憶裡的那個轉盤，轉動一次的價格，比最簡單的小花蝴蝶要貴一點，但是比龍鳳之類複雜的圖案要便宜，能得到什麼，純看運氣。

這也是糖畫攤的樂趣之一，對孩子們來說，指針即將停止的那兩秒，是孩童時期極少能體會到的興奮和刺激。

鍾菱只能用糖液畫出線條最簡單的簡筆畫，自然不能滿足小朋友想要的，各種威武的飛禽走獸。

在鍾菱顫抖著手腕，畫出一個極其圓潤、潦草但憨厚可愛的老虎頭後，一旁的盧玥終於看不下去了。

她放下手裡的糖雪球，一捋袖子，接過了鍾菱手裡的小勺。

盧玥的書畫在江南年輕一代中，也是小有名聲的。只見她屏氣凝神，一隻威風凜凜的老虎，身形矯健的躍然於石板之上。

小孩的思維向來是最簡單的，他們喜歡什麼就會直接表達。

附近的孩童多和鍾菱親近，他們對盧玥這樣衣著光鮮，容貌俊美的姑娘，是有些怯意，不敢靠近的。

這些結伴在街上玩鬧的孩子，都是京城普通人家的孩子。在這個臥虎藏龍，三步一個富商，五步一個官員的京城，他們的爹娘經常提醒他們，不要在外面惹事情。

當盧玥又用糖液畫出一隻活靈活現的鳥雀時，不知是誰起鬨，大聲誇讚了起來。

在一片稚嫩但是真誠的驚嘆和誇讚聲中，盧玥有些飄飄然，忘了自己原本準備回府，鬥志昂揚的在石板上大秀自己多年的繪畫功底。

展翅的蝴蝶，尾鰭飛揚的錦鯉，還有憨態可掬的小貓。

鍾菱看了看孩子們手裡的糖畫，又看了看自己手裡的胖虎頭，洩憤似的一口咬掉老虎的耳朵。

一直到中午的飯點過去，門口的小攤子依舊聚著等糖畫的人。那些吃完飯的食客出門時張望一眼，見插在稻草墩子上的糖葫蘆鮮豔可愛，大多數也會買上一串。

鍾菱就看見了幾個頗為眼熟的面孔，應當是翰林院的官員，曾經和祁珩一起來店裡吃過飯。

翰林院中早有風聲，說祁大人和這小食肆的小娘子關係不一般。因此，他們對鍾菱的態度格外客氣。

鍾菱給他們裝了滿滿一袋的糖雪球，笑著攀談幾句後道別。

她一回頭，便看見一輛有些眼熟的馬車停在小食肆的門口。

馬車上下來一個衣著光鮮的中年男人，雖說態度客氣，但是眉眼之間藏不住的倨傲和睥睨，看向糖雪球時的目光，還帶著絲絲的嫌棄和厭惡。

這個人鍾菱認識，是陳王府的管事。

鍾菱和他，前世就非常不對盤。這個管事仗著自己受陳王器重，沒少剋扣鍾菱的銀錢和伙食。

突然見到從前恨得咬牙切齒的人，鍾菱有些沒有反應過來。

那些曾經滔天的恨意，在此時卻沒有泛起一絲波瀾。仇恨靜默，但是心中的不安卻瘋狂的尖叫了起來。

她動作僵硬的裝好糖雪球遞給管事，收了錢後，順著管事離開的背影看去。

停在門口的馬車簾子掀起一角，陳王那吊梢的鳳眼，透過風雪，直直的盯著她。他的目光陰冷，滿是算計。

不同於漫天大雪和刺骨的寒風，那是一種透過血肉，凍住骨髓，教人直接失去希望的冷意。

即使穿得厚實，面前還燒著火，鍾菱還是不可避免的脊背一寒。

陳王沒有下車露面的意思，他只是看了一眼，便放下簾子。馬車緩緩行駛，消失在鍾菱的視線之中。

但是鍾菱還是怔在原地。

鍾菱如今不再是一個人單打獨鬥了，她有了在乎的人，也就有了軟肋。可能冥冥之中就是會有逃不開的劫難，她這般努力，還是不可避免的被陳王盯上了。

鍾菱面色凝重，她抿著嘴唇，久久回不過神。

「那是……陳王府的馬車嗎？」

盧玥雖然被一群小孩子纏著，但她敏感的察覺到了鍾菱情緒的不對勁。

「對。」鍾菱被喚回了神，她輕嘆了一口氣，用只有她們倆能聽見的聲音道：「來者不善啊！」

「等隔壁開始裝修，我差幾個護衛守著。」盧玥舀起一勺糖液，低聲道：「別太緊張，小食肆裡貴客也不少，陳王想幹什麼還得掂量掂量呢，他不敢輕舉妄動的。」

話是這麼說，鍾菱還是仰頭，看了一眼小食肆的招牌。

在她認知中，陳王就是個沒有感情，不計後果的瘋子。他做出任何出格的事情，鍾菱都不會感到意外。

而且她真的很在意小食肆，在乎裡面的每一個人，她不能接受小食肆出現一點的偏差和意外。

或許，前世在陳王後宅裡拚了命才搜集到的一些情報，得重新捏在手裡了。

盧玥畫完一朵梅花遞給小朋友，扭頭看過來時，發現鍾菱的臉色越發凝重陰沈。她放下手裡的糖勺，抬手拍了拍鍾菱的肩膀。

「妳放鬆一點啊！小食肆裡這麼多人呢，大家一起想辦法，別什麼都想著自己扛啊！」

這樣的話，是鍾菱兩世為人，第一次聽到。

糖葫蘆顏色的煙花在腦子裡炸開絢爛的光彩，鍾菱心下一熱，剛想要開口，令她沒想到的是，那圍著攤子的小孩裡，有人搶先開口了。

「就是啊，漂亮姊姊說得對，有什麼事情得一起扛！」

那半大的男孩拍了拍胸脯，神氣極了。

他旁邊的小姑娘，忙舉起手裡咬到一半的糖葫蘆。「鍾姊姊有什麼需要幫忙的，儘管吩咐我們。娘說了，要做有良心的人，我們可不能白吃鍾姊姊這麼多糕點。」

「就是！」

「是啊是啊。」

鍾菱有些哭笑不得的看著面前的孩子，那沈重的思慮一下子被稚嫩的言語卸去了大半。這幾個孩子常常來光顧小食肆糕餅攤，鍾菱深知小孩子攢點錢不容易，每次都會多給他們一些糕點，少收一些錢，誰能想到，這些孩子居然都記在心裡。

其中也有幾個孩子，鍾菱瞧著面生，應當是路過或者聞訊而來的。

看見周圍的同齡孩子突然開始豪情壯志的表態，他們懵了一瞬，雖然沒搞懂是什麼情況，但也跟著附和起來。

看著面前神色認真的孩子們，鍾菱的心裡鼓鼓囊囊的，被塞得滿滿的。看著孩子們澄澈的眼眸，她一瞬間，豁然開朗起來。

她只想著拚命展開手臂去保護她在意的人，卻忘了，她如今不是獨自一人了，她想保護的人同樣願意伸出手臂，將她護在身後。

她的身後不是危崖，而是巍峨群山。

盧玥扶著鍾菱的肩膀，笑得直不起腰。鍾菱不忍拂了孩子們的好意，她一一應下，鄭重的向他們道謝。

就在鍾菱向追問的孩子解釋，她並沒有遇到麻煩的時候，有一個熟悉的聲音從孩子們的身後傳來。

「怎麼，小鍾遇到什麼麻煩了？」

鍾菱聞聲抬頭，許久不見的柳恩牽著一個小男孩，正笑盈盈的看著她。

第三十五章

鍾菱眼前一亮，忙喊道：「柳……阿公。」

她剛才還抬頭看了一眼小食肆的招牌，沒想到轉頭就碰見了題字的人。這招牌掛上去之後，也陸續被書生、文人認出，這是前任中書令的題字。

柳恩在十年前的動亂中，那一手穩定朝政的舉措，足以教他青史留名，因此他頗受世人敬重，這可能也是小食肆很受騷人墨客歡迎的原因之一。

祁珩說過柳恩和他祖父一起去了江南，鍾菱有段時間沒見到這位總是樂呵呵的老人家了。

比起祁珩祖父的寡言，柳恩倒是意外的和鍾菱很合拍。

「您嚐嚐我這糖葫蘆？」鍾菱拔下兩根，遞給柳恩和他旁邊的小男孩。

柳恩牽著的那個孩子，才真的讓鍾菱在意。

京城眾所周知柳恩孤家寡人，能被他這樣牽在手裡的，可不是一般小孩。那孩子和周圍的孩子站在一起，很明顯的能夠看出生長環境不同。

京城普通人家的孩子，雖也吃得面頰飽滿，但這個小男孩，臉頰圓潤外，還散發著盈盈光亮，像是一堆窩窩頭裡突然擺了個白麵饅頭。

他年紀雖小，但稚嫩眉眼間的氣度，卻一看便知是見過大場面的，而且他的五官總讓鍾菱覺得有些眼熟。

柳恩就在鍾菱身側站著，鍾菱輕輕拽了拽他的衣袖，在那小男孩看不見的地方，指了指天上，朝著柳恩做了個口形。

「妳……妳倒是機靈。」柳恩笑著朝著鍾菱點點頭，算是默認了。

這孩子，是當今聖上的獨子。

雖然聖上和祁珩差不多年齡，但是在祁珩一頭撲進公務的時候，皇帝還得考慮子嗣問題。

這孩子是皇后所出，也多少斷了那些大臣想要把自家姑娘送進後宮的心思。

鍾菱蹲下身，和小皇子平視，她放輕了語調。「小公子多大了啊？」

小皇子的眼眶裡水光還在打轉，他癟了癟嘴，似是有些不情願開口。或許是礙於柳恩在場的緣故，他還是禮貌的應道：「本……我今年五歲了。」

那雪白的包子臉上是藏也藏不住的委屈，能讓這位小皇子這樣委屈的，估計只有皇帝本人能做到了。而小皇子出現在宮外，豈不是皇帝就在這附近？

鍾菱看向柳恩，兩人短暫對視後，卻沒有人開口說話。

柳恩背著手看盧玥畫了一隻喜鵲，他誇讚了幾句後，朝著小皇子招招手。「想要一個糖畫嗎？」

御膳房裡的糕點，一定比小食肆精美，但偏偏這種設備簡單、成本不高的小攤子，卻能讓人感覺到一種蓬勃積極的生活氣。

對久居深宮的小皇子來說，這個詞、這種感覺都相當陌生。不同於宮中的優雅肅穆，這種你一言、我一語的熱鬧環境，讓年幼的小皇子覺得非常新鮮。

他站在盧玥身旁，看看這個孩子手裡的猛獸、又看看那個孩子手裡的鳥雀，他一時之間有些做不出抉擇，小臉繃得很緊。

柳恩完全沒有要給他出謀劃策的意思，正和攤子前的小孩說話。

無奈，鍾菱只好彎下腰來，輕聲詢問。「畫個小錦鯉好嗎？」

小皇子仰頭眨了眨眼，用力的點了點頭。

趁著小皇子在一旁吃糖畫的工夫，柳恩才告訴鍾菱，為什麼自己會帶著小皇子出現在這裡。

「他和陛下鬧了點彆扭，之前那個青月樓的位置，改做了賭場，有些見不得人的生意。陛下聽聞動靜後，和祁珩、陸青一起趕了過來。」

柳恩捏了捏太陽穴，有些頭疼的道：「這孩子偷偷躲在馬車裡，一直到出宮才被發現，被陛下訓斥了一路。」

賭場這種地方，實在是不能讓孩子踏足。但此時回宮已經來不及了，怕錯過了人贓俱獲的時機，只得繞個彎，把小皇子送到柳恩手裡。

鍾菱若有所思的點了點頭。

難怪她剛剛看見了陳王也往那個方向去了，兩方人馬應該是要當面對峙上了。

皇帝既然直接出面了，證明削藩的政策已經開始執行，並且獲得成效了。看來下次祁珩來的時候，得打聽一下了。陳王在京中囂張跋扈一日，小食肆就不算真的安全。

如果有需要，她很願意把前世所掌握的一些證據，送到祁珩手裡。

大庭廣眾之下，不好細聊。鍾菱長舒了一口氣，壓下心中的不安和謹慎，語氣輕鬆道：「韓師傅說這幾日要做香腸，到時候托祁珩送到您府上？」

「欸。」柳恩忙擺手。「別，妳送給祁珩就好了，我這一日三餐都在祁府吃的。」

鍾菱連聲應下，這話細想，甚至有些心酸。

柳恩背著手，目光望向街道上的人來人往。「接下來幾日，海北天南的書生都會趕來京城。」

一下子讓人聯想到了春闈。

鍾菱有些疑惑。「但是春闈不是在年後嗎？」

「因為有些地區離京城遠，他們怕路上耽誤，寧願早些來京城等。」

鍾菱恍然大悟。她兩世都在京城附近活動，對當朝的交通發展情況，並不太瞭解。

「所以準備在春闈販售的菜單，可以提前挑著先掛出來了。」

鍾菱朝著柳恩一拱手，語氣真誠。「多謝阿公提點。」

她確實是為春闈準備了很多的菜品，準備大賺一筆。不過其實很多菜都只是換了個喜慶吉利的名字，再悄悄抬一點價格。

但對即將參加考試的書生們來說，多花一些錢，討個好彩頭，求個心裡安穩是很重要的，他們大多數都非常願意花這個錢。

鍾菱對科舉的瞭解，僅限於高中課本裡的知識，她確實沒有考慮到書生們會提前進京的事情。

菜單不是問題，只是門口的宣傳海報和行銷手段，要趕緊提上日程了。

在知道這件事後，晚上營業的時候，鍾菱就多留意了一下。店裡果然多了些面生的食客，他們的年紀參差，但相同的是他們身上獨屬於文人的氣質和說話方式。

若是熟客，基本上只會打量一眼掛滿菜名的牆，看一眼有沒有新菜。

但是新客對菜名好奇，需要宋昭昭介紹推薦。她一個人實在是忙不過來，鍾菱只好把後廚交給韓師傅，去前面幫忙點菜。

能夠走到會試這一步的書生，都是有些真本事在身上的。他們每個人的眼神中都閃著光亮，不用問，應該都是在憧憬著在金榜上題上自己的名字。

來自西南的書生，大多會點上一、兩道重香料的菜；而江南方向過來的，點得清淡，但無一例外的，他們幾乎都點了「魚躍龍門」。

這是韓師傅的拿手菜，原本不叫這個名字，是叫「松鼠桂魚」。

魚肉橫豎改刀後，油炸定形，使得魚身彎曲，呈躍動的姿態，非常符合這個「躍龍門」的名字。醬汁的顏色偏紅，澆在翻開的魚肉上，頗為鮮豔喜慶，寓意也好極了。

畢竟走到這一步的人，誰不想一舉高中，自此改變人生呢？

鍾菱特意觀察了一下食客們的反應，見到他們對這「魚躍龍門」讚不絕口，她才放下了心。

被柳恩提點了一通後，鍾菱抽空瞭解了春闈。

書生們大多會按照地域，與同鄉交好，相互照拂。而這些早早進京的書生，大多數是家裡有錢的，能負擔得起這一個多月在京城中的費用。

那麼他們就是最好的活招牌了，在書生之間口耳相傳，小食肆的名氣也會越來越大。

鍾菱又準備了折扣券，只要是來京城參加會試的，就送上兩張。

老食客習慣了鍾菱這般行銷，但是遠道而來的書生們，可是第一次見。想來，他們很快就會再來小食肆消費了。

鍾菱簡單的算了一下，在確定春闈期間能夠大賺一筆後，她興奮的牽著蒸蛋出去遛了一大圈，把蒸蛋累得不願意和她多待，撒腿就朝著阿旭房間跑去了。

一直到第二天，祁珩都沒有來找鍾菱，她也就無從得知那如今換了行業的青月樓裡，到底發生了什麼。

她提前把手裡掌握的對付陳王的證據寫了下來，藏在櫃檯的帳本下，以備不時之需。在她寫帳本的時候，後廚的眾人熱火朝天的在做香腸。

鍾菱沒有想到，自己這樣在廚藝方面天賦異稟的人，還有被嫌棄的一天。

主要她是小食肆裡手最嫩的一個人，豬肉和腸衣實在是太油了，油到手裡沒有什麼繭子的鍾菱根本拿不住。在掉了幾坨肉，但是一點也沒有灌到腸衣裡後，韓師傅忍無可忍，把鍾菱趕去了一邊。

鍾菱只好在一旁等著，等大家都把肉餡灌進腸衣後，她再來煮。

鍾菱蹲在井邊，一邊曬著太陽，一邊逗著蒸蛋。對蒸蛋來說，眼前的場景無異於美味天堂。若是不拴緊牠，怕是要衝上去一通亂啃。

陽光溫暖，眾人手裡的油，在陽光下閃著富足安逸的光亮。看著在董宇手下迅速成形的香腸，鍾菱的記憶裡突然有個片段被喚醒了。

她記得，前世的時候，似乎就是這個時間點。

在鍾大柱認親失敗的那一年，臨近過年的時候，鍾大柱給她送過香腸。那個時候，唐老爺子病重，唐之玉處處暗示要她嫁給陳王。

她的處境一點也不好。

鍾菱不記得前世的那一筐香腸是怎麼處理的了，反正，她只記得自己一口也沒有吃上。

一想到前世的事情，眼前的畫面就有些不真實起來。

她頂著那溫柔卻刺得她眼底發酸的陽光，尋找著鍾大柱的身影。

鍾大柱在桌子前攪拌著肉餡。這個活韓師傅也不讓鍾菱幹，嫌棄她手臂上的勁不夠。

鍾大柱的身影在陽光下格外高大，和鍾菱第一次見他的時候比起來，精瘦了許多，一點也瞧不出狼狽落魄了。

她就這樣怔怔的盯著鍾大柱看，兩行眼淚不知何時就滑落了下來。

鍾大柱正攪拌著肉呢，一抬頭，就看見鍾菱盯著他出神，臉頰上掛著亮晶晶的水光。他有些緊張的皺眉問道：「怎麼了？」

「太陽。」鍾菱抬手抹了把臉，哽咽了一下，朝著鍾大柱笑了笑。「太陽刺眼。」

她的聲音又輕又軟，像是在撒嬌。鍾大柱無奈的嘆了口氣，放下手裡的筷子，指了指身邊背光的位置。

鍾菱一把抱起蒸蛋，大步走到鍾大柱身邊，認真看大家忙活。

她非常期待這香腸的味道，不知道和她前世沒有吃到的那份比起來，會不會更美味些。

這些香腸，一部分掛起晾乾做成臘腸，還有一部分直接煮了。

這是鍾菱提前一天晚上特地調製的餡料，是添加了香料的黑胡椒味香腸，烤得滋滋冒油，入口鹹香又爆汁。

只是這沒打算賣，大人們不一定喜歡，而對孩子們來說又有些消費不起，還是在後院裡生火，自己人享用就好。

鍾菱和宋昭昭都很喜歡等腸衣烤裂開，內部的油也烤出來一些後，表皮焦脆的口感。但是宋昭昭又很怕炸開的那一瞬間，油花和熱氣四濺的聲響。只得由阿旭勤勤懇懇的手握四根香腸，聚精會神的給她們手工轉動。

只可惜臘腸還需要曬一段時間，鍾菱有點饞煲仔飯了，煲仔飯的靈魂便是那滋滋冒油的臘腸和底下的鍋巴。算算日子，在韓師傅他們啟程回川蜀之前，應該能吃上。

韓師傅和周蕓已經開始年前的準備工作了，除了香腸，還有臘肉和燻肉也一併做了，後院裡掛了各種肉類，年味一下子就出來了。

而近期要重點推出的菜品，是八寶飯。

和韓師傅不同，或許是中間那段放棄廚藝的經歷，讓周蕓一點也不拘泥於所謂的正統。巧的是，傳統的中式菜品，鍾菱確實是提不出什麼變革性的意見，但是在糕點這一塊，鍾菱來自後世的記憶就能發揮大用處了。

後世許多流行的甜品吃法，和西方主流的烘焙技術，都可以參考使用。在這方面，鍾菱並不專業，但是架不住周蕓實在是厲害，幾乎是一點就通。

八寶飯在反覆的調整之下，也早就脫離原本的形態了。

鍾菱去攬月樓打探過，攬月樓的八寶飯就是中規中矩的白糯米，裡面的餡料是最簡單的豆沙餡，上面用紅棗和一些堅果妝點，擺出漂亮的形狀和顏色。

外面的世界依舊簡單純粹，小食肆的後廚裡，周蕓卻和自己槓上了。

「這剩下的香腸一會兒給董叔和董嬸吧。」鍾菱揉了揉胃，交代了阿旭兩句後，朝著後廚走去。

她今天必須替八寶飯寫上菜牌掛出去了，這本來不是一件難事，寫個名字罷了，但誰能想到周蕓會一口氣做了這麼多口味出來？

鍾菱提過可以用紫米和芋泥餡，但是她沒想到，周蕓會舉一反三，接連做出了南瓜餡、黑芝麻餡，甚至還有鹹蛋黃餡。

每款八寶飯上，都用紅棗和堅果擺出了五角星的造型，算是小食肆的招牌特色。

「這個是……」

鍾菱指著一款染成淡粉色的白糯米八寶飯，有些想像不到為什麼會是這個顏色。

「這摻了我之前做的百花醬，想著來年開春還能再做，就都用上了。裡面的餡是桂花豆沙的。」

聞言，鍾菱湊近聞了聞，在糯米的清甜香氣之下，是馥郁香甜的花香。

「還有這個南瓜。」周蕓急切的給鍾菱介紹了她的獨家創意。

若說其他的八寶飯，雖然各有新奇之處，但起碼還是保留外面是糯米的倒扣碗狀；但這個南瓜八寶飯，已經完全不復八寶飯的樣子了。

外表是一層柔軟的南瓜，削過皮後，嚴絲合縫的拼接在一起。蒸好後，刷上一層蜂蜜，表面金燦，泛著一層淺淡的光亮，像初升的太陽，教人看一眼便挪不開目光。

而切開之後更是有層次，一層糯米，再一層紫米，涇渭分明，最裡面的餡料是鹹蛋黃和豆沙。

這個創意，實在是驚豔到鍾菱了，她思來想去，起了一個「旭日東升」的名字。

把寫著各類八寶飯的菜名掛出去的時候，鍾菱還有些忐忑。

在主流市場還在販售白糯米豆沙八寶飯的時候，小食肆直接開始賣新奇口味，豈不是直接奪走了八寶飯市場的大半注意力？

而且嚴格來說，這已經算不上八寶飯了，勉強能稱得上是糯米甜品吧。

今日要試八寶飯的事情，鍾菱提前和蘇錦繡說了。本就是要送香腸給蘇錦繡的，剛好就讓她帶著錦繡坊的繡娘們，都來嚐嚐八寶飯。

周蕓用料實在，糯米本就飽腹，而八寶飯又分量十足，一群姑娘邊吃邊誇著周蕓。

「蕓姨這個手藝真的沒話說啊！」

「太好吃了，小食肆可以一年四季都賣八寶飯嗎？」

周蕓被誇得有些不知所措，她笑著切八寶飯，分給姑娘們。

「什麼都好，就是這個分量。」其中一個姑娘揉了揉胃，苦笑道：「分量再小點就好了，吃了兩塊就吃不下了，我還想嚐嚐那個花香口味的呢。」

一旁站著的鍾菱記下了這個問題。

這批八寶飯的分量確實太多了，都可以當主食吃了，若是買回去擺上餐桌，可能會有些喧賓奪主。

鍾菱思索了一下，去櫥櫃裡檢查了一下有沒有合適的，更小一號的模具。

她一回頭，蘇錦繡正拿著一根香腸，倚靠著門框看著她笑。「這香腸還真好吃啊！」

鍾菱走到她旁邊，和她並肩而立，笑著打趣道：「怎麼，不喜歡吃八寶飯啊？」

「不喜歡。」蘇錦繡毫不猶豫的搖頭。「記得小時候，吃到過一次……放了很久很久的八寶飯。」

放了很久的八寶飯？

蘇錦繡苦笑著，忍不住皺起了眉。「妳能想像那種味道嗎？」

鍾菱想了想，立刻制止自己聯想下去的念頭。「那妳怎麼不跟我說啊？」

「我不吃，但是她們很喜歡啊。」蘇錦繡笑著看著眼前熱鬧歡騰的場面。

繡娘們在誇讚完周蕓後，又開始爭論起哪一款八寶飯更好吃。

兩人並肩聽了一會兒，鍾菱若有所思的開口道：「妳說……讓大家都來選一選哪個口味更好吃怎麼樣？」

蘇錦繡狐疑。就這幾個姑娘都要吵翻天了，大家要是一起來，不得把小食肆拆了？

票選這個方式，在後世倒是很普遍，尤其在智慧型手機普及之後，只需要手指點一點，就可以實現了。

現在要搞票選，雖然有點複雜，但也還是可行的。

鍾菱迅速的找出了一塊大木板，寫下幾款八寶飯的名稱，接著又去找了盧玥請她畫了一張海報，用盧玥那一手極好的工筆畫手法，畫出了幾個圓潤可愛的八寶飯。

只要購買八寶飯，就可以參與投票，每天小食肆打烊後，就會統計票數，得票最高的那一款，次日就半價販售。

在鍾菱和周蕓聯手將八寶飯的尺寸削減成巴掌大，價格也調降了一半，作為飯後甜食，會更加好賣。

此外也沒有忘記發放折扣券，這次也不出去發放了，直接就給每一桌來消費的客人。

鍾菱把計票的板子和畫報一起擺在小食肆門口的時候，忍不住覺得有些好笑。

她這何止是要席捲八寶飯市場啊，這行銷方式，直接是給京城餐飲界炸下了一顆魚雷。

至於投票如何進行，鍾菱想了想，在掛著菜名的羊絨毯下，又掛了一塊軟樹皮。同時訂製一批短釘子，只要有人指明投票給哪一款，就在對應的款式下，扎一顆釘子。

公平、公開、透明，同時也讓食客能約莫看出，明日半價的是哪一款。

這個活動開始的第一天，食客們被這從未見過的八寶飯口味和樣式震驚到，投票本身倒沒有引起很大的關注。

這八寶飯雖然新奇，但是也很美味。巴掌大小，也不貴，在冬日吃上一口甜糯，會帶給人一種滿足的感覺。

小食肆這一次推出了足足七種口味，要全吃上一次，需要一週的時間。

絕大多數食客吃過一次後，多半願意來嘗試其他新口味。這個時候，如果有半價的折扣就更好了。

於是投票在第二日，便開始火熱了起來。

甚至鍾菱還看見柳恩帶著小廝來，打包了三個不同的口味，說是下午和祁珩祖父下棋的時候吃。

然後轉頭把三票全投給了他沒點的，票數落後的「紅糖蜜棗八寶飯」。

鍾菱有些不解，但在看見柳恩眼中狡黠的笑意時，她便猜到了——這是投給了明天想吃的口味。

能想到這一點的，也不只柳恩一個人。在這個小小的投票牌前，鍾菱看見太多的心眼和算計了。

人有時候真的很奇怪，喜歡哪一個口味，並不是什麼值得爭論的事情，但開始站隊競爭之後，一切就變得不一樣了。

鍾菱就看見過兩個有些面熟的翰林院官員，他們一個喜歡南瓜八寶飯，一個喜歡百花豆沙餡。一進店裡，看見百花豆沙餡票數落後的那位，便嘆了口氣。

而南瓜八寶飯的票數位居第一，另一位就昂首挺胸，彷彿與南瓜八寶飯一起共享殊榮。

這已經不是八寶飯的問題了，這關乎了尊嚴！

第三十六章

這幾天鍾菱忙著行銷的時候，她突然發現了宋昭昭的一項天賦。

門口那個糖畫攤子和糖葫蘆攤，在不是飯點的時間段裡依舊開著。

糖葫蘆可以提前準備好，插在稻草墩子上賣，但是糖畫不行，必須現畫；但總不能叫盧玥這個大小姐天天在小食肆門口畫糖畫，於是宋昭昭便接手了這項工作。

宋昭昭起初還有些緊張，獨自一人對著盧玥留下來的手稿練習了很久，鍾菱還拿自己畫的卡通版糖畫安慰過她。

反正糖拿到手了，孩子們還是很開心的。

但是，等到幾天之後，鍾菱出來察看前幾日八寶飯競爭賽的票數時，她突然發現，小孩子們手裡的糖畫，有點過於漂亮了。

於是鍾菱背著手在攤子邊看了好半天。

宋昭昭起手走筆的風格，和盧玥不一樣。她沒有受過正經訓練，但是手下的糖液繪成的圖案，卻惟妙惟肖，雖筆鋒潦草，但不掩神韻。

這難道就是傳說中的……靈氣？

鍾菱倒抽了一口氣，她之前居然還拿自己的簡筆畫安慰宋昭昭?!

小食肆裡，鍾菱最放不下的人就是宋昭昭了，她沒什麼大志向，對這份工作又很滿意。

可鍾菱不想她一輩子都在小食肆幹活，一直在鼓勵她找些自己喜歡的事情，定一個將來的目標。

誰能想到，宋昭昭的天賦，點在了繪畫上？

鍾菱這會兒也顧不上八寶飯的事情了，她轉身回到店裡，在後院翻找了一會兒。

她記得宋昭昭的練習稿紙是放在後院，準備當柴燒的。宋昭昭一直偷偷練習，卻藏著掖著不好意思被人看見。

她藏得挺深的，鍾菱還是在小狗蒸蛋的提示下，從柴堆下面找出來的。

鍾菱不懂畫，但她看了那草稿一眼就覺得好看，她把這些畫整理乾淨，往懷裡一揣，牽上蒸蛋，往柳恩府裡去了。

可剛踏出門，她又折回去，打包了兩份紅糖蜜棗八寶飯。

雖然柳恩給紅糖蜜棗八寶飯投了三票，但這款實在是不受年輕人歡迎，一直票數墊底。

柳恩聽聞鍾菱的來意後，收下了宋昭昭的畫和八寶飯。

他給鍾菱介紹了一間書院，不僅收女孩子，而且其中教授繪畫的大師，便是個女子，這實在是再合適不過了。

因為宋昭昭的性格和之前經歷的關係，她表現出來的一直都是不太強勢，甚至有些怯懦的一面。

如果她沒有明確想要幹什麼的話，從她內斂的性格角度考慮，鍾菱並不想要把她推出去社交。

畢竟需要因材施教，而且宋昭昭可不像阿旭那樣耐操。

如果昭昭真能成為一個畫家，也很不錯！這樣阿旭從武，昭昭從文，家中文武雙全，實在是圓滿。

只要宋昭昭願意的話，春闈之後就能送她去讀書了。

之前看她對學文寫字興趣不大，倒是一直跟著韓姨學算帳，說是以後要替鍾菱管帳。但是韓姨偷偷和鍾菱說過，宋昭昭對數字並不敏感，估計志不在此。

而柳恩拿著宋昭昭的畫給鍾菱解釋過，宋昭昭筆下的事物，是有風骨的。她沒學過畫，但能很好的把握住「骨相」，因此即使筆畫粗糙，但依舊畫什麼、像什麼。

鍾菱數了數宋昭昭練習的稿紙，這麼厚厚的一遝，估計她是真的喜歡畫畫。雖然不知道她能學到什麼程度，但是只要她能尋得自己喜歡的事情，找到前進努力的方向，便是好事。

學點什麼，總好過待在家裡，日日盤算著要嫁給什麼樣的男人，要為嫁給他做什麼樣的努力，做什麼樣的準備。

鍾菱迫切的希望送昭昭去上學，就是希望昭昭在走出小食肆之後，有一門手藝傍身，能為了自己而活。

得了柳恩誇讚的鍾菱腳步輕快，牽著小狗蒸蛋回小食肆。

蒸蛋長得很快，正是最活潑好動的年紀，鍾菱一路被牠拽得腳步踉蹌，回到小食肆時，已經額上冒汗了。

先把蒸蛋拴回院子裡的小窩前，在牠碗裡添了一點水。鍾菱準備去找宋昭昭，詢問她是否有意去學畫。

問了韓師傅，宋昭昭應該還在看糖葫蘆攤。

主要是鍾菱畫的糖畫不好看的事情，已經在小孩圈子裡傳開了。

那些孩子們見坐在攤前的是宋昭昭，像是看見了什麼寶似的，雙眼發亮的圍上去，說什麼也不讓她走，生怕鍾菱來換班了。

鍾菱剛踏進店裡，目光頓在那靠近門的桌上。她吸了一口氣，心中湧起波濤。

那桌的客人似乎也注意到了鍾菱，兩人的目光短暫交接，他們在彼此的眼中都看見並沒有惡意的複雜。

鍾菱放輕了腳步，走上前去。

她張了張嘴，又生生嚥回了下意識想要喊出的稱呼。她嘴角帶笑，用一種懷念的悠揚語調，喊了一聲：「唐老爺子。」

這是鍾菱離開唐家以來，和唐老爺子的第一次見面。

短短半年，他看起來蒼老疲倦了很多，但是鍾菱知道，他能坐在這裡吃飯，就已經是一個奇蹟了。

畢竟，在沒有梁神醫出現的前世，這個時間點，唐老爺子已經躺在病床上，連氣息都微不可聞了。

前世，他沒有活過這個冬天。

「快坐、快坐。」唐老爺子難掩面上激動，他顫抖著手，招呼著鍾菱坐下。

「梁神醫的消息是蘇姑娘遞到唐府來的，聽說妳和蘇姑娘走得近，是妳告訴她的吧？」

鍾菱坦然的點了點頭。

這事雖然沒有宣揚出去，但鍾菱也沒想瞞著。畢竟唐老爺子，也是把她撿回去，將她養大了，若是鍾菱對唐家還有一絲情意，那就是因為唐老爺子。

雖然兩人關係算不上多親密，但對她這個養女，唐老爺子從未苛待過。

「我都沒想到，這把老骨頭，還能撐到冬天。」唐老爺子盯著桌上沒怎麼動過的山楂排骨，因為久病而沒有什麼血色的面上，浮現出幾分感慨和愧疚。

「當初不應當這樣讓妳回鄉下的，只是之後我便大病一場，實在是……」

他的聲音開始哽咽，緊緊攥著手，不自覺的顫抖。他鬆垮乾瘦的手背上，青筋清晰可見。

鍾菱不忍再聽下去，她低垂著眼眸，不願抬頭和那顯著老態的目光對視。

她開口打斷了唐老爺子的歉意。「回鄉下是我自願的，而且，知道您病了，沒有上門探望，是我不孝，是我對不起您。」

「可是菱菱啊，妳送來的梁神醫的消息，是實打實的救了我一命啊。終究是我唐家虧欠妳。」

「您就當……」鍾菱緩緩抬起頭，迎著唐老爺子帶著淚意的目光，笑著說道：「我如今在生父身邊盡孝，無法報答您的養育之恩。您就當……我還了當年您從樊城把我撿回去的救命之恩吧。」

「妳……」提及樊城，唐老爺子的眼淚瞬間滑落。他顫抖著手，指著鍾菱，卻半天也沒說出話來。

一旁候著的小廝見狀，忙上前來給唐老爺子順氣。

鍾菱拿起茶壺，給他倒了一杯熱騰騰的白開水。

她又何嘗不覺得難過呢？若是沒有唐老爺子，就很可能沒有長大後的她。

但是為了避開唐之玉所帶來的風險，同時彌補前世對鍾大柱的愧疚，她無論如何都要離開唐府，她不能同時選擇兩位父親。

「您現在身體好了，我的食肆也開在京城裡，您若是有空，就多來嚐嚐我的手藝吧。」

鍾菱悄悄拭了一下眼角的淚水，收斂好思緒後，笑著將茶水遞到唐老爺子面前。

聽聞她的話，唐老爺子眼中的悲傷被驚訝所取代。「這都是妳做的？妳還會做飯？」

鍾菱得意的揚起嘴角，有些驕傲的道：「是啊，後廚專業的師傅，都誇我有天賦呢！」

唐老爺子噗哧笑出了聲。

從他再見到鍾菱起，他一直覺得面前的女孩有些陌生。她太成熟冷靜了，一點也不像他記憶裡的那個養女，但此時見了她這嬌憨的模樣，唐老爺子可算是放下心來了。

但隨之而來的，是止不住的心疼。

她以前也是十指不沾陽春水的小姐，怎麼短短半年時間，又是做飯，又是開食肆的，想來也是吃了不少的苦啊。

曾經的父女二人默契的避開了一些容易教人失態的話題，聊了一會兒後，唐老爺子的小廝上前來提醒他到喝藥的時間了。

鍾菱沒有收唐老爺子這一桌的錢。

唐老爺子硬是要給，推辭了幾回後，在看見牆上的八寶飯投票後，當機立斷的買了二十份八寶飯，直接給後廚來了一個清倉。

鍾菱哭笑不得。「糯米漲腹，您可別多吃了。」

唐老爺子大手一揮，豪氣的吩咐小廝打包。「唐府上下人多著呢，這都不夠吃的，我下次再來啊。」

說著便在桌子上放下一錠銀子，任鍾菱怎麼說，他都不收回，堅定的邁步走出小食肆。

鍾菱無奈，只好一路將唐老爺子送到馬車前。

唐老爺子被攙著上了馬車，可鍾菱還是有些不放心，她趴在車窗邊，又囑咐道：「您身子沒養好，千萬不能多吃糯米啊，嚐兩口，其他就分給下人好了。」

「知道了、知道了。」唐老爺子和藹的笑著，拍拍鍾菱的手背。「快回去吧，外頭風大。」

在店門口準備收攤的宋昭昭抱著手臂，目睹了全程。等到唐府的馬車消失在視線中後，宋昭昭忙湊上去問道：「姊，那位是誰啊？」

鍾菱思索了一下，反問她。「妳知道我從前是唐家的養女嗎？」

這事，宋昭昭從蘇錦繡那裡聽說過，於是她點了點頭。

「那位就是唐府的老爺，我養父。」

宋昭昭聞言輕嘖了一聲，擰著眉頭不知道在思索著什麼。

鍾菱也沒在意宋昭昭突然起來的情緒，她指了指稻草墩子。「這是賣剩的糖葫蘆？」

在得到宋昭昭肯定的答覆後，鍾菱上前去，抱起稻草墩子，囑咐道：「我去一趟錦繡坊，一會兒回來和妳一起熬臘八粥。」

過幾天就是臘八，鍾菱早就打算在店門口施粥，而宋昭昭興致勃勃的說想學。

但是此時宋昭昭已經沒有了以往的興奮，她隨口應下，腳步有些沈重的回到後廚，直奔著柴堆旁的鍾大柱而去。

「鍾叔……」

鍾大柱一抬頭，就看見宋昭昭垮著一張臉，面色凝重的看著他。

他滿是詫異，脫口而出問道：「怎麼了？」
「小鍾姊姊的另一個爹找上門來了！」

唐府。
唐之毅揉著手裡的核桃，抬起眼皮看了一眼走進來的唐老爺子。
「我說爹，您身子沒有好全，能不能別往外跑了！」
「我就出去吃個飯，怎麼就是亂跑了。」
唐之毅沒理他，反而是看向小廝手裡端著的東西。「這是什麼？」
「就是京城裡最近熱賣那個八寶飯啊，是菱菱的食肆賣的，我就多買了一點回來。」
「您是說唐……」唐之毅頓了一下。「鍾菱？」
他也聽說過這個最近很暢銷的八寶飯，甚至他的那些狐朋狗友們還會私下猜哪個口味最受歡迎。唐之毅本來還有些興趣，但是聽說了是間名不見經傳的小食肆後，便沒了興趣。
沒想到，店居然是鍾菱開的。
唐之毅坐直了身子，思緒轉得飛快。
唐老爺子沒有注意到唐之毅的失神，他招呼道：「快來嚐嚐啊，還熱乎呢。」
「等下啊爹，我去叫我姊過來一起吃啊！」唐之毅立刻站起身，往外跑去。
唐府後院裡，唐之玉正指揮著侍女安置她今日剛買的珠寶玉石，見唐之毅跑進來，她有些不耐煩的翻了一個白眼，卻還是揮手命侍女退下了。

唐之毅笑著走到唐之玉身邊，附在唐之玉耳邊，輕聲說了些什麼。

「你是會抓機會的。」唐之玉輕笑了一聲，她撚起一只水滴狀的翡翠耳墜，細細端詳，隨口吩咐道：「叫廚房把那八寶飯都熱上。」

她拉開桌上的首飾盒，將翡翠耳墜隨手扔了進去。「去請陳大夫來，我倒要看看，爹這次，還會不會選擇護著她。」

當廚房的人拿著八寶飯去熱的時候，唐老爺子樂呵呵的指揮著身邊的小廝去打下手。

他這一雙兒女都不喜歡鍾菱，這件事情他是知道的。他盡了力護住鍾菱，但在很多看不見的地方，還是讓鍾菱受了不少委屈。

唐老爺子本就覺得愧疚，尤其是在鍾菱離開唐府後，他大病一場，總是覺得自己有愧於鍾菱。

此時見唐之玉如此積極的處理從鍾菱那兒帶回來的吃食，唐老爺子有幾分激動。她們之間的矛盾，總算是有個緩解的口子了。雖然鍾菱已經不住在唐府了，但只要在京城，還是可以經常往來的。

唐老爺子難掩激昂的情緒，他興致勃勃的坐在餐桌前，看著唐之玉的侍女一份一份的端上八寶飯，他的笑容卻逐漸凝固了。

全部的八寶飯，都被裝在盤子裡，整整齊齊的擺在餐桌上。

「這是什麼意思？」唐老爺子緩緩站起身來，皺著眉看向剛踏進屋裡的唐之玉。

「我是什麼意思，爹爹不明白嗎？」唐之玉身邊並沒有跟著人，她款步朝著唐老爺子走去，只是輕輕抬手，身後的唐之毅便動作迅速的合上了門。

屋內，只有他們父子三人。

氣氛陡然凝固，唐老爺子面上現出幾分憤怒，他瞪了一眼守在門口的唐之毅，見他心虛的挪開目光，便又看向已經走到他身邊的女兒。

他抱著最後一絲希冀，讓自己的語氣儘量平緩。「這是要分給府裡下人的。」

唐之玉站在唐老爺子身側，挽著袖子，拿起了公筷。

她微微笑著，體態恭順，語氣中卻帶著強硬。「我不懂爹爹在說什麼，這不是您自己想吃，才買回來的嗎？還請爹爹不要辜負了鍾菱的一番好意，莫要浪費了。」

「妳！」唐老爺子一拍桌子，氣得直捂胸口。「妳這個不孝女，是要逼我去害菱菱！」

唐之玉沒有說話，她挾起一筷子八寶飯，放到唐老爺子面前的碗中。「您不忍心對鍾菱下手，難道就忍心看我和之毅受陳王苛責嗎？」

她輕哼一聲，道：「您要明白，現在，是陳王要對鍾菱下手了。今日您不吃這口飯，女兒自然不能強迫您什麼，只是到時候去找鍾菱討要說法的食客，可不就是脹腹這麼簡單了。陳王的行事風格您也是知道的，那可就是要出人命的大事了。」

唐之玉的語氣很平靜，卻讓唐老爺子脊背生涼。

他怔怔的坐在椅子上，良久，才顫抖著手拿起了筷子，將那一口已經涼透了的八寶飯，送進了嘴裡，這甜糯的八寶飯，此時卻酸澀無比。

唐老爺子嚥下了這一口苦澀，痛苦的閉上了眼睛，耳邊是唐之玉大聲吩咐人去請大夫的聲音。

唐老爺子長嘆了一口氣，胸膛間湧起一陣陣的苦痛。

第三十七章

在臘八的前一天，鍾菱就將煮粥的大砂鍋搬到了店外。

隔壁的鋪子已經被盧玥盤下來了，主人家正在收拾東西，見鍾菱抱了個大鍋出來，湊上來張望兩眼，忍不住的感嘆道：「這粥煮得可真好啊！」

鍾菱這一鍋臘八粥，選用了大米、紫米、綠豆、赤豆等，又用切成小塊的板栗代替這個時代還沒有傳進來的花生，一直燉煮到黏稠，水米交融。

在冬日的街頭，鍋蓋一掀起來，升騰起的蒸氣裡，都帶著甜滋滋的香氣。

鄰居只是想來看一眼，沒承想就被這香味勾得捨不得挪動腳步了，他問：「這粥怎麼賣啊，給我來一碗。」

「不賣呢，臘八到了，施粥。」鍾菱笑著舀了一碗，遞了過去。

在鍾菱很小的時候，外婆會在臘八這一天，牽著她的手，帶她去附近寺廟擺的攤子上喝臘八粥。至今想起來，依舊會覺得口齒之間殘留著臘八粥溫熱又甜滋滋的味道。

寺廟大多都會在臘八這天施粥，拋開宗教關係，鍾菱想要施粥，單純是想要做好事，結善緣。她重生一次，得到過太多幫助了，因果緣分多次在她身上應驗。

施粥的人想結善緣，喝粥的人想討個好彩頭，可謂是兩全其美。

尤其是小食肆曾經在火災的時候，擺了攤子給禁軍送了暖羹。這畢竟是陛下都賜名讚賞過的一道菜，背後是陛下對鍾菱行為的肯定。

因此，當臘八粥擺出來的時候，那些聽聞過小食肆義舉的人，紛紛聞訊趕來；更有即將參加會試，聽聞過暖羹來歷的書生，想要喝上一碗臘八粥蹭蹭瑞氣。

他們中有不少文采斐然的，當場就作了詩。

鍾菱沒放過這個好機會，她立刻從店裡拿了紙筆，請作詩的書生寫下來。

她只知道三年後那一場會試的狀元，是那個妻子和弟弟被陳王折辱而亡的年輕書生，但年後的這一場會試，她真的是沒有一點印象。

因此，她現在看誰都像狀元，索性就都討要一份他們的墨寶，說不定還真能出一、兩個大人物，到時候小食肆還可以再蹭一波熱度。

鍾菱的規劃已經羅列到春闈之後了，不管是八寶飯還是到時候春闈的熱度，都足夠鍾菱賺到擴展店面的錢了。

次日一早，鍾菱特意和宋昭昭一起，在後院多煮了幾鍋的臘八粥，避免出現供不應求的狀況。

來喝臘八粥的人，一定會被門口那個八寶飯的招牌吸引。所以周蕓也起了個大早，開始準備八寶飯。

小食肆今日早餐吃的是煎餃配白粥。

鍾菱吃了兩個煎餃，便低頭專心的挖鹹鴨蛋配粥。宋昭昭胃口好，她將煎餃掃了個光，興致高昂的去灑掃了。

今日陽光正好，透過微薄潮濕的水氣，輕飄飄的落在人身上，暖意後知後覺的才蔓延上來。

趁著宋昭昭收拾門口的工夫，鍾菱拿著軟樹皮回到店裡，她得數一數昨日八寶飯的投票情況。

釘子扎得歪七扭八的，陽光斜斜的透過窗欞和大敞著的正門，照得釘子的圓頭閃閃發亮，像是一抹墜落的銀河。

鍾菱無心欣賞這閃亮亮的景象，她皺著眉，嫌棄這光太刺眼了，耽誤她數釘子。

但是一個釘子，代表賣出去一份八寶飯，一想到這裡，鍾菱就心情大好。

她在門口的木板上，寫上每一款八寶飯的票數，主打的就是一個透明公開，連具體票數都公告了出來。

宋昭昭湊了過來，數著票數，問道：「第一的是哪一款啊？」

昨日奪了第一、今日半價的八寶飯是紫米牛乳芋泥八寶飯。這一款的勢頭還挺猛，鍾菱記得有不少姑娘都很喜歡，三天兩頭就來買。

紫米芋泥能奪冠，那些已經成了熟客的姑娘們絕對有功勞。

鍾菱寫完之後，退後了幾步，打量了一下木牌。在確定沒有問題後，她拍著手，準備去後廚拿些東西。

剛一轉頭，在一陣漸緩的馬蹄聲中，一個熟悉的面孔翻身下馬，朝著小食肆走了過來。

他身材挺拔，墨髮高高束起。在一眾身穿棉襖、大氅的行人中，一身略顯單薄的墨綠色羅袍，更顯得他長腿寬肩。

長靴踏在青石板上，腳步堅實有力，每一步都踏出了沈悶的聲響。

這是鍾菱第一次見到卸下鎧甲的禁軍統領，倒是少了幾分壓迫的威嚴，顯得更加年輕俊朗了。

她笑著和陸青打招呼。「陸統領。」

陸青規規矩矩的拱手。「鍾姑娘。」

打完招呼後，陸青先是皺著眉，看了一眼八寶飯競賽的木板和宣傳海報。

在看見門口施粥的牌子和熱氣騰騰的臘八粥後，他那原本攜著冷意的目光略微柔和了幾分。他走到鍾菱身邊，微微低頭，沈聲道：「借一步說話。」

神神秘秘的，是有什麼大事？

鍾菱挑了挑眉，側過身，讓出路來。「店鋪還沒營業，我們坐著說？」

正好韓師傅已經在後廚忙活了，鍾菱便端了兩屜小籠包，又盛了醋，推到陸青面前。

這搞得陸青有些無奈，他輕嘆了一口氣。「我不是來吃早飯的。」

「我知道、我知道。」鍾菱忙點頭，連聲應道：「但是讓您大清早的跑一趟，吃點東西再聊，好補充體力。」

陸青從前就從祁珩和一些同僚、下屬那裡聽說了，小食肆的鍾掌櫃非常喜歡塞東西給別人吃。

如今，他總算是明白了，那些人說話時臉上的無奈是從何而來的了。

陸青輕咳了幾聲，他挺直了脊背，收斂了眼眸中的笑意和輕鬆。他正色道：「從今天開始，妳這八寶飯，就不要再賣了。」

聽聞此話，鍾菱根本來不及反應。她一皺眉，脫口而出就是一句。「為什麼？」

陸青似是已經料到了她的反應，眼看著剛剛還笑嘻嘻的小姑娘，周身的氣場一下子就嚴肅沈重了起來，她的身上幾乎是在這瞬間就長出了尖銳的刺。

他忙抬手，做了一個下壓的動作，企圖安撫住鍾菱的情緒。

「有人狀告妳的八寶飯，害人吃了之後，腸胃堵塞，險些喪命。」

「什麼？」

鍾菱的聲音不受控制的提高，她滿眼詫異，有些難以置信的看向陸青。

很明顯，在小食肆八寶飯勢頭這麼好的時候，突然被這麼胡亂狀告，惡意實在是太明顯了，就是奔著搞垮鍾菱的生意來的。

「我的八寶飯，就那麼大，也從來都沒有大批量的賣出去過，怎麼會……」

說到一半的時候，鍾菱突然頓住了。

她面色凝重的低垂下眼眸，抿著嘴，極其艱難的消化著擺在面前的訊息。

她確實是沒有賣過三個以上的八寶飯給別人，八寶飯經過後來的改良，一個就只有女子巴掌大小，若是要吃到堵塞腸道的程度，難道是委託了別人代買？

這實在是荒唐。

但是那天唐老爺子來的時候……一口氣拿走了二十個。

這十多年在唐家的時光，那些殘留著滿足和快樂的回憶，化作一陣呼嘯的風，迎面朝著鍾菱襲來。

將她的髮絲吹散，吹得她的衣衫在風中鼓動，最後，將她的一顆心，推到了崖邊，吹向了虛無縹緲的天空。失重感席捲全身，浮沈顛倒的感覺，讓人覺得格外的無依無靠。

不知為何，眼前的畫面有些模糊。

鍾菱吸了吸鼻子，抬起頭來。她想要在陸青這裡，得到一個明確的答案。

但是陸青並沒有帶給她希望，他輕輕搖了搖頭，眼神中有些悲憫和憐惜。「看來妳已經猜到了，是唐之玉報的官。」

鍾菱仰著頭，眼淚奪眶而出。

腦海中，有一聲很輕的脆響，像是有什麼東西破碎了。

「他們就是咬定了妳不能去質疑妳的養父，所以才有恃無恐。」陸青的手搭在桌子上，指尖輕輕叩了叩。

「他們想趁著夜裡報官，好打妳一個措手不及，但是剛好是我的人在當值，將他們攔下來了。」

店內突然安靜了下來，過了一會兒，鍾菱才突然回過神來，朝著陸青道謝。

「多謝陸統領。」

「先前在火場，鍾姑娘和這食肆的眾人出手幫了禁軍大忙，這次我既然碰上了，幫妳一次是應該的。」

陸青微微頷首，沈聲道：「主要是這一次，他們想要狀告妳的罪名，尚且站不住腳，這才能夠這般輕鬆的攔下；只是他們可能不會善罷甘休，鍾姑娘還是要多加小心。」

他頓了頓，輕聲道：「還有一件事……在詢問唐老爺子的時候，他背著所有人，託我給妳捎一句話。他說，是他對不住妳。」

鍾菱陷在自己的情緒裡。

當陸青提出要買走店裡所有的八寶飯時，鍾菱百般拒絕，最後給陸青端了一大鍋的臘八粥，將他送出門了。

周蕓和宋昭昭看著失魂落魄，腳步輕浮的朝著後院走去的鍾菱，她們對視了一眼，有些不知所措。

對鍾菱來說，最難接受的，是唐老爺子的「背叛」。

她從始至終，一直到知道這件事情的前一刻，甚至都還無條件的想信任唐老爺子，還對他有所愧疚。

但其實仔細想想，唐老爺子這般也是正常合理，畢竟唐之玉和唐之毅才是他真正有血緣關係的兒女。

她不過是一個養女罷了。

若是唐之玉硬是要站在陳王身後，一定要用八寶飯這種小事來為難鍾菱，唐老爺子也很難真的和自己嫡親的兒女撕破臉吧！

只是對鍾菱而言，要收回這一份一直以來的感恩和信任，實在是太突然並且太難了。那畢竟是救了她一命的人，卻最終還是要和她站到對立面了。

她微微仰頭，任由陽光照了滿臉，刺得人眼前模糊。

鍾菱不知道自己在院子裡站了多久，一直到有隻粗糙寬大的手，遮住了她眼前的陽光。

鍾大柱沒有說話，他只是站在鍾菱面前，替她擋下了直射眼睛的陽光。他眼眸裡是遼闊的、一望無際的群山，是寬厚浩瀚的海洋。

尋常的風雨，並不能改變其絲毫。

強大可靠的，只一個眼神，便牽引著迷途的鳥、漂泊的船，找到一個歸宿。

若說鍾菱骨子裡有著對這個世界的歸屬感和渴望，那麼鍾大柱的目光，讓她覺得自己像一顆種子那樣，尋到能扎根的地方。

渾身上下流淌著的血液，突然變得熾熱了起來，連帶她的每一寸肌膚都變得灼熱滾燙。

在這一瞬間，鍾菱突然感覺到了血脈相連的安全感。

唐老爺子選擇放棄了她，但是鍾大柱依舊站在她的面前。就如同她這一世，走向他時的那樣堅定。

鍾大柱平靜的目光，瞬間瓦解了鍾菱的堅強和勇敢。

被唐老爺子放棄的失落，夾雜著前世那些從來沒有說出口的傷痛，一下子全都湧了出來。鍾菱眼前朦朧，恍恍惚惚的開口道：「他養了我十年……」

到後來鍾菱都有些不清楚自己說了什麼了，總之她絮絮叨叨，沒有邏輯的說著。鍾大柱耐心的站在她面前，時不時點頭。

隨著那些七零八碎的心事被傾吐出來，鍾菱情緒逐漸歸於平靜。

她其實知道，不過是因為這一世，碰到了太多的好人，遇見了太多的善事，以至於心理承受能力變得脆弱了。

若是前世的她，被唐老爺子這樣放棄後，不至於會這樣難過。只是因為如今的鍾菱，被愛包圍了，整個人變得柔軟善良、感性了許多。

然而，對唐家的最後一絲情意和感激，在經過這件事之後，也算是徹底消散了。

見面前的小姑娘揉著臉頰不說話，她的眼眸之中的混沌散去，恢復了以往的清明，鍾大柱這才放下心來，他低聲詢問道：「需要我幫忙嗎？」

「不用了。」鍾菱揉揉泛紅的鼻尖，用誇張的語氣道：「這次就先算了吧，放過他們。」

就當是還了恩情了，若是還有下一次，那鍾菱就真的會狠下心來對唐家出手了，畢竟，唐家已經在沒有她掛念的東西了。

要是一味因為這十年的感情，而一再退讓，怕是會叫唐之玉覺得她是軟柿子。

唐之玉可是衝著要毀掉她來的，這輩子，鍾菱不會重蹈覆轍了。

小食肆八寶飯突然被撤下，後續的影響還是很大的。鍾菱提前準備好了折扣券，用來平息食客們的抱怨質疑聲。

她雖心有不甘，但還是嚥下了這口氣，並沒有聲張任何消息。

畢竟，有人在吃過八寶飯後送醫的事情，對小食肆來說，也會是一個近乎毀滅打擊的事件。

很多人聽話只聽半截，他們才不管病患是吃了多少的八寶飯，只會一味認為，小食肆的吃食有安全隱患。

好在，門口的臘八粥，吸引了食客們一部分的注意力。

沒買到想要的八寶飯的食客，在走的時候喝上一碗臘八粥，不滿的情緒一下子就消散了大半。

只是周芸的情緒有點沮喪，八寶飯是她一手研製出來的，她傾注了太多的心血，突然不能販售，使得原本忙得團團轉的周芸，一下子有些緩不過來。

鍾菱只得臨時去買了一背簍雜七雜八的果子，央著周芸說想吃果醬，才勉強讓周芸忙碌起來，重新打起精神。

下午的時候，祁珩聞訊而來。

他同時帶來了一個消息——在小食肆撤下所有八寶飯的時候，京城裡有其他的糕點鋪子和食肆，開始銷售八寶飯了。

那口味，就和小食肆賣的一模一樣。

鍾菱幾乎要氣笑了。

祁珩說的那幾家鋪子，鍾菱也有些印象，不是唐家的產業，就是陳王手裡的。可不就是撬走了小食肆的招牌，然後擺到了自己店裡？

京城上下只要不是眼瞎耳聾的，都大概能猜到怎麼回事。但是鍾菱卻要吃下這個虧，還什麼都不能解釋。

鍾菱心中堵著一口氣，上不來又下不去。在祁珩擔憂的目光下，她一拍桌子，猛地站起來。「我要去一趟唐家！」

祁珩忙拉住她的手腕。「妳先冷靜一點。」

「我很冷靜。」

說這話時，鍾菱的臉色平靜得有些可怕，像是醞釀了一場大雨的雲層一樣，教人捉摸不透。

祁珩不信，他依舊攥著鍾菱的手腕，沒有放開。

無奈，鍾菱只得開口解釋道：「我只是想去探望唐老爺子。畢竟名義上他還是我養父，雖然說不清楚，但是他生病，也和八寶飯有關，於情於理，我都該去看看的。」

祁珩從前只覺得鍾菱比同輩可靠些，但這一刻，他才突然意識到，鍾菱的心胸和城府，比他想像中，更寬廣深沈。

怕唐家為難鍾菱，祁珩準備陪她一起去。而看望病人不能空手，於是祁珩帶著鍾菱回了趟府裡。

在祁家的庫房裡，尋了幾味藥性溫和，品質一般的補藥後，祁珩又差人找來幾個頗為精緻的玉盒。原本那品相一般，並不起眼的藥材，這麼一包裝，顯得上了等級，高貴了起來。

準備好這些之後，馬車朝著唐府駛去。

門房沒想到會在這個時間點見到鍾菱，他們一邊擋著鍾菱，一邊差人去請示。

鍾菱就當沒看見他們那慌得四處亂飄的眼神，言語之間頗為真誠。「聽聞老爺子身體抱恙，我不能盡孝跟前，實在愧疚，尋來了這幾株上好的藥材，想要探望老人家。」

祁珩抱著手，倚靠在馬車旁，笑著看鍾菱演戲。

她的眼眸清亮，長開後的五官帶著一絲銳利清冷，這樣的一張臉，不像是一張會騙人的臉。

鍾菱的態度實在誠懇，可門口的小廝沒有得到指示，並不敢貿然放鍾菱進去。

一時間，現場局面有些僵持。

好在那個去通風報信的小廝小跑著回來了，見他搖了搖頭，鍾菱早猜到，唐之玉是不肯讓她進去的，或者是唐之玉要門口拖住她一會兒，好親自趕到。

鍾菱才不會給唐之玉這個機會。

她低頭抹了抹眼淚，微紅著眼眶上前兩步，將手裡的盒子往小廝懷裡一塞，不等他們反應，她便哽咽道：「我雖掛念老爺子，但姊姊若執意不讓我進去，那便煩勞你們一定要將我的這份心意，傳遞給老爺子啊！」

這玉盒看著便價格高昂，小廝不敢鬆手，等到他回過神的時候，鍾菱已經在祁珩的攙扶下，上了馬車了。

不管唐家人是怎麼看待鍾菱突然的來訪，馬車上的氛圍，倒是輕鬆愉快。

鍾菱非得來這一趟唐府，就是想要給唐家添堵。

她也是在賭，唐老爺子雖然放棄了她，但這十年的相處，終究對她還殘留著情意的。

尤其是在梁神醫是鍾菱替他牽線介紹來的情況下，今日鍾菱又送上藥材，就是要向唐老爺子展示一下她的「孝心」。

雖然你這樣背刺了我，但是我依舊掛念著你的身體。

有這樣一個體貼乖巧的養女做對比，唐家正兒八經的那位小姐，極力要站隊陳王的決定在唐老爺子眼裡，會不會更顯得扎眼起來呢？

如果能讓唐府的這兩代當家人之間添點嫌隙，那再好不過；若是不能，那就用這兩株藥材為她自己博得一個孝順的名頭，怎麼看鍾菱都不虧。

尤其是那兩株藥材是祁珩友情贊助的，沒有花她的錢。

「不好白拿你的東西，晚上來小食肆吃一頓吧。」鍾菱用帕子拭去臉上的淚痕，笑著道：「我請。」

「晚上下值，怕是不早了。」

「沒關係，我等你。剛好得想一想接下來的菜單。」

她身上的精明和算計，一下子就消散得無影無蹤了，取而代之的是輕鬆悠閒，和滿心滿眼的食材和菜譜。

祁珩窺見一角她的另一面，對鍾菱是越發的好奇了。「妳這手段，倒是有點厲害。」

鍾菱聞言抬頭，在確定祁珩沒有嘲諷的意思後，笑嘻嘻的應下了。「是吧，兔子急了還要咬人呢。」

她的這些手段和心眼，大多是被陳王逼出來的，所以平日裡，鍾菱不愛用。

如今她周圍的人都真誠善良，安逸到鍾菱差點忘了自己還有這樣算計的本事。曾經水深火熱的日子，被她忘卻在背後，可終究還是留下了一點什麼。

鍾菱有些感慨的撐著下巴，嘆了口氣。

她剛有些出神，就聽見祁珩問道：「沒了八寶飯，妳接下來要怎麼辦？」

「反正就要過年了，少賺點就少賺點吧，等年後再說。」鍾菱懶散的窩在馬車的一角，嘴角揚起一絲小小的得意，眼眸裡亮晶晶的。「他們能學走八寶飯，可不能什麼都照著小食肆學吧。」

她是有這個驕傲的資本的。

祁珩點點頭，沒再追問什麼。

眼看著馬車漸緩，鍾菱伸了個懶腰，打了個哈欠。她的這個動作，像極了那隻從山莊裡撿回來的小貓。

祁珩有些挪不開目光，嘴角忍不住翹了起來。

鍾菱扭頭看了一眼車窗外的景色，感嘆道：「有時候覺得，血脈的力量還是很強大的，我和唐家老爺子十年的相處，也敵不過他和唐之玉的血脈相連。」

她頓了頓，輕笑了一聲。「但是我爹也堅定的選擇了我啊。明明我們才相處了這半年，大概這種信任，是真的融入血脈裡的吧。」

鍾菱沒有注意到，在聽到她這話的時候，祁珩臉上的笑意，突然一下僵硬了。

第三十八章

祁珩還是什麼都沒說，將鍾菱送回去之後，又趕回翰林院了。

鍾菱特意給他煮了一鍋奶白色的大骨湯，一直到打烊的時間，才等到帶著一身風雪的祁珩。

鍾菱煮了兩碗拉麵，喝了一口湯，向祁珩闡述了自己的想法。

小食肆這段時間確實有點風頭太盛了，先是有御賜的暖羹，又是八寶飯的花樣行銷。

雖然這次出手的唐之玉只是單純見不得她好，但京城裡一定有其他眼紅的同行，在伺機想要從小食肆挖走生意。

反正再過上幾日，韓師傅一行就要回川蜀了，到時候小食肆的後廚一空，鍾菱就得頂上做主廚，就更沒有時間來研發新菜了。

倒不如借此暫避風頭，好好休整一下。

就如鍾菱設想的那樣，或許是她去唐府送的那兩株藥材真的發揮了作用，或許是唐老爺子於心不忍。

總之八寶飯這事唐家再也沒了動靜，唐之玉也沒有再出手了。

那幾家鋪子雖然還在賣八寶飯，但是有小食肆的食客尋著名字過去，卻發現和想要的味道不一樣，也不再去光顧了。

雖然有食客強烈要求買八寶飯，但是在鍾菱一再堅持之下，這陣由小食肆掀起的八寶飯熱潮，總算是歇了下去。

過完臘八之後，年味漸重。日子雖然平淡，但是一天天過得飛快。

韓師傅搭了梯子，和董宇、孫六一起，在小食肆門口掛上嶄新的紅燈籠。對聯是祁珩送來的，是他祖父祁國老寫的。

鍾菱一度有些捨不得貼，這畢竟是祁國老的墨寶，價值不說千金，百兩也絕對賣得出去的，就這樣讓這對聯在外吹著寒風，時不時還要濺上些雨雪，鍾菱有些捨不得。

但是祁珩反手就又給她送來了一背簍的對聯，足夠在每個房間都貼上一幅了。

很明顯這是祁國老在對鍾菱表達善意。

對聯貼上之後，過年的氛圍一下子就濃了。

蘇錦繡和宋昭昭去逛街的時候，又買了些頗有過年氛圍的飾品，陸陸續續的在店裡裝飾上，原本走簡約風格的店裡，一下子變得溫暖許多。

韓師傅一家是在過完小年後啟程返鄉。因為大家沒有辦法在除夕齊聚，便借此機會提前吃上一頓年夜飯。

吃飯前，需要先祭拜灶王爺。

傳說這一天，灶王爺要從凡間返回天上，向天帝匯報人間的情況。於是人們在這一天祭拜灶王爺，除去香燭和尋常供品之外，還會供上些甜甜的糖，好讓灶王爺吃了嘴裡甜，向天帝匯報時，也多說些好話。

鍾菱覺得這習俗實在是有意思，硬是把灶王爺這一個神明，描繪成一個愛吃糖果的可愛老頭，一下子就接地氣了起來。

在神話中，灶王爺是主管飲食的神明，嚴格來說，祂確實是負責管理食肆這一塊「直屬」的神明。

鍾菱雖無虔誠信仰，但也不敢輕忽，她不懂祭拜的具體流程和儀式，便全由韓師傅安排了。

只是在祭拜之時，短暫的出現了小插曲。

本應該由當家之人上第一炷香的。小食肆雖然是鍾菱一手從無到有做起來的，但是鍾大柱還在，家中有長輩，鍾菱便退後了兩步，將位置讓給鍾大柱。

誰知鍾大柱完全沒有要動的意思，他朝著鍾菱抬了抬下巴，示意她自己上前去。

「鋪子是妳的，妳就是當家作主的人。」

這話讓鍾菱有些恍惚，一直到祭拜結束，都有些沒有緩過來。

鍾大柱對鍾菱，實在是尊重到了極致。

他這話說出口的時候，是將小食肆完全視作鍾菱的獨立財產，沒有一絲一毫占為己有的意思。

這樣的尊重，即使是在後世，都難能可貴，更何況是在這個父母可以將子女視做自己的所有物，隨意發配買賣的時代。

在祭拜完灶王爺之後，鍾菱從櫃檯後面把早已準備好的紅包拿出來。她的臉上洋溢著喜氣，直奔後院而來。

韓師傅以一己之力撐起了整個後廚，雖然他說了，因為鍾菱給他介紹了梁神醫，他要給小食肆打白工，但鍾菱不可能讓他來京城幹這半年活，兩手空空的回家。

她給韓師傅、韓姨和周蕓一人包了一個大紅包。

從前，鍾菱在過年收紅包的環節裡，都是推辭的那個，這是頭一回她給別人發紅包。

韓師傅、韓姨和周蕓都擺手說不要。他們一個說鍾菱有救命之恩，一個說能收留她已經足夠了。

總之，鍾菱一人難敵三嘴，索性不講了，硬是把紅包塞給他們後，瀟灑的去給孩子們發紅包了。

這算是發工錢，還有一些分紅。

宋昭昭和阿旭都聽話懂事，鍾菱一點也沒吝嗇，一人塞了一個大紅包。

最後給鍾大柱的時候，鍾菱已經對那些推辭的話幾乎免疫了。

她笑咪咪的把紅包塞給鍾大柱，語氣真誠又輕快。「一開始就是想帶您來城裡治病，過上好日子，這才開這食肆，所以您得收下，沒有您，可就沒有小食肆了。」

這是真情實意的大實話，她說完之後就甩著手去後廚備菜了。

留下鍾大柱握著手裡的紅包，久久不能回神。

小食肆今天特意提早半天打烊，大家坐在店裡，好好的吃一頓。

掌勺的依舊是韓師傅，雖然只有他們這一桌，灶臺上卻比繁忙的時候還要火熱。過年最大的禮節，就是把雞鴨魚都煮上。

鍾菱搓著手裡的四喜丸子，順便盯著燉煮在灶上的鴨子。

韓師傅原本是想要把鴨子和雞都燉湯的，被鍾菱攔了下來，改成了鴨湯和炒雞。

鴨湯養胃生津，添上幾味藥材後，就是一道藥膳了，還可以壓一壓其他肉菜的火氣。

比如說那冰糖豬肘子，濃稠赤亮，滿滿的膠原蛋白，端起來的時候，都可以看到那層軟糯的皮彈了一下。挾一筷子，蘸一蘸湯汁，再挾到周蕓蒸得柔軟的荷葉餅裡，讓白麵吸收湯汁。

光是想一想，就教人流口水。

還有粉蒸肉，那米粉像是擴香石似的，盡數吸收了肉的濃郁香味和香料的辛香，香味橫行霸道，在後廚裡橫衝直撞。

鍾菱幾乎是靠著自己堅強的意志力，才沒有偷吃。

等菜一上桌，人到齊，眾人都在克制的等著鍾菱說上兩句的時候，鍾菱已經拿起筷子，熱情的招呼著大家。「快吃啊！」

小食肆不整那套虛的，主打的就是一個實在。

平日裡都是在後廚的小桌子上吃飯，這是頭一次這麼整齊的在店裡吃飯。

明明沒有喝酒，但是說著說著，眾人都有些興奮上頭了。為即將到來的新年，也為半年以來的相處，還有每個人都在逐漸變好的人生。

韓師傅紅著眼眶給大家一一敬酒，感謝大家對他們夫妻的照顧。

而周薹則說起了她之前從不曾說出口的，那段失敗婚姻的故事。邊說著還邊咬牙切齒，宋昭昭怕她一氣之下要砸杯子，忙給她挾菜。

宋昭昭和阿旭年紀小，也不太善言辭，但他們的人生經歷卻一點也不簡單，都有著浴火重生的一段過去。

他們或許也有很多話想要說，卻只是捧著杯子，對大人們帶著感謝和感慨舉杯，跟著喝了一大口茶。

鍾大柱一如既往的沈默，也沒有開口說自己的事，只是在偶爾被點名時，他會很認真的放下手裡的筷子，然後端起杯子。

鍾菱的半邊肩膀靠著牆壁。

店裡的炭火燒得很旺，即使不去碰，她都能感覺到自己的臉頰燒起來似的，很燙。她的目光中含著笑意，逐漸的迷離渙散，眼前的畫面，就好像作夢一樣。

也確實曾經在她夢裡出現過。

韓姨還好好活著，韓師傅也沒有變成那冷冰冰又死氣沈沈的樣子；周蕓也振作了起來，宋昭昭逃離了那個地獄一般的家，而阿旭也迅速的成長起來。

最重要的是鍾大柱。

在鍾菱前世的記憶裡，她第一次見到的鍾大柱，和死後替她收殮屍骨的鍾大柱，似乎並沒有什麼區別，都是狼狽落魄的。

但是現在在她眼前的鍾大柱，已經變了太多了。

鍾菱輕笑了一聲。

除了那個被陳王和唐家聯手害死家人的書生，她似乎已經沒有遺憾了。

似是聽到了鍾菱的笑聲，坐在她身側的鍾大柱轉過頭來。在一片熱鬧之中，他壓低了聲音，問道：「怎麼了？」

可是鍾菱沒有聽見，她還陷在自己的情緒中，因為眼前的圓滿畫面，她被得意和驕傲包圍，整個人輕飄飄的，有一種不真實的感覺。

但是一想到陳王和唐家還在虎視眈眈，她的心情一下子從平和的幸福，變得激昂憤慨了起來。

她咬著牙，喃喃道：「誰敢動我的小食肆，就先從我的屍體上踏過去。」

一旁的鍾大柱猛地皺眉，他懷疑自己聽錯了，但是那在戰場上能夠聞著風聲躲開利劍的聽力，不可能在此時犯錯。

他不懂為什麼平日裡溫和的鍾菱，會在這樣安逸幸福的飯桌上，說出這樣的話來。

難道是安全感還不夠嗎？

還是說那戶曾經收養她的唐家，又背地裡對鍾菱做了什麼？

一想到這裡，鍾大柱的臉色便沈了下去。他抿了一口茶水，心中那原本擱置的打算，此時又被他重新提起來考慮了。

「我說你們父女兩個，怎麼都垮著臉呢，快來喝一個！」

不知道為什麼，以茶代酒都能叫韓師傅喝上頭了，鍾菱哭笑不得，忙收斂思緒，樂呵呵的端起了杯子。

次日一早，鍾菱便送韓師傅一行三人去了碼頭。

今日一別，便是年後再見了。在碼頭上，韓姨和周蕓都提前把給宋昭昭和阿旭的壓歲錢拿了出來。

目送著船隻緩緩駛離碼頭，鍾菱伸了個懶腰，一把攬過了宋昭昭的肩膀。

「走！帶你們去踏燕街吃好吃的！」

或許是昨天那頓飯實在是太豐盛了，鍾菱覺得自己渾身有勁，特別有幹勁。

這一世，她已經完成了那麼多的事情，距離那個書生進京趕考還有三年之久，足夠她好好謀劃了。

在搭載著韓師傅的船隻緩緩朝著川蜀駛去時，錢塘縣的某個碼頭邊。

一個身形挺拔，容貌俊美的青年男子揹著行囊，迎著寒風站在碼頭之上。出眾的外形，讓過路人的目光忍不住在他身上停留。

青年招呼著身後的少年。「你快點。」

他身邊溫婉貌美的年輕婦人挽著他的胳膊，微微蹙眉，有些擔憂。「這個時候才進京，路上若是耽誤了，豈不是趕不上會試了？」

青年安撫的拍了拍年輕婦人的手背，柔聲道：「不會的，趕得上的。」

恰好那少年小跑著追了上來，一行三人踏上了前往京城的船隻。

小食肆的菜單上，撤下了幾個韓師傅的招牌菜。

雖然鍾菱跟著韓師傅學得差不多了，但這畢竟是一個大廚的招牌，鍾菱還是決定只做自己的拿手菜。

剛好進京參加會試的考生越來越多了，雖說舉人們的年紀有大有小，有思想先進開放的，也有迂腐守舊的，小食肆的菜單還是可以滿足大部分新食客的需求的。

比起攬月樓、瀚海閣之類的大酒樓，價廉物美，划算實惠。

有韓師傅的忠實食客表示等韓師傅回來了，他們再來消費。鍾菱也不惱，樂呵呵的給他們發了折扣券，並且把韓師傅回來的時間告訴他們。

自從唐之玉刻意狀告鍾菱的八寶飯，把這門生意給攪黃了之後，鍾菱冷靜下來思考了很久。

在她算完小食肆今年的收益之後，決定先休息一會兒。畢竟如今已經能保障溫飽，家人和朋友們，比銀子還要重要。

眼看著快過年了，鍾大柱也整天不在食肆裡，後廚一下子變得空盪盪的。

在孫六和董宇這兩個赤北軍將士的助力下，他們似乎又尋找到幾個赤北軍的將士和家眷。

鍾大柱便打算把他們都安置在赤北村。

可他在赤北村的房子顯然是不夠住，畢竟鍾菱剛去的時候，也只能收拾出柴房勉強安身。

但是村民們對赤北軍的尊崇程度，能解決大半的問題。將士先暫時借住在村民們的家中，在鍾大柱房子原有的基礎上，開始擴建。

聽阿旭說，孫六如今在禁軍，而董宇和董夫人也已經面過一次聖，禁軍統領陸青親自將他們請去了禁軍。

他們幾人聯名，從朝廷拿到了一筆錢，用來安置趕來京城的赤北軍。

這些鍾菱都是聽阿旭說的，鍾大柱只帶著阿旭去和那些叔叔、伯伯們見了一面，就把阿旭留在小食肆裡給鍾菱打下手了。

阿旭還處在懵懂的年紀，很多事情，他看到了卻沒有完全懂得背後的意義。他對鍾菱倒是一點也不設防，知道什麼就如實全說了。

鍾菱倒是察覺到了一絲不一樣的苗頭。

之前祁珩就說過陛下要光復赤北軍，但這個消息只有一些人知道，但現在又是撥款、又是接見赤北軍將士，一點都沒有瞞著的意思，哪怕不是權貴，只要稍加打聽，都能夠知道這件事情。

很可能在年後就會頒布命令，將光復赤北軍一事昭告天下。

剛好，這日柳恩踩著午間打烊的時間來了店裡。

在宋昭昭上完菜後，鍾菱便捧著一盅蒸蛋，坐到柳恩對面。

柳恩抬頭，笑道：「這麼客氣？」

鍾菱回以同樣燦爛的笑容，含蓄道：「向您打聽個事情。」

剛好現在店裡只剩下最遠的靠門的那一桌，還有兩個快要吃完的書生模樣的年輕人，不用擔心被人聽去，鍾菱便說出了心裡的猜測。

「妳倒是敏銳。」柳恩微微點頭，目光之中是毫不掩飾的讚賞。

聖心不可隨意揣測，朝中政令也自然不能透露，但是柳恩透露到這個分上，鍾菱已經懂了。

「那光復的話……我爹他……」

柳恩用筷子將圓潤飽滿的四喜丸子挾成兩半，選了其中一半，蘸了蘸湯汁，挾到碗裡。他的注意力全在四喜丸子上，頭也沒抬，極其敷衍的道：「妳爹肯定能得到一定的補償金。」

「您知道我想問的不是這個。」鍾菱無奈。「我想知道除了金錢之外的其他方面的事情。」

「這得看妳爹的意思了。他若是願意為朝廷效力，那新赤北軍裡一定有他的一席之地，畢竟赤北軍的將士，個個都是精銳。」

鍾菱雙手撐著桌子，身子微微前傾，問出了她最關心的問題。「他如果不願意呢？」

「不願意的話……」

柳恩握著筷子，思索了一下，坦然道：「說實話如果是赤北軍，基本上沒有將士會拒絕的。但是妳大可放心，妳爹不願意，也不會有什麼事情。家境條件不好的士兵，朝廷會安排合適的活，像妳家這樣的情況，估計也沒什麼可以安排的了；妳爹又落了殘疾，他若是執意待在食肆裡，那可能賞賜就落到妳頭上了。」

說到最後，柳恩的言語之間有些揶揄。

這畢竟是皇帝的一個恩賜，是多少人渴求的東西，只要鍾菱不太貪心，足夠她下半輩子衣食無憂了。

但是鍾菱臉上卻一點不見笑意。

她靠自己可以活得很好，並不是一定要得到這個賞賜，只是，她總覺得鍾大柱對朝廷的態度非常微妙。

孫六是他勸導著去禁軍的，董宇也是他尋回來的，但是鍾大柱自己卻從來不露面，也不出頭去做些什麼。

她是赤北軍將士女兒的身分，早就傳開了。

唐府的人知道，從前她擺攤的踏燕街的商販們也知道。

但是沒有人知道她爹是誰。

尤其是在赤北軍這個詞有意的被重新提起來後，鍾菱甚至在店裡聽到書生們談論赤北軍的事情，他們猜測今年的考題是否會與此相關。

眼看著大家都要重新走入世人的視線中，重新踏入史冊，但鍾大柱還依舊站在原地，藏在所有人的身後。

這一點也不符合鍾菱對鍾大柱的瞭解和認識。

她甚至開始有點懷疑了，是因為鍾大柱斷肢的緣故，還是因為他在赤北軍中的身分……有些特殊？

柳恩顯然不能回答這個問題。

鍾菱只能壓下自己心裡的疑惑，陪柳恩聊著天。

「也不知道有多少將領還活著。」

柳恩感嘆了一句，說罷又輕輕搖了搖頭。「赤北軍驍勇善戰，但向來是將領衝在士兵前面，怕是難哦。」

不知道懷舒師父是一般士兵還是將領。

鍾菱托著下巴，有些失神。

他獨居在深山之中，應該還不知道這件事情吧；而且他已經出家，願不願意還俗還不一定呢。

鍾菱總覺得，赤北軍的事情，是一座冰山，她能看見的只是浮在水面上的部分。她隱約能感覺到水面之下還有極為龐大的訊息，卻看不真切，也無從下手。

許是見鍾菱下意識的蹙眉，柳恩看了她一眼，緩緩開口。

「妳不用太有負擔，妳爹是個明事理的，要不然也不會讓妳這個小姑娘出來開店；而且妳若是真有問題，抓緊問祁珩去，他知道得可比我多。」

突然聽聞祁珩的名字，鍾菱一下子被喚回了神。

「妳抓緊時間，會試開始之後，一直到閱卷結束，他恐怕都沒辦法和妳見面了。光復赤北軍的詔令應該會在這之後不久頒布，借一波金榜的風。」

柳恩朝著鍾菱眨了眨眼，做了個口形。「我猜的。」

鍾菱一下子沒忍住，噗哧笑出了聲。

這是見她思慮過重，特意透露些內線消息開導她呢。

柳恩倒是開啟了話匣子，他手裡的筷子虛點了點，饒有興趣的道：「先前那個去禁軍的小將士，應當和陛下提到過妳的食肆，聽說唐家來找過碴？」

也不知道柳恩是從哪裡知道這件事，他在京城裡的眼線和人脈，實在是教人不敢細想。

「禁軍那個小子出面替妳擺平了，我估計也有陛下的意思。所以妳別擔心，等詔令下來，妳這小食肆，可就是鐵打的了，京城裡就沒幾個能來找碴的……」

砰——

柳恩話還沒說完，就聽見門口傳來巨大的聲響。

第三十九章

另一桌客人走後，是宋昭昭收拾的桌子，她順便把小食肆的大門半掩上了，方便鍾菱和柳恩說話。

此時，那原本合著的半扇雕花木門上出現了一團沾著雪水的灰黑腳印，在寒風中緩緩擺動，發出可憐兮兮的咯吱聲。

一個青年立在門口，他半隻腳還懸在空中，一點也沒有遮掩囂張的氣勢。

鍾菱眨了眨眼睛，又扭頭看了一眼柳恩。

這不是說好沒人會來找碴嗎？

饒是見過大場面的柳恩，也是頭一遭碰到這麼巧的事情。他迴避了鍾菱的目光，不肯和她對視。

「店裡的人呢？給小爺把最好的酒端上來。」

那青年大搖大擺的走到櫃檯前，一手扠腰，一手拍著桌子，發出巨大的聲響。一副紈袴至極，要把店裡砸了的樣子。

鍾菱有些頭疼，她站起身來，走到那青年面前。

店裡現在沒什麼人，鍾大柱和赤北軍的叔叔、阿姨都在赤北村，說不定到晚上也不回來。韓師傅不在，店裡就鍾菱和宋昭昭加上阿旭，再算上柳恩，老弱婦孺齊全得很。

鍾菱並不想和他硬槓，而且看見這個人的第一眼，鍾菱便覺得他和唐家沒什麼關係。

就因為他身上囂張跋扈的氣勢。

唐之玉和陳王都喜歡來陰的，搞背後暗算那一套。這個人的作風，和唐家實在是沾不上邊。

既然和唐家沒關係，那鍾菱還是相當有耐心的，她頗為好脾氣的笑著道：「這位公子，小食肆已經打烊了。」

雖然鍾菱長高了不少，但她依舊要抬頭才能和這個青年對視。

這人雖然囂張至極，但長得還算相當不錯，完全符合鍾菱腦子裡對「長得好看的紈袴」形象。

在鍾菱打量他的時候，他也在打量鍾菱。

「打烊了？小爺有錢也不做？」

他微微傾下身子，拉近了與鍾菱對視的距離，目光凶狠冷厲，頗具侵略性的逼近鍾菱，蠻不講理的樣子。

但是鍾菱不是一般人，京城裡有幾個人能狠戾過陳王？他這氣場，多少還是不夠有威壓。

鍾菱盯著他的目光，絲毫不懼，甚至嘴角帶笑的開口道：「打烊了就不做了，您可以晚上……」

她還沒說完，那青年便毫不猶豫的轉身，一把抄起櫃檯上擺著的陶土花瓶，甩手便摔在鍾菱身邊。

陶片飛濺開來，零星落在鍾菱的裙襬上。

柳恩皺著眉，站起身來。

啪！

那青年把荷包拍在桌子上，聽這悶響，裡面應該有不少銀子。

「那老頭！」他伸直胳膊，指著柳恩，扯著嘴角冷笑道：「別急啊，小爺會賠的。」

這個人看起來……腦子不太好的樣子。

不怕有心眼的，就怕碰到神經病。鍾菱輕嘖了一聲，迅速盤算著要怎麼去報官。

而青年則踏著碎陶片，緩緩朝著鍾菱走近。在兩人之間還有一臂距離的時候，他停了下來。

這樣的距離，讓鍾菱生出許多不安來。

來不及多想，鍾菱剛想挪開步子往後退。那青年已經朝著她低下了頭。他用一種輕佻的口氣，道：「我知道妳是赤北軍將士的女兒。」他輕笑了一聲。「巧了，我也是。」

鍾菱的瞳孔一縮，滿眼警惕。

那青年卻好像一點也不在意的意思，他嗤笑了一聲，問道：「鍾遠山，聽說過嗎？」

知道赤北軍的人，怎麼可能會沒聽過鍾遠山這個將軍的名字。

鍾菱瞬間警惕，她以一種前所未有的靈活速度，腳下抹油似的，往後竄出了一段距離。

「我警告你啊！」鍾菱揚著眉毛，指著青年，正色道：「飯可以亂吃，話不能亂講。你少在這裡胡說八道，不然我就要報官了！」

鍾遠山將軍只有一個女兒，年歲和鍾菱相仿。因為是主將家眷的緣故，是在眾目睽睽之下被殺害的。這事鍾菱不僅從祁珩那裡聽說，孫六和董宇他們也提到過。

他們往往說到一半的時候，就會忍不住掉眼淚，再喃喃上幾句，將軍是個苦命人。

鍾將軍妻女已亡的事情作不得假，面前這個嘴角帶著邪魅笑容的青年到底是哪裡冒出來的騙子？

鍾菱越想越覺得可疑，她面上保持著正義凜然的冷靜，實際上已經挪動著腳步，悄悄在往門口退去了。

神經病惹不起，有錢的神經病更惹不起！

鍾菱的反應讓店裡的溫度又往下降了兩度，角落裡燃燒著的炭火已經在凝重的氛圍下徹底罷工了。

眼看著那青年又開始砸桌子上裝飾用的小陶罐子，伴隨著脆響聲，碎陶片四下飛濺開。

鍾菱倒抽了一口氣，扭頭就給柳恩使眼色。

快跑啊，柳阿公！

見柳恩還站在桌子邊不動，鍾菱連扯帶拽的，一把攙過柳恩，就要往外跑去。她一個人倒是沒什麼怕的，這大白天的轉頭往大街上一跑，也是能暫時脫困的。但是看著這個紈袴身上凶惡的戾氣，鍾菱不敢拋下柳恩一個人在店裡，要是傷到柳恩，就真的大事不好了。

「小鍾啊，小鍾慢點！」柳恩在被鍾菱護住的感動之餘，又被拽得腳步踉蹌，連聲喊著她。

這動靜引來門口鄰居的張望。

鍾菱人緣好，街坊鄰居們剛想進來幫忙，在看見那砸店的青年的樣子後，臉色一變，轉身就走。

這是什麼窮凶惡極的紈袴啊！

鍾菱加快腳步，把柳恩安置在門口的椅子上後，剛想要找鄰居幫忙報官，更令她頭疼的事情發生了。

一直在後廚的阿旭聽見動靜，探頭出來看了一眼。

在看見滿地狼藉和已經退出門外的鍾菱後，小狼崽瞬間就炸了毛。阿旭眼神凌厲，一點也沒有在乎和青年之間體型的差距，直接就衝了上去，和那青年扭打成一團。

阿旭可是一眾赤北軍將士一同訓練出來，看著精瘦，實則拳拳有力，朝著青年的要害揮舞去。那青年吃痛，悶哼了兩聲後，再也沒有因為阿旭是小孩而小看他，一點也不客氣的和阿旭撕打在一起。

等鍾菱扭頭看過來的時候，他們倆已經扭打在一起，教人根本無法插手。

「柳阿公您別亂跑。」在確定柳恩待在這裡安全後，鍾菱扭頭就要去找人幫忙報官。小食肆被砸不是什麼大事，主要是阿旭一看就不是那人的對手啊。

「別急！」柳恩一把拽住鍾菱的衣袖。「妳看誰來了。」

順著柳恩指的方向看去，祁珩和陸青正揚鞭策馬，一前一後的朝著小食肆的方向而來。迎面而來的風捲起祁珩還沒來得及換下的官袍，他的脊背微微前傾，避著冷風。

在看見皇帝身邊能文能武的兩大代表人物都出現的時候，鍾菱總算是鬆了口氣，繃直的脊背也悄然的放鬆下來。

駿馬的前蹄隨著韁繩的勒緊，虛空蹬了一腳，馬上的人俐落的翻身落地。

陸青來不及打招呼，他在看見店內一片狼藉的景象時，愣了一瞬，隨後面色一沈，朝著那打得你死我活的二人快步走去。

慢了他半步的祁珩看見陸青已經強勢的插手了，便沒急著進去。他的目光在鍾菱身上轉了一圈，而後又看向了柳恩。「你們沒事吧？」

柳恩翻了個白眼，指了指店裡。「這小混蛋什麼時候回來的？」

聽這口氣，柳恩認識那個紈袴神經病？

祁珩沒有回答，而是扭頭看向店內的情況。

以陸青的戰鬥力，兩三下就把那個來砸店的男人摁住了。

他面色不善，厲聲喝道：「剛回來就砸人家店？不是說了叫你先來一趟禁軍，你就這麼等不及要找碴？」

陸統領板著臉的時候，模樣實在是駭人，鍾菱在門口都聽得忍不住一顫，但是那紈袴一點也沒有被呵住，他反而是梗著腦袋，大罵了起來。

「陸青你個王八蛋！你大爺的你……」

陸青黑著一張臉，一擰那紈袴的胳膊，反手將他摁在桌子上。砰的一聲，紈袴那稱得上俊美的臉直接貼上桌面。他疼得直哼哼唧唧，倒是不敢再罵出聲了。

「管好你這張嘴！」陸青冷冷瞥了他一眼，確定他不會作妖後，才鬆開他，扭頭看向阿旭。「你沒事吧？」

他的聲音明顯和緩了許多，惹得紈袴不服氣的翻了個白眼。

阿旭揉著肩膀，禮貌道謝。「我沒事，謝謝陸統領。」

碰到這樣有禮貌的小孩，任誰都會心情好些。看著滿地的碎片和被迫移位的桌椅，陸青有些苦惱的環顧了一圈。

祁珩和鍾菱並肩進來，鍾菱直奔著阿旭而去，握著他的肩膀細細詢問他有沒有受傷，沒有多看一眼店裡的狼藉。

「這邊交給我手下的人處理吧。」祁珩抱著手道：「我們換個地方說話。」

因為柳恩這頓飯只吃到一半，而那個叫做鍾笙的紈袴，迫於陸青的威壓，收斂了一點囂張，卻還是一個勁兒的嚷嚷自己要吃飯。

一行人無奈，只能在攬月樓的包廂坐下了。

上完菜之後，祁珩便揮手要小廝出去。

包廂裡年紀最小的阿旭便主動給眾人倒水。

「鍾遠山是我小舅。」鍾笙道：「我娘是他親姊姊。但是我娘生我的時候就走了，我爹和姊姊也沒從樊城活著出來。」

鍾菱恍然大悟。

原來這人不是她想的那樣，是個騙子或者私生子。

鍾笙說這話時，語氣之間也沒有什麼悲傷情緒，像是習慣了似的。他沒有要多解釋的意思，似乎真的餓極了，拿起筷子便開始大口吃菜。

祁珩抿了口茶水，接著介紹道：「鍾將軍那一輩，就只有他和他姊姊兩個人。當時留在京城的鍾笙，便是鍾家唯一的血脈了，於是便認到了鍾家，改姓鍾。」

沒想到他還真是赤北軍的家眷。

那他這般紈袴的原因，鍾菱也能夠猜到了。

年紀輕輕，失去了所有的親人，又坐擁一筆財富。不管是被人教唆還是自身叛逆，這般行徑倒顯得合情合理。

「他不是第一次砸人店了。」

陸青鐵青著一張臉，似乎並沒未完全消氣。

「他之前便在京城大大小小店鋪找人麻煩，偏偏出手闊綽，又頂著鍾家的身分，教人拿他一點辦法都沒有。陛下就想辦法，把他發配到滄州去了，這才讓京城裡消停了幾年。」

難怪那些商戶們看見鍾笙，都是一副見了鬼的表情。

見攬月樓有幾個菜做得挺有新意的，原本說吃不下的鍾菱，此時也拿起筷子，挾了一顆荔枝蝦球，邊吃邊聽著他們說。

鍾笙還在挾菜，好像沒聽見陸青的話似的。

陸青皺著眉，面對鍾笙時的語氣明顯就差了很多。「不是叫你年後得了聖旨再來的嗎？若不是我一路派人盯著你，你豈不是要把人家的店砸乾淨了？」

被點名的鍾笙被迫抬頭。

「光復赤北軍這麼大的事情，我為什麼不能早點來？」

「你早點來幹什麼？添亂嗎？」

「你！陸青你大爺的！」鍾笙一拍筷子，頗為不服氣的仰著頭，怒罵道：「小爺我哪次沒有賠人家的錢？」

這話惹得祁珩和柳恩齊齊皺眉，感受到周圍人氣場的變化，阿旭有些不解的看向鍾菱。

鍾菱朝著阿旭輕輕搖著頭，忍不住嘆了口氣。

這鍾笙可真會拱火啊。

果不其然，陸青一點也不慣著他，他砰的一拍桌子，繃著一張臉色陰沈的臉，指著鍾笙的鼻子罵道：「你以為用錢就能解決所有的事情嗎？鍾將軍若是還在，聽到這話，能直接把你拖出去打死！」

許是提及了鍾遠山，鍾笙氣得面紅耳赤，卻終究還是沒有開口頂撞。他別過頭去，死咬著牙，大口喘著粗氣，胸腔劇烈的起伏著。

眼看著氣氛就這樣僵持在這裡，空氣中暗流湧動，有著教人說不出來的不自在。

鍾菱給阿旭使了個眼色，阿旭立刻就懂了，他端起茶壺就去給陸青倒水。

同時，柳恩也開口勸了兩句。

桌上的一老一小聯手就把臺階鋪好了。

在那邊生硬破冰的時候，祁珩附在鍾菱耳邊，輕聲道：「陸青非常崇拜鍾遠山將軍……所以……」

所以不願意看鍾笙這樣成為一個人人避之不及的紈袴，也不願意他這樣敗壞這個姓氏。

而且鍾笙此次回京，應該是陛下需要他。

需要他這個身分。

鍾遠山將軍外甥、流著鍾家血脈這個身分，對重建赤北軍來說，有很重要的象徵意義，即使鍾笙是個紈袴，也依舊很重要。

簡而言之，他應該是回來當赤北軍吉祥物的。

連鍾笙都已經回京城了，想來整個籌備工作都應該完成得差不多了。

不管怎麼樣，鍾菱想，自己一定要詢問一下鍾大柱的意見了。

桌上的荔枝蝦球還有兩個，阿旭在給陸青舀湯，鍾笙還氣鼓鼓的沒拿起筷子。柳恩便朝著鍾菱挑了挑眉，擠了一下眼睛。

鍾菱瞬間就懂了，她揚著嘴角挾過其中一個，然後將這道菜轉到柳恩面前。

喝了兩口湯的陸青平復了滿腔的怒氣，他語氣生硬但平緩的問道：「所以你為什麼砸鍾姑娘的店？」

「我……」鍾笙剛剛開口，又頓住了。

他是囂張但又不傻，柳恩和祁珩看起來和這個年輕小掌櫃很熟的樣子。而且聽說她是赤北軍的眷屬，雖然不知道是誰家女兒，但看這架勢十有八九是真的。

「我剛到京城餓個半死，想要尋個地方吃飯，可她明明店裡有客人，卻不給我做，豈不是故意刁難我？」

鍾菱扶額。

居然是這麼簡單的原因。

「而且她不也是赤北軍眷屬？怎麼會不認識我？」

聽到他理直氣壯的話，氣得陸青差點又拍了桌子。「人家比你還小幾歲，你大鬧京城的時候，人家還什麼都不懂！再說了，你不認識柳大人?!」

鍾笙頗為不服氣的撇嘴。「這麼多年過去了，沒認出來不是很正常……反正、反正我會賠給他們……」

提到「賠」這個字，鍾菱便暗道一聲不好，忙搶著開口道：「沒關係，我接受！士別三日，當刮目相看，也是要給鍾公子改過自新的機會的。」

正好也給小食肆換一批花瓶。

陸青無奈，輕嘖了一聲。「都是你們慣的他。」

鍾菱沒有反駁，只是笑著看向他。

陸青再大的火，也沒辦法對鍾菱撒。他嘆了口氣朝著鍾笙道：「吃完跟我進宮！」

第四十章

陸青押著鍾笙去宮裡面聖了。

祁珩先送柳恩回府，再把鍾菱和阿旭送回小食肆。

走之前還狼狽的店裡，此時已經被收拾得乾乾淨淨了。桌椅都擺得整齊，除了空了一些陶器裝飾品，真的沒什麼區別。

那個被鍾笙拍在桌子上的荷包，此時被規規矩矩的擺在櫃檯上，就當給鍾菱的賠償了。

雖然陸青聽不得鍾笙說「賠」這個字，但是在知道他給鍾菱留了銀子後，臉色還是好了不少。

這幾個陶器不值什麼錢，都是鍾菱在人家學徒手裡淘來的。

這個荷包裡沈甸甸的銀子，還真讓鍾菱很難忍住不笑出聲，她甚至有了個大膽的想法。

鍾笙要是隔三差五能來店裡砸兩下，她這個掌櫃就能實現躺著賺錢的夢想了。

祁珩詢問了阿旭幾句，確定他沒有受傷。

阿旭今天的反應和表現實在是太勇敢了。

在近戰方面，陸青是專業的。他在飯桌上詢問了幾句，眾人驚訝的發現，吃虧的居然是鍾笙不是阿旭。

甚至鍾笙一撩袖子，小臂上還有一大片阻擋阿旭拳打腳踢留下來的紅腫。

這教陸青對阿旭刮目相看，當即就開始誇獎他，惹得鍾笙又氣鼓鼓的想罵人又不敢罵。

祁珩和陸青都是臨時得了消息，各自從崗位上跑來救急的。此時事情已經解決了，祁珩還得回翰林院去。

鍾菱送他出門，兩人並肩邁過門坎，鍾菱小聲問道：「鍾笙的事情，需要和我爹他們說一聲嗎？」

這個問題讓祁珩猶豫了一下。

畢竟他答應過鍾大柱，會替他的身分保密。他之前也沒想到，被發配出京的鍾笙會這麼快回來。

「先看看陛下的意思吧。」

鍾笙今天在小食肆這麼一鬧，估計到天黑的時候，半個京城都會知道混世魔王鍾笙回來的事情。鍾大柱若是想要見他，應該會直接去鍾府找他吧。

而且，有些事情鍾菱不清楚，但是祁珩知道。

鍾大柱這個主將的身分，除了赤北軍的將士們，就沒有其他人知道了。他如今是以一個普通士兵的身分活動，而當年的下屬們也都守口如瓶，替他掩護。

所以，鍾笙那傻小子一時半刻也不會知道，他舅舅其實還活著。

想到這裡，祁珩有些頭疼的揉了揉眉心。

得想辦法讓鍾笙收斂一點，畢竟鍾大柱的身分早晚會曝光。而鍾大柱手下士兵紀律嚴明，若是讓他知道，鍾笙這紈袴的做派……也不知道鍾笙能不能熬得過鍾大柱和他算帳。

宋昭昭有睡午覺的習慣，等她睡醒時，事情也都解決了。為了別讓她瞎想，鍾菱特意囑咐了阿旭，不要告訴宋昭昭。

可誰知，阿旭反過來求她。「妳別把我和鍾笙公子打架的事情說出去好嗎？」

「嗯？」正在往荷包裡裝碎銀的鍾菱抬頭，她揶揄道：「怎麼？他們不讓你打架？還是說你怕自己揍了鍾家的獨苗，害怕惹麻煩？」

阿旭認真的搖了搖頭。「可以懲惡揚善，但是……但是沒有贏……」

這倒是符合赤北軍的風格。

鍾菱忙笑著應下，當場保證不會說出去。

而向來寡言的阿旭，這次似乎還有話要說的意思。他先是側過目光，往後廚的方向看了看，宋昭昭剛去換衣裳，估計一時半刻不會出來。

見他難得的猶豫起來，鍾菱眉頭一擰，忙把荷包往懷裡一揣，拉著阿旭坐下。她有些緊張的問道：「你是不是哪裡受傷了？」

所有人都問了他這句話，畢竟兩人體型差距就在那裡，鍾笙甚至比祁珩還要高上一些，誰都會擔心阿旭吃虧。

其實阿旭心裡有一些疑惑，但是之前看著陸青那臉色，他仍是不敢說。

「我覺得鍾笙公子雖然行為舉止看著，比較……不好，但是他應該不是壞人，他的每一拳都是虛的。」

像是生怕鍾菱聽不懂，阿旭忙解釋道：「就一點也沒有落在我身上，一點也不疼，他只是抓皺了我的衣服。甚至我扭著他往地上摔去的時候，他還伸手撈了我一把……」

阿旭衝上去和鍾笙扭打的時候，確實是沒思考，這些是在飯桌上，後知後覺的才反應過來的。

阿旭不知道要不要把心裡推斷的結論說出口，便沒了聲音。

他不知道鍾笙到底是個怎麼樣的人，只是他覺得，鍾笙不像別人口中說的那樣的頑劣不堪。

鍾菱抱著手，虎口抵著下巴，思索了一會兒要怎麼和阿旭說。

她其實也覺得鍾笙沒有那麼不堪，起碼基本的良知還在，只是在後天成長過程中沒有得到必要的教育和來自親人的關懷。

而且小食肆如今相當於「赤北軍京城辦事點」，起碼到現在為止，聞訊而來的赤北軍，都是先尋到小食肆，而不是官府。

一來是迫不及待要見到戰友，二來他們沒辦法完全相信朝廷，還是找到組織要緊。

鍾笙這個身分放在這裡，便是免不了要和他打交道的。

鍾菱伸手，揉了揉阿旭的腦袋。「那咱們不全聽人家說的，自己再觀察一會兒怎麼樣？」

雖然鍾笙是紈袴了一點，但他出手闊綽啊。只要不觸及原則問題，就衝著他留下的這筆錢，鍾菱願意給他多一點的耐心。

而且陸青估計是能夠鎮壓住他的，那就更沒有什麼好擔憂的了，遇事不決便跑去告狀。

鍾菱帶著宋昭昭和阿旭重新去採買了花瓶陶器，在路過飾品鋪子的時候，給阿旭和宋昭昭一人買了一條串著小金珠的紅繩。

阿旭推脫了半天，說什麼也不要，最後硬是被鍾菱拽過手腕，繫了上去。

鍾菱滿意的看了看阿旭手腕，順便安撫了一下炸毛的小狼崽。「沒事的，好看，不會影響你練武的。」

宋昭昭在旁邊偷笑，阿旭聽見動靜，瞪了她一眼。

趁著他們二人去吵吵鬧鬧，鍾菱在店裡逛了起來。

「小娘子也來一條紅繩嗎？你們姊弟的關係還真是好呢。」店鋪裡年輕的姑娘招呼著鍾菱。

「不了不了。我想看看有沒有什麼好看些的絡子款式，好掛我這印章。」

鍾菱從懷裡把那枚她從不離身的印章掏了出來，印章小巧玲瓏，這些年下來越磨越亮，但是那紅繩已經老舊不再鮮豔，甚至有一小段因為磨損而顯得脆弱，像是一拽就會斷。

姑娘找了幾個樣式出來，擺了一排供鍾菱選擇。

鍾菱是個能切文思豆腐，但是拿不了針線，做不了手藝活的人。她驚嘆於本朝姑娘們手藝的精細，看了好半天，最終在阿旭和宋昭昭的參謀之下，選中了一款。

「不知道您急不急，不巧能打這個樣式的姑娘已經返鄉了，要年後才能給您做了。」

鍾菱忙擺手說不急，她也只是一時興起，才想起要換個繩結。鍾菱交了訂金後，領著阿旭和宋昭昭回去。

小食肆隔壁那間被盧玥買下來的鋪子，今日就已經全部搬空了。

鍾菱路過的時候，剛好看見掌櫃夫婦在往馬車上裝箱子。停下閒聊了兩句，鍾菱去後廚將今早做的雲片糕裝盒，送了過去。

等她回來的時候，懷裡抱著兩顆矮矮胖胖的大筍。

這冬筍是掌櫃前幾日買的，回鄉的路途遙遠，便都送給鍾菱了。

這兩株筍不夠賣，留著自己吃，但店裡就他們三個人，大菜肯定是吃不完的，不如做個油燜筍吧！

把裝飾店裡的活留給宋昭昭和阿旭，鍾菱握著筍走到後廚，開始清洗剝皮。

隨著層層外殼被撥開，清香味隨之蔓延開來。感受著手下竹筍的外殼從堅硬變得柔軟，鍾菱突然想到懷舒師父寺廟後面的那一片竹林。

臨近過年，是要去探望一下懷舒師父，順便告訴他赤北軍的消息。

鍾菱本打算後日就閉店休息的。

赤北村的屋子這兩天正是收尾的關鍵時候，鍾大柱自然顧不上他們。而這兩個孩子也都不會自己跑出去玩，鍾菱正愁著呢，難不成他們三個要一直窩在房間裡打牌嗎？

不如明日就去探望懷舒師父吧！剛好鍾笙來鬧過事，鍾菱也怕有好事者上門來打探，正好避避風頭。

鍾菱也顧不上洗筍了，她把剝到一半的筍丟回木盆，在圍裙上胡亂擦了把手，轉頭去找宋昭昭和阿旭商量去了。

自己創業就是這點好，可以說不幹就不幹。

鍾菱當即就鋪開宣紙，寫下了「明日閉店，今晚全部菜品八折」的宣傳單。三人清點了一下後廚的存貨，阿旭便去屠戶那裡取消訂單。

突然，有一種教人精神亢奮的氛圍，在小食肆蔓延開來。不管是鍾菱切菜還是宋昭昭點單，腳步和節奏都輕快了許多。

這一刻，那份新年到來的喜悅，才真正降臨在他們的身上。

次日一早，鍾菱先是和阿旭一起去探望了他祖母。

而後又採買了一些吃食和給孩子們的禮物，大包小包的坐上了前往赤北村的馬車。他們打算先去赤北軍探望鍾大柱和那些叔叔、伯伯們，然後再步行去隔壁村。

馬車緩緩停在赤北村口的時候，剛好散步到此的里正，便迎了上去。

在看見鍾菱的時候，他笑得合不攏嘴，又看見鍾菱帶來的大筐小筐的東西時，埋怨道：「回來就回來，怎麼還帶這麼多東西？」

鍾菱搓了搓凍得通紅的手，笑著應道：「這大過年的，哪有空手來的道理。」

赤北村比京城冷，山風攜帶著風雪，迎面吹來格外刺骨，擦過臉頰時，刺刺的疼。

瞧著宋昭昭凍得鼻尖通紅，里正忙招呼道：「快快，外頭冷，進屋裡說話。東西放著，我去叫阿寶他們幾個來搬。」

半年前鍾菱剛來赤北村的時候，村民們起初不敢和她靠近，生怕一個不小心就傷著了這纖細的小姑娘。

如今再見，看見阿寶、柱子他們的時候，雖有短暫的一絲陌生，但隨著鍾菱揚起笑容，那許久不見的生疏瞬間就被拋在腦後。

村裡的孩子們倒是熱情，一口一個「鍾姊姊」的湊了上來。

「來來，這裡是給姊妹們的一些頭繩胭脂，這邊是給孩子們的玩具；還有這邊是臘肉、燒雞，燒雞還熱乎呢！旁邊是酒，搬的時候要小心一點。」

阿寶驚嘆道：「妳這也太客氣了吧，妳把村裡的菜都收走，已經幫了大家大忙了，怎麼還這麼客氣呢。」

鍾菱笑道：「應該的，也是要謝謝大家對我和我爹的照顧。」

這些東西就交給阿寶和柱子去分，鍾菱裹緊了斗篷，領著阿旭和宋昭昭去尋鍾大柱了。

就在鍾菱被圍在赤北村村民中間的時候，小食肆門口，陸青押著鍾笙，特意趕早來給鍾菱賠禮道歉。

昨日進宮後，鍾笙被皇帝警告了一通，要聽陸統領指揮安排；而後又被祁珩明裡暗裡的提醒了一下，鍾菱是他惹不起的人。

這一連串下來，加上陸青的武力鎮壓，鍾笙是一點脾氣也沒有了。

當陸青提出到小食肆道歉的時候，原本並不情願的鍾笙想到了自己沒能吃上的那頓飯，鬼使神差的同意了。

「你不是說……鍾姑娘明日才歇業嗎？」

陸青看向祁珩，嘆了口氣。

祁珩抱著手臂，面色凝重的將小食肆大門上貼著的閉店告示，來來回回看了好幾遍。

他喃喃道：「不應該啊……」

赤北村的小院已經和鍾菱記憶裡人不相同了。

小院後面那一大塊靠著山的地，是屬於村子的。皇帝給的那一筆撥款，其中大半就花在買這塊地上了。

鍾大柱原本的屋子也進行拆除擴建，之前鍾菱住的柴房變成了廂房。而祁珩暫住的小棚子，被擴建成了一排倉庫。

若不是認出院中間的那棵樹，鍾菱還覺得自己走錯路了。

大半的院子裡堆著一些磚塊和廢料，連著堆成半屋高的雪堆，看起來格外的緊湊擁擠。

村裡的壯年人來回的在前後屋搬運著東西。他們衣衫單薄，呼出的氣和額頭的汗都在極低的溫度下冒著白氣，讓眼前的畫面看起來朦朧模糊了許多。

跟在這些人最後的董嬸拿著一疊紙，她喃喃著什麼，一抬頭，便猝不及防的和鍾菱對上視線。「菱菱?!」

董嬸嗓門不小，她這一聲，屋裡便爭先恐後的跑出來三、五個壯漢，將鍾菱一行圍得嚴嚴實實。這群中年人的眼裡迸發著光亮，滿臉期待和歡喜，真誠得教人忍不住動容。

這些都是鍾大柱的戰友們。

「這就是菱菱啊！」

「真漂亮啊，可真像……鍾、鍾大哥。」

「是啊是啊。」

他們你一言、我一語的，鍾菱能感受到這些叔叔、伯伯們滿腔誠摯的關愛，但她根本沒有辦法插進話。

而宋昭昭和阿旭也同樣得到熱切的關心。

最後還是董嬸出手，把他們都拉開，拉著宋昭昭的手往屋裡走去。

邊走還沒忘了回頭呵斥道：「你看你們有沒有一點做長輩的樣子，就這樣讓孩子們在外面吹風？」

那些擋在路中間的五大三粗的漢子，立刻賠著笑，讓出了路來。

「董姊說得是。」

沒等鍾菱反應過來，他們往她身邊一站，就這樣夾道將鍾菱送進屋內。

鍾大柱和一個中年男子並肩站在窗邊，說著什麼。雪光折射，落在他的身上，勾勒出格外硬朗的臉頰弧度。

鍾菱被那清冷光亮晃了一下眼。

恍惚之間，風雪模糊了鍾大柱臉上的皺紋。她彷彿看見了戰場上的金戈鐵馬，看到了立於方陣的最前方，帶著一身凜然傲氣的那個鍾大柱。

「怎麼過來了？」鍾大柱低沈的聲音將鍾菱喚回了神。

她笑道：「快過年了，來探望大家，順便帶昭昭和阿旭去挖筍。」

站在鍾大柱一旁的中年男人饒有趣味的打量著鍾菱。「這就是……你那小閨女？」

「嗯。」鍾大柱點頭，朝著鍾菱介紹道：「中軍校尉孫陽平，妳喊他一聲孫叔就好。」

鍾菱朗聲喊完人，手裡就被塞了一個紅包。

她剛想推脫，就聽見鍾大柱問道：「去哪裡挖筍？需要陪妳嗎？」

「隔壁村的寺廟，之前的桂花就是在那裡摘的。」

鍾大柱這段時間忙著安頓同袍的事情，都沒怎麼鍾菱相處。眼看著這邊的事情都要收尾了，倒是覺得有點對不起這這幾個孩子。

他透過窗，隔著細小的雪花，望了一眼倉庫裡的小竹筐。簌簌飄揚的潔白碎雪從眼底飄過，突然就讓他萌生了退意。

罷了，他少了條手臂，幫不上忙不說，怕還會擾了孩子們的興致。

細微的惆悵攀上鍾大柱的肩頭，他微微嘆了口氣，道：「路上注意安全。」

第四十一章

鍾菱揹著給懷舒準備的東西，領著阿旭和宋昭昭往隔壁村去了。

鍾大柱注視著他們離去的輕快背影，像是定格在窗前一般，與山川積雪融為了一體。

「您真的不打算告訴她真相嗎？」孫陽平垂手立在他身側。「她早晚會知道的。」

鍾大柱沒有說話，他的視線順著鍾菱離去的小路，一直延伸到很遠很遠。良久，他才緩緩開口道：「再過一段時間吧。」

事到如今，鍾大柱也不得不承認，他已經陷在擁有一個女兒的夢境裡了，他捨不得親手去打破這個美好的夢境。

鍾大柱自己也知道，他絕對不是一個合格的「父親」。物質上沒能給予鍾菱什麼，甚至在沒能得到朝廷的幫助前，是鍾菱掏錢，補貼了赤北軍將士們在京城落腳生活的費用。

而精神上就更不用說了，他甚至還冷漠的懷疑過鍾菱的目的，將她推開過。維持這段感情的，是鍾菱單方面堅信，鍾大柱是她的生父。

除此之外，他們之間又有什麼聯繫呢？

他如今能在雪天裡像個正常人一樣生活，不用被手臂上的舊傷折磨；能和曾經的同袍們再相見，甚至開始著手重建赤北軍，這些事情，若是沒有鍾菱，根本不會實現。

鍾大柱根本不敢去想，若是鍾菱知道真相之後，一切會變成什麼樣。

他不想失去這個「女兒」。

懷舒給他們一人發了一把鋤頭，領著他們上了後山。

山上覆蓋著積雪，懷舒細細講述了如何根據竹鞭的位置來找冬筍，又示範了要怎麼挖。囑咐他們千萬不能只刨一個筍頭，要在周圍挖掉足夠多的土，確定筍身大部分完整後，才能把筍拔出來。

阿旭和宋昭昭一人提著把鋤頭，找竹鞭去了。

而鍾菱拄著鋤頭，有些失神的盯著那個剛剛被懷舒師父挖出來的新鮮筍子。

懷舒溫潤的聲音在她身側響起。「妳說，冬筍和春筍的區別在哪裡？」

「大概……」鍾菱緩緩抬頭。「春筍在春天挖，冬筍在冬天挖？」

她的回答讓懷舒哈哈大笑了起來。

竹葉微顫，落下陣陣飛雪。

原本興致很高的鍾菱，從赤北軍的熱鬧中抽身，步入這靜謐無人的山林。山下有一片熱鬧團圓，而懷舒師父只與青燈常伴。

鍾菱將皇帝想要光復赤北軍的事情，細細和懷舒說了。

懷舒聽完了事情的起源經過，他面色依舊平靜。「這是好事。」

「那您！」鍾菱猛地仰起頭來，看向懷舒。「您……打算回到赤北軍嗎？」她的情緒有些過於激動了，眼眸之中甚至蕩漾著水光，看向懷舒的目光滿懷著期盼。

懷舒原本並不打算真面回答這個問題的，但是看著眼前的鍾菱，他又有些於心不忍。他被盯著心底發燙，苦笑了一聲，小聲的提醒道：「妳忘了嗎？我已經出家了。」

就在這時，竹林的那一邊，傳來一聲少年的歡呼雀躍。

鍾菱和懷舒齊齊轉頭看去。阿旭找到了竹子，他蹦了一下，招呼宋昭昭一起來幫忙。看著少年歡快的背影，鍾菱抿了抿嘴唇。「那您多下山走走好嗎？」

懷舒輕笑了一聲。

他的心裡原本是平靜沒有波瀾的，突然就被鍾菱的這句話，勾起了一些念想來了。

這小姑娘的父親，還是他的老搭檔呢。

重建赤北軍這個活，不好幹，但是有老搭檔在的話，就都不是什麼大問題了。或許，也是該去看看他們。

「那開春之後，我去妳的小食肆，好嗎？」懷舒溫和的笑著。「給妳送春天挖的春筍。」

大概和鍾大柱的沈默和自暴自棄一樣，懷舒的微笑和安於寂寞，是他用來消化所經歷的苦難，排解他心中積鬱的方式。

能解這道鈴的，只有他自己。

但或許赤北軍的同袍們，可以解一半，所以鍾菱想盡辦法，想要把懷舒從這深山中拽出來。

出家了也沒關係，赤北軍的將士們不會介意昔日的戰友變成武僧的。

快到中午的時候，天色逐漸陰沈。積雪本就能吸收聲音，在這萬籟俱寂的山林之中，雪花落下的簌簌聲顯得格外的清晰。

阿旭和宋昭昭只尋得了兩株筍，卻忙得滿頭大汗，身上也沾了不少的泥水。

來都來了，懷舒不可能讓他們就帶著兩株筍走。他前幾日挖的筍子還堆在廚房，將三人的籮筐裝得滿滿當當的。

鍾菱在寺院門口千叮嚀萬囑咐，在懷舒師父再三保證自己會下山去小食肆找她之後，才和他揮手道別。

回到赤北村，這些冬筍被送進了廚房。鍾菱燉了一鍋茶葉蛋，又開始燒油燜筍。

油燜筍的靈魂便是濃油赤醬。

冬筍本就鮮甜，和糖、醬在大量油的調和下逐漸交融，浸潤在咕嚕冒著小泡的醬汁裡，逐漸從原本的潔白，染上了醬色。

筍尖脆嫩，還能吃出層層薄翼，中段又微韌耐嚼，各有風味。入口便是醬汁的鹹香，隨著咀嚼的動作，竹筍的清香才逐漸蔓延開來。雖然用了很多油，卻一點也不教人覺得膩。

這菜一上桌，便得到了一致的好評。

這些赤北軍的將士和家眷們，嘴上一個勁兒誇著鍾菱，手上的動作卻是一點也不慢，居然在飯桌上，展開了一場筷子間的明爭暗鬥。

甚至鍾菱自己都只吃了一口，再想伸筷子的時候，沒有趕上最後一輪爭搶，只能眼睜睜看著那一雙筷子，挾走最後一點油燜筍。

誰知，那筷子在空中頓了一下，隨後落在她的碗裡。

鍾菱驚喜的抬頭，恰好和鍾大柱對上目光。

「謝謝爹！」

「快吃吧。」

這頓飯吃得熱鬧，就連平時在小食肆裡只吃半碗飯的鍾菱，都吃下了一整碗。

於是旁人都去午休的時候，鍾菱還慢悠悠的繞著院子兜圈子消食，在雪地上踩出了很大一個圈。

等到鍾菱發現這個圈的時候，突然就起了興致，準備沿著這個圈，再踩得更嚴實點。

但行至後山方向時，有兩串突兀的腳印，橫穿過鍾菱踩的大圈。

沿著後山的小徑看去，鍾菱隱約看見鍾大柱的一角衣袖，她有些好奇的往前走了幾步。

鍾大柱似乎在和別人說話，他的聲音低沈，鍾菱聽不太真切，於是她又往前邁了幾步，才聽見鍾大柱說話。

「樊城是一定要去的，得把她親爹給安葬好。」

樊城？親爹？

鍾菱滿臉的疑惑，就在她準備上前詢問時，交談聲戛然而止。

察覺到身後有人，孫陽平瞬間就變了臉色，他面色凌厲，迅速往前跨了一步，擋在鍾大柱身前，朝著鍾菱的方向厲聲喝道：「誰？」

被突然抓包的鍾菱身形一僵，只得邁步上前。

「爹，孫叔。」似是覺得氣氛有些尷尬，她又解釋了一句。「我瞧著這邊好像有人，就上來看看。」

見是鍾菱，孫陽平的臉色瞬間就舒緩下來。「是菱菱啊。我和妳爹正在商量去樊城的事情呢。」

「要去樊城？」

對樊城，鍾菱的記憶裡，只有那傾盆的大雨，滿地的鮮血，還有那些用生命擋在她面前的、還沒來得及知道姓名的哥哥、姊姊們。

「重建赤北軍，得先去找那些兄弟們。」

鍾菱了然。

樊城一役後，赤北軍自此散了，如今要重建，自然不能忘記那些留在樊城的將士們。要建軍，首先要定人心，將赤北軍將士們的屍骨安葬，軍心就定下了。

那一夜的場景，迅速的在腦海中閃現而過。

鍾菱仰頭，真誠道：「我也想去樊城！」

聞言，鍾大柱眉頭一皺，有些不悅道：「妳去幹什麼？」

他有些拿捏不準鍾菱剛剛聽到了多少，此時的一顆心，蓋著半邊的雪，拔涼拔涼的。

鍾大柱的語氣有些僵硬，鍾菱倒是習慣了，她抿著嘴唇沒有說話。

但是孫陽平還沒有適應這樣的鍾大柱，曾經意氣風發的將軍若是板著臉說話，那一定是真生氣了。

他忙擺著手，企圖緩和氛圍。「這一路奔波，妳跟著吃苦幹什麼，若是有什麼事情，妳說出來，孫叔替妳去辦！」

鍾菱忙朝著孫陽平道謝。

她倒是沒有非幹不可的事情，只是有點想知道當年在樊城內逃亡的時候，救過她的恩人的名字。

聽著鍾菱解釋她在樊城那夜的經歷，鍾大柱低著頭，鞋尖不自覺的在面前的雪上輕輕點地，不一會兒就浸濕了鞋面，也在地上戳出了一個小小的泥坑來。

他驀地抬起目光，沈聲道：「大概春闈前後出發，妳沒有時間。」

鍾菱摸著下巴，緩緩點頭。「也是。」

春闈可是她要大賺一筆的時候，店裡根本離不開人。

「到樊城後，我會替妳留意的。」

鍾大柱緩緩開口，語氣微微緩和。「我可能要走大半個月，店裡忙得過來嗎？」

鍾菱忙擺手道：「沒問題的，本來就打算送昭昭去學堂，已經聯繫好幫工了。」

她越是懂事可靠，鍾大柱心裡就越難受。像是什麼動物躁動的在心間上躥下跳，拚命撓著。

鍾大柱有些煩躁的嘖了一聲。

鍾菱有些詫異，她不明白，明明重建赤北軍的事情進展順利，可鍾大柱身上的煩躁是從哪裡來的？

思緒翻飛，恰有飛鳥振翅，在灰藍的天空下，蕩開清脆悠長的鳴叫聲。

鍾菱突然想起她剛剛偷聽到的內容。「爹，您和孫叔剛剛在說的，是要安葬誰的親爹啊？」

鍾大柱的腦子裡，轟的一聲炸開了。那懸在嗓子眼裡，飄來盪去的鐵球，終於在這一刻墜落，狠狠的砸進他的胃裡。

他彷彿聽見了肌肉撕裂的生硬，伴隨著肋骨斷裂的脆響聲，肋骨的斷面扎進了血肉，滾燙的鮮血，激盪在胸膛之中。

鍾大柱面色蒼白，他晃了晃身子，僵硬的抬起目光。

鍾菱的眼眸依舊澄澈透亮，一如當時，將醉酒的他勸回家時那樣。

鍾大柱恍惚的側過目光，後知後覺的意識到，似乎，當時也是在這個地方，鍾菱把他勸回家後，給他訂了很好的酒。

他當時還不願意相信鍾菱，可是此時，他卻有萬分的不捨。可是他們之間，終究還是要走到這一天，鍾菱早晚會知道真相。

鍾菱就站在他面前，但是鍾大柱卻覺得，她離著自己很遠很遠，好像下一刻就會徹底消失在他的視線裡，隨著風遠去。

鍾大柱按壓下嗓子裡的血氣，他顫抖著嘴唇，緩緩開口。「我……」

「我們說的是小晴呢！」

孫陽平幾乎是大喊出聲。

他的額間冒了汗珠，嘴角雖然扯著笑，但是呼吸急促，呼出一片白霧。他貿然打斷了鍾大柱的坦白，心都吊到喉頭，但依舊給出了一個合理的解釋。

「小晴……小晴她娘不是一個人把小晴拉拔大的嗎，我們想著給她親爹安葬下來，好教她們娘兒倆安心。」

確實有一個叫小晴的姑娘，比宋昭昭還小一點。鍾菱見過她們母女，小晴她娘堅持不改嫁，因此和娘家鬧掰了，一個人做些雜貨碎活，把小晴拉拔大了。

她們母女就住在附近的村子裡，聽聞了赤北軍的將士在赤北村暫時住下，才尋過來的。

鍾菱點點頭，贊同道：「確實是，得讓她們安心才是。」

見鍾菱沒有起什麼疑心，孫陽平暗自鬆了口氣。

他找的這個理由，本就邏輯清晰，站得住腳，此時也不怕和鍾菱多說幾句。

倒是一旁準備坦白的鍾大柱，後知後覺的回過神來。

他感受到了劫後餘生的慶幸，陡然放鬆下來後，酥麻的感覺像是蟻群侵蝕一般，攀爬上他的半邊肩膀。慶幸是短暫的，隨後而來的是越發不安和恐懼。

這種不安瘋狂的在鍾大柱腦海裡叫囂，曾經運籌帷幄的將軍，在這一刻暗下了決心。

等過完這個年吧，等他去樊城替紀川澤收殮了屍骨重新安葬，就告訴鍾菱真相。

「爹！您怎麼臉色這麼差？」

鍾菱正和孫陽平商量，讓小晴母女去小食肆的事情。她不經意間轉頭，就看見一直沒有插話的鍾大柱，臉色蒼白的和身後的積雪有得一拚了。

鍾菱心下一慌，顧不上和孫陽平說話了，忙三步併作兩步走到鍾大柱面前，問道：「是手臂上的傷受寒了嗎？」

梁神醫和鍾菱說過，鍾大柱這個傷之所以總在雨天疼，並不是因為樊城的事情發生在雨夜，而是因為受寒了。尤其是赤北村靠著山，山風更是呼嘯陰冷。

鍾大柱含糊的應了一聲，於是鍾菱忙催著他們二人下山，回屋裡去聊。

她自己則趕去了廚房，熬了一大鍋山楂枸杞紅棗生薑茶。分量很足，還可以分給幫工的村民祛寒。

鍾大柱坐在火堆前，盯著那熊熊燃燒的火焰失神。

「想不到所向披靡的將軍，居然折在了這個小姑娘這兒。」孫陽平將盛著滿滿生薑茶的碗遞給鍾大柱。

「她呢？」

「她去叫後面的弟兄們了。」孫陽平抿了一口茶水，感嘆道：「她這鮮活勁，倒是像紀副將。」

鍾大柱沒有說話，他端著茶碗，也不顧上燙，仰頭喝了起來。

滾燙的茶水一路從口腔灼燒到胃裡，生薑辛辣刺激著舌尖，很快又被紅棗的甜香包裹。

他長舒了一口氣，火光在他的眼眸中竄動，他沈聲道：「等從樊城回來，我就告訴她一切。」

「將軍。」孫陽平收斂了笑意，正色道：「可是我瞧著鍾姑娘，是真心實意對您的。」

鍾大柱苦笑著搖了搖頭，他又猛地喝了一大口茶水，舌尖再也感受不到甜味了。

「可是我不敢賭，賭她對我的好是因為什麼。但不管她怎麼想，我這輩子都認定了她是我閨女了。」

孫陽平沒再說話，只是若有所思的看向窗外。

他們兩人之間，似乎有什麼誤解。

他有一種預感，鍾菱絕不會因為將軍不是她生父，而疏遠放棄他，但是將軍顯然已經開始患得患失了。

將軍太害怕失去菱菱了，甚至不能保持足夠的理智來思考這件事情，也沒有做好完全的準備來接受這件事情的結果。

所以他才敢大著膽子，生生打斷了鍾大柱的坦白。但是這事，好像不是他能開導的啊。

孫陽平摸了摸下巴，他是從宿州趕來的，對鍾大柱在京城的人際關係並不瞭解，還是得去禁軍，問問孫六才行。

傍晚時分，鍾菱帶著宋昭昭和阿旭回到了小食肆。

京城裡的商鋪，也都開始準備閉店了，一路走來，不少鋪子都在貼春聯、掛燈籠，一派熱鬧紅火的樣子。

小食肆的這些裝飾，在韓師傅離開前，就已經全部完成了。

鍾菱難得閒了下來，思來想去，她便琢磨著要多做些小食，供大家打發時間。

這半年，她在京城中，也結交了不少知心朋友。她想要向他們傳遞善意，表達感謝。

於是次日一早，鍾菱又起來忙活了。

糯米麵做的江米條，粗短可愛，脆爽香甜。表面裹著糖霜，甜香和過了油的香脆外殼交織，教人吃得停不下來。

鍾菱將剩下的山楂全都做成了糖雪球，剩下的堅果和麥芽糖一起加熱攪拌，冷卻後切成長條的堅果糖。還有牛奶和玉米澱粉一起煮，冷卻凝固成的牛乳軟膏。

留下一些小食要帶去赤北村，鍾菱把剩下的全部打包好，領著宋昭昭和阿旭，上門送過年甜食禮盒了。

走在去錦繡坊路上的時候，鍾菱突然想起從前過年時，幾乎每家每戶都會收到的零食大禮包，幾乎是過年期間走街串巷，上門訪友的必需品了。

只可惜，收到大禮包的小孩只能開心一會兒，因為這人禮包不一會兒就會被家裡的大人，轉手提去別人家了。

鍾菱突然就來了興致，她到了錦繡坊後，沒急著找蘇錦繡，而是先在櫃檯借了筆。在食盒上，題上了圓滾滾的一個「旺」字。

「妳這是給我送什麼好吃的來了？」

蘇錦繡笑盈盈的從裡間走出來，接過食盒後，直接就打開了。

這食盒，是四方的形狀，四樣吃食各自占據一角，顏色鮮明，好看極了。店裡的繡娘們也聞訊放下手上的活，湊了過來，連聲誇讚起了鍾菱。

在姑娘們細軟的聲音之中，突然就響起了一道低沈的男人的聲音。

「確實不錯。」

順著聲音的方向，鍾菱抬頭看去，恰好和走進店裡的陳王對上視線。

周圍的一群姑娘瞬間噤了口。

鍾菱猛地皺眉，收斂了臉上的笑意。

怎麼哪兒都有陳王?!

「這禮盒，本王想和鍾掌櫃買上兩套。」陳王說話很慢，聲音像是淬了霜雪一般，透著一股陰冷，教人覺得不舒服。

眼看著他就要走到面前了，鍾菱低垂下目光，不卑不亢道：「今年來不及多做，這禮盒只送給相熟的食客，還請陳王殿下見諒。」

「哦？」

陳王拖著腔調，眼尾微挑，目光直直落在鍾菱身上，帶著玩味和輕視。

「那看來本王只好以後多到鍾掌櫃的店裡坐坐了。」

他輕笑了一聲，剛好手下也取好了衣裳。他也沒有等鍾菱回應的意思，轉身離開了。

望著那消失在錦繡坊門口的背影，鍾菱小聲罵道：「大過年的，真晦氣！」

第四十二章

這兩天，鍾菱過得輕鬆快樂。

既不用幹活，又有那麼多叔伯、嬸子們在身邊，鍾菱狠狠享受到了來自長輩的關愛。

那些陸續趕來赤北村的將士們，大多身帶舊傷，日子過得也清苦拮据。但他們每個人還是給了鍾菱壓歲錢，還有宋昭昭、阿旭，還有小晴他們，只要是和鍾菱一輩的都有。

在赤北村吃完飯後，鍾菱收穫的禮物和壓歲錢，手上已經拿不下了。她只得尋了個小背簍，這才把這些心意全帶回了小食肆。

其中最沈重的當屬村裡孩子們的心意。

他們沒有錢，卻也想向鍾菱表達自己的喜歡。也不知道是誰提出的建議，孩子們紛紛把自己在山林皋澤之中得到的「寶貝」，全抱出來送給鍾菱了。

像是足足有她整張臉大，彷彿一塊攤開大煎餅的石片，還有那有阿旭半個腦袋大的圓滾石球，和宋昭昭拳頭一樣大的松果等等。

總之，小背簍裡沈甸甸的，全是愛。

長輩們給的銀錢，鍾菱全都收起來了。孩子們的心意，鍾菱挑選了一下，擺到店裡做裝飾了。

就在她捏著兩個松果，不知道要擺哪個在櫃檯的時候，小食肆的大門被推開了。

祁珩大步朝著鍾菱走來，他身後跟著的，是提著大包小包的祝子琛。「晚點便進宮參加宮宴了，怕之後沒時間，想著把準備的東西先給妳送來。」

「這麼忙嗎？」

鍾菱順手將其中一個松果塞給祁珩。

提及此，祁珩有些頭疼的揉了揉眉心。

「今年冷得出奇，運河上段已經有化冰趨勢，但下游河面依舊堆冰，怕是會出現凌汛。正好又是進京趕考的高峰，擔心影響會試。各地驛站都緊急調度了車馬，將趕考的舉人們先送進京城。」

鍾菱從前只在書上看到過這個凌汛現象，此時聽祁珩提起，便有些好奇。「那要如何解決呢？」

她微微蹙眉，看向祁珩的眼睛亮亮的，是真的在認真考慮凌汛的處理解決方案。

「下游破冰，上游疏水。」

聽起來只有八個字，簡單得很。但是實際上以本朝的技術水準，不管是上游的疏水，還是下游的破冰，難度都很大，甚至有很大的危險性。

她有些擔憂道：「那你要去嗎？」

這樣的天災，可不是鬧著玩的。尤其是河水一旦倒湧上來，就不知道是多少的人命了。

見鍾菱面色有些緊張，祁珩拉著她坐下，解釋道：「這事是工部負責，只是涉及到參加會試的舉人，我便也參與協調了。若是真要去現場，應該也是工部和禁軍一起去。」

忙著安置大包小包東西的祝子琛抬頭插了一句。「放心吧，欽天監預警及時，都還在掌控之內。馬上就要會試了，祁大人可不能到處亂跑。」

鍾菱和祝子琛對視上，突然想起了祁珩是春闈的主考官之一這件事。

「春闈的時候，你是不是也要進考場？」

科舉制度發展到本朝，已經有一套相當完整成熟的規章制度了。

不僅考官需要避嫌，考生入場需要搜身防止夾帶。一進考場，就得等到考完再出來了，所以書生們還要多加鍛鍊，免得沒考完體力就吃不消了，直接被抬出來。

考完之後，考生便可回去等著放榜。但考官還得留下來，先對試卷進行糊名處理，再謄錄，避免透過字跡或者特殊記號舞弊。

這一套流程是相當複雜繁瑣的，相比之下，鍾菱經歷過的大考，就顯得簡單了。

「我和子琛都得進去小半個月。」

鍾菱看向他倆的目光，瞬間就變得憐惜起來。她脫口而出道：「真慘啊。」

空氣中短暫安靜了一瞬，剛端起茶盞，嘴唇還沒沾上茶水的祝子琛僵硬住了。

他寒窗苦讀十餘年，勤勤懇懇在翰林院從天不亮幹到天黑，好不容易成為本次春闈的考官之一。

這可是多少人奢求的差事啊，若不是他跟著祁珩，祁珩又得陛下看重，翰林院有這麼多官員，還不一定輪得到他。

怎麼到鍾菱這裡，祝子琛突然覺得自己像是即將要去坐半個月的牢一樣。

「我到時候多做些能存放的糕點吃食，你們帶進去吃，別出來都餓瘦了。」

祝子琛扭頭看了祁珩一眼，他覺得鍾菱好像是誤解了什麼。

雖然考官不能出來，也不能和外界接觸，但是他們的吃喝歇息絕對不是問題，和考生的刻苦不同。

但是祁珩的目光分明是叫他別說話。

祝子琛想到鍾菱的糕點，他嚥了嚥口水，坐了回去。

雖然不愁吃喝，但是如果能吃上兩口美味糕點，也是相當不錯的。

「能帶嗎？」

「當然可以。」

祁珩點點頭，叮囑道：「朝中缺少新血，所以今年春闈的時間提早了很多，各地調度還沒有跟上，要儘量讓舉人們都能按時進京，我估計還得忙一陣子。」

會試三年一次，自當今聖上即位後，加上這次，也才開了三回。朝中確實缺人，而且陛下也缺心腹，不然祁珩也不會像是被扣在翰林院似的，一天到晚看不到人影。

祁珩從衣袖裡掏出一個看起來就鼓鼓囊囊的虎頭荷包，遞給鍾菱。「壓歲錢給妳。」

「我又不是小孩了。」

話是這麼說，但是鍾菱的動作還是很實誠，一點也沒有猶豫的接了過來。

打開一看，是小魚、花生、元寶形狀的銀錁子，玲瓏可愛，很適合在大場面用來打賞，或者分給孩子們。

祁珩又掏出兩個小一些的荷包，放在桌上。「小孩子自然也有，麻煩妳轉交給昭昭和阿旭了。」

鍾菱應下，她揶揄道：「我剛給你送錢，你這又給我送回來了。」

祁珩畢竟是小食肆大股東，作為合夥人，鍾菱覺得自己給分紅的時候應該誠意一點。於是趁著去祁府送零食大禮盒的時候，便揹著沈甸甸的銀子，全給祁珩送過去了。

祁珩輕笑了一聲，他的眼尾愉快的瞇起，輕聲道：「這不一樣。」

這是他的私錢，是心甘情願給鍾菱的壓歲錢。如果她願意的話，那他手上全部的錢，都可以交給她。

祁珩撐著下巴，輕輕喊了一聲。「鍾菱。」

正在數錢的鍾菱應了一聲，在歸攏手頭上的銀錁子後，才抬起頭來。「怎麼了？」

「等會試結束，我們都忙完之後，出去走走？」

「去哪兒？」

「妳想看山，我們便去山裡；妳想看海，我們就往海邊走。」

他的聲音悠揚低沈，勾得人思緒翻飛，已經飄出了門外，在晴空之下張望起來了。

她笑著應道：「好。」

鍾菱本來想要留祁珩和祝子琛吃頓餃子再走的，只是時間和行程實在是緊湊，他們只坐了一會兒，便匆忙回去換上朝服，準備進宮參加宮宴了。

他們走後，鍾菱把祁珩送來的東西，搬到了院子裡。

她打量了一眼，是一些藥材、首飾頭面和兩疋布料。

藥材看起來品質上乘，反正比她送去唐家的那兩株藥材，是強多了的。

剛好阿旭和宋昭昭湊了過來，鍾菱便招呼他們幫忙。安置好後，他們一起去了後廚，開始準備年夜飯了。

鍾菱的記憶，在這裡就已經開始有些不清晰了。

菜單是早就列好了的，紅燒魚，紅燒肘子，蔥油雞和老鴨湯，糯米珍珠丸子和蒜蓉粉絲蝦，還有芝麻湯圓、八寶飯。

中規中矩的，鍾菱一點也沒有把她的創新帶上這桌佳餚來。

鍾菱的記憶戛然而止在這一桌豐盛又好看的菜上，是因為她喝了兩口酒。

酒是懷舒送給她的，鍾菱想著是果酒，也沒在意，不等人招呼，就喝了一大口。

懷舒師父釀的這酒，果香味十足，甚至入口也沒有刺激的辣味，和上次汪琮帶的酒有些不一樣。

鍾菱也就沒有放在心上，她喝了一口之後，望了一眼尚且殘留著日光的天空，去喊大家吃飯了。

起初沒有人發現鍾菱的異常，直到她吃了兩口菜後，整個人像是被抽了骨頭似的，軟了下來。

她雖然正常說話、挾菜，但是說出口的話開始含糊，筷子磕磕絆絆的，怎麼也挾不起蝦。

驚得鍾大柱一拍桌子，忙奪過鍾菱面前的酒杯。

她只喝了三口酒！這麼大的反應，不像醉酒，像是被人藥暈了。

但是鍾大柱抿了一口酒後，便明白了是怎麼回事。這酒聞著香甜，喝著溫和，實際上年代久，濃度高，毫無聲息的就把人放倒了。

就像鍾菱現在這樣。

但好在她已經吃了兩口飯，大家就先放下筷子，聯手把鍾菱送回房間去。

將她安置在床上躺下後，眾人才重新回到飯桌上。

在眾人走後，喜歡窩在鍾菱房間裡的小白貓跳上床。牠有些好奇的用爪子撥了撥枕頭下露出半截的小老虎荷包。

玩盡興了之後，小白貓舒展了一下脊背，爪子在枕頭上開出兩朵白花。牠親暱的蹭了蹭臉頰通紅的鍾菱，在她枕邊窩下了。

小食肆中，主廚不在，但一桌子的美味佳餚依舊得到了誇讚。

店門口的紅燈籠在風中輕輕搖擺，灑落一地細碎喜慶的紅光。

鍾大柱給宋昭昭和阿旭說著行軍時候的故事，孩子們聽得入迷，時不時驚呼出聲。

皇宮裡，觥籌交錯，絲竹悅耳。

伶人的水袖在大殿白晝般的光亮下翻飛成一朵盛開的牡丹花。在周圍的一片誇讚聲中，祁珩緩緩端起酒盞，抿了一小口。

火辣的酒液滑入腹中，他突然想起了上次鍾菱醉酒時的模樣。

在一片歡聲笑語之中，他勾起嘴角，輕笑了一聲。

潁州。

在臨時落腳的驛站裡，半大的少年端著兩碗羹湯，穿過了長廊，推開了房門。

他將羹湯放在桌上，喊道：「大哥，嫂子。」

青年放下手裡的書卷，揉了揉少年的腦袋。「委屈你了。」

他們一行人所乘坐的船隻剛駛出去沒幾天，便碰上了難得一遇的冰封湖面。無奈只得跟著商隊一起下船，緩慢的走陸路。

「和哥哥、嫂嫂在一起過年，算什麼委屈。」少年咧開一口白牙，眼眸彎彎，像是天邊的月牙。

年輕貌美的女人笑著誇讚道：「還是我們小語懂事。」

她的眉眼之間有些憂愁。「應該早些出門的，也不知道能不能趕上……」

青年將勺子遞給女人，輕輕握住她的手背，安撫似的輕輕拍了拍。

少年突然想起了他在樓下聽見的消息。

他踮了一下腳尖，攥住青年的衣袖，興奮道：「大哥！嫂子！我剛剛聽商隊的人說，官府在調度車馬，要先把耽誤在路上的舉人，都送到京城參加考試！」

「此話當真？」

「當真！」

鍾菱第二天醒得很早。

宋昭昭和阿旭守了夜，剛睡下也才沒多久。

鍾菱輕手輕腳爬了起來，沒驚擾他們，將一直蜷著脊背蹭自己的小白貓一把揣進懷裡，去了後廚。

晨光未起，天空是霧濛濛的灰藍色。

後廚裡滿滿當當擺著的都是昨日剩下的菜，年夜飯本就要多做一點，從除夕吃到新年，圖的就是一個年年有餘。

在後廚生上火，鍾菱舀了一勺麵粉，動作俐落的開始和麵。

昨天晚上鍾菱沒吃幾口飯，此時早已是飢腸轆轆了。她用昨天剩下的雞湯，給自己煮了一碗雞湯麵。

湯底滾燙醇厚，麵條柔軟筋道。一碗熱氣騰騰的雞湯麵下肚，熱氣在筋脈骨骼間遊走，撫慰了鍾菱空盪盪的腸胃，喚醒了久睡後疲乏的軀體。

鍾菱長舒了一口氣，她給小白貓煮了雞肉絲。

將後廚收拾好後，揣著肚子圓滾滾的小白貓走到了店裡。

推開門的時候，撲面而來的是柔和的、初升的陽光，像雞湯一樣金燦，帶著淺淡的、新生的芳香。

小貓在鍾菱懷裡輕輕叫了一聲，毛茸茸的尾巴輕輕勾了勾鍾菱的手腕。

原本只是想開個門透氣的鍾菱有些挪不動腳步了。

她剛吃飽飯，懷裡的小貓像個小火爐，她腳步一拐，跌進店門口的長椅上窩著了。門口的長椅是鍾大柱用竹子給她做的，柔軟的坐墊和靠枕，都是出自宋昭昭之手。

和完全不擅針線活的鍾菱不同，宋昭昭的手藝還不錯，起碼這兩個「鍾」字，繡得清晰明瞭。

鍾菱微微仰著頭，感受著今年新升的第一縷陽光落在她的身上。

晨光氤氳，眼前的畫面有些朦朧得不真實。四下靜謐，繁華的京城還在沈睡之中，偌大的京城裡，似乎只有鍾菱和她懷裡的小貓醒著。

這讓她有一種飄飄然的感覺，好像超脫了現實，走進了夢裡。

晶瑩的亮光從鍾菱微顫的睫毛上滾落，略過上揚的嘴角，最終跌落在大紅色的馬甲上，暈開深紅色的浮水印。

不知為何，她有一種不知從何而來的感動。

這一世的一切，在她轉身離開唐家之後，有了翻天覆地的變化。

她虔誠的許願，如果可以，希望未來的每一天，都能這樣，平淡並且圓滿的走下去。

小白貓似是感受到了鍾菱的情緒變化，它蹭了蹭鍾菱的手腕，在她的懷裡換了個姿勢。

「小貓！小貓！」

突然的叫喚聲打破了寂靜，那聲音有些年紀，語調卻稚嫩童真。

小白貓的反應比鍾菱快，牠直起脖子，看向那個連跑帶跳的朝著她們走來的老婦人。

老婦人頭上紮著嶄新的紅繩，雖然衣裳並不是嶄新的，但是紅繩卻將她整個人點綴得喜慶又鮮活。

老婦人的身後，跛腳的老漢似是有些懊惱沒有抓住老婦人的手，忙一瘸一拐的追上來。

這對夫妻，鍾菱印象相當深刻。她送了兩塊糕點，他們次日便送來了一枝新鮮的花。

雖然他們二人都身患殘疾，但誰也沒有放棄彼此。那老婦人雖然如稚童一般，卻被老漢照顧得很好。

他們偶爾會在店裡沒有食客的時候進來吃飯，點的都是些便宜實惠的菜，但是他們臉上的滿足和快樂，卻是作不得假的。

鍾菱沒想到新年最先遇到的，居然是這對夫妻。她連忙站起身來，笑著打招呼。「阿婆，阿公，新年快樂。」

「鍾姑娘過新年快樂！」

老漢朝著鍾菱拱手，腳步不停。

老婦人走到鍾菱面前，她盯著小白貓，滿眼的歡喜。她粗糙寬厚的手伸在空中，卻克制的和小白貓保持著距離，沒有靠近。

「您摸摸，牠脾氣可好了。」鍾菱毫不猶豫的把懷裡的小貓遞了出去。

被迫營業的小白貓扭頭看了鍾菱一眼，異色的眼瞳中滿是不可思議，喵了一聲，彷彿在質問主人就這樣把牠送給別人摸了？

但是牠很快就在老婦人的手下，舒服的呼嚕起來。

平時鍾菱會用指腹，一寸一寸的揉捏過小白貓的後頸；但是老婦人的手上滿是厚重的繭子，她動作溫柔但有些生硬，讓小白貓舒服的直甩尾巴。

「我們去寺裡燒香啦，帶了兩桶素餅回來，想著給妳送來，就順路拐過來看看，沒想到妳還真的在。」

老漢從背後的竹簍裡，小心翼翼的掏出裹了一層紅布，用紅紙包著的一桶素餅。

他們夫妻住在小食肆後面的一條街，鍾菱大概知道在他們住的院子的後面，卻不太清楚具體的位置。

所以，他們是刻意繞了路，來看看小食肆有沒有人的。鍾菱忙雙手接過素餅，連聲道謝。

這份善意，匯聚成一股暖流，湧進她的心裡。讓鍾菱對這新的一年，有很大的期待和信心。

這是多好的一個開始啊！

她當然不能白拿這一桶素餅，鍾菱想要請他們進店來吃東西，但是他們夫妻雖然滿臉笑意，面容上的疲倦卻是掩飾不住的。

鍾菱想了想，還是不要耽誤他們回去休息了，便從衣袖裡掏出了祁珩昨日給她的那個小老虎荷包。

不知道為什麼，她昨天明明喝醉了，在意識全無的情況下，還是將這「壓歲錢」壓在了枕頭下。

小老虎上黏了不少白色貓毛，昨天晚上負責「壓」的，估計是小白貓，而不是枕頭。

鍾菱早上醒來的時候，便順手將荷包揣進了懷裡，此時剛好派上用場。她從荷包裡的一眾銀錁子裡挑了一條小魚出來，遞給了阿婆。

「阿婆，新年快樂。」

老婦人將小白貓遞還給鍾菱，她的眼眸中有些懵懂。

但估計是老漢教過她了，雖然不知道鍾菱要給她什麼，她還是伸出雙手，朗聲道：「新年快樂。」

小銀魚躺在老婦人的手心，小魚的尾巴在陽光下閃著銀光。老婦人捧著銀錁子，小小的驚呼了一聲。

一旁的老漢探頭看了一眼，在看清楚東西後，他倒抽了一口氣，臉上有幾分慌亂。

「鍾姑娘，這可使不得，太貴重了。」

老漢說罷，便伸手去握老婦人的手腕，要把銀錁子還給鍾菱。

鍾菱幫懷裡的小白貓調整了一個舒服的姿勢，她忙抬手制止道：「這大過年的，送出去的東西，就沒有收回來的道理。」

老漢洩了氣一般，盯著那銀錁子，喃喃了幾聲。「可這太貴重了啊。」

「您給我的這素餅，也一樣貴重。」

在鍾菱的一再堅持之下，老婦人最終還是收下了銀錁子。

她不知道丈夫和鍾姑娘在爭執什麼，她一直捧著雙手，即使手指在風中被吹得發紅，也依舊像托著什麼寶貝似的，一動不動。

一直到他們二人都點頭言和後，老婦人才將小銀魚握在手裡。這一刻，這個小銀錁子，才真的屬於她了。

老漢對著鍾菱再三道謝又告訴了鍾菱他們家的地址，承諾了有忙一定會幫忙。

看著這對夫婦披著晨光，攜手離開的背影，鍾菱目送著，一直到他們消失在路口。

若是這世間的人，都像他們這樣純粹善良就好了。

第四十三章

鍾菱又在門口坐了一會兒，等到街上出現了馬車和行人的蹤跡，這一份獨屬於清晨的靜謐被打破後，她便抱著貓，合上門，回了後廚。

鍾大柱恰好從院子裡走了進來，他看見衣著整齊，眼中清明的鍾菱時，下意識皺眉。她這明顯是起了好一會兒了，甚至髮間還帶著寒氣。

「新年好啊，爹。」鍾菱捏著貓爪，給鍾大柱打了個招呼。

「新年好。」

大過年的，沒必要去催孩子們早起，沒人去叫宋昭昭和阿旭吃早飯。

鍾菱放下小白貓，去將溫在灶臺上的粥端出來。

今日雖是新年第一天，但沒有必要整得太豐盛。主要是昨天晚上全是大魚大肉，今早吃些清淡的好。

而且，鍾菱私心希望，新的一年，能夠和這白粥一樣，平平淡淡，但能夠撫慰人心。

雖然是白粥，但是配菜也是很豐富的。

和韓師傅一起醃的鹹鴨蛋已經可以流油了，泡菜也是鹹香脆爽。

鍾大柱還端來了昨天晚上的紅燒魚。湯汁在冬日的溫度下，早就凝固，晶瑩透亮的，濃縮了整條魚的鮮美。湯凍隨著魚肉，被滾燙的熱粥一熏，便又化作了湯汁，順著筷子，淌了下去。

鍾菱才吃了一碗雞湯麵，暫時還吃不下飯，便跑到灶臺前，搗鼓了起來。

等鍾大柱喝完粥的時候，鍾菱端著一碗盛著淺褐色湯液的大碗，放到鍾大柱的面前。

「這是什麼？」

「奶茶……又叫發財茶！」鍾菱眉飛色舞的介紹道：「喝了能發財呢，您快嚐嚐。」

鍾大柱沒聽說過哪裡有「發財茶」這個說法，他懷疑這是鍾菱現編的名字，但他沒有拂了鍾菱的興致，雖然不知道這是什麼，他還是端了起來。

在鍾菱搗鼓的時候，他就已經聞到了茶葉的香味。不出意外的話，應該還是祁珩送來的祁門紅茶，就是鍾菱最早用來烹煮茶葉蛋的那一款。

牛乳的醇厚香味和茶香交雜，意外的合適。

這「發財茶」剛入口，除去滾燙之外，還沒來得及感受到什麼香味，再吹涼細品，絲滑的口感像是綢緞一般，溫柔的纏繞上舌尖。奶香醇厚，茶香中獨有的澀味，又中和了牛乳中的甜。

實在是……挺好喝的。

鍾大柱放下碗，臉色有些複雜，卻還是讚賞道：「不錯。」

「這兒還有素餅，是今早寺廟裡新做的，剛好就著發財茶一起吃，圖個喜氣。」

鍾菱是一時興起，突然就想念起了奶茶。

她的行動能力向來很強，用茶葉和糖翻炒過後，再和牛乳一起煮，便是鍾大柱在喝的焦糖奶茶。若是和茉莉花一起煮，就是茉莉奶茶，要是再加上一撮綠茶，便是茉莉奶綠。

鍾菱突然覺得，自己窺得了好大一個商機。

奶茶多好賺啊！

且不說京城裡那些夫人、小姐們肯定會喜歡，那些隨著舉人一起進京的家眷們，也是很好的銷售對象。要是放到隔壁鍾記糕點鋪子裡，豈不是又是一個招牌？

這一開年，還真是開頭就碰上財運了呢。

鍾菱抿了一口奶茶，思緒不知道飛到哪裡去了。

鍾大柱要去樊城，祁珩和祝子琛去做會試主考官了。

汪琮要參加會試。

盧玥說，年後要回一趟江南，把盧家更多的生意帶到京城來。

而蘇錦繡，年前就接了宮裡的大單子，估計過完年後，還要忙上幾個月。

春闈這段時間，就只有鍾菱一個人是暫時閒著的了。她的指尖一搭一搭的在桌上點著，想著接下來要做些什麼呢……

鍾菱思來想去，也沒想到自己要幹什麼。她不確定自己要幹什麼，但是她能確定，奶茶裡需要珍珠。

這個時代還沒有木薯粉，木薯原產南美洲，是一種生活在熱帶的作物。這個時代的沿海地區已經開始通商，開始試探性的邁出與世界其他地區交流貿易新階段第一步。

不過鍾菱不可能特地南下，就為了去找木薯磨粉做珍珠，但如果玉米、馬鈴薯、可可、辣椒打包一起來了，那還是可以考慮一下的。

作為一個帶著後世知識的穿越者，鍾菱曾認真考慮過航海貿易這件事情。

當朝的生產力發展水準已經相當不錯，沿海地區也有商隊和特地的貿易口岸，只要不實行海禁，最高決策方能夠客觀冷靜的去瞭解這個世界。

長盛不衰，並不是什麼難以想像的事情。

但是鍾菱又轉念一想，這和她有什麼關係呢？若是來日真有一天朝廷實行海禁，堅持鎖國，難道她還要去上奏，諫言獻策嗎？

她無法這樣做。

她不過是短暫的站在更遠的視角看了一眼這個世界，朝廷的政令不是她隨手畫的大餅，是詳細且經過深思熟慮的。

更何況，歷史有其發展規律，是不會被某一個人所改變的，她還是安心開好她的小食肆吧。

不過倒是可以等會試結束後，向祁珩打聽一下沿海商貿情況。

鍾菱沒有什麼做航海王的大志向，只是突然非常想念玉米、馬鈴薯、可可、辣椒。但是這份念想，恐怕一時半刻實現不了。

鍾菱只能先專注於眼前，她用糯米粉搓了小湯圓。雖然不及珍珠彈牙有嚼勁，但勝在足夠軟糯，加到奶茶中，倒也教人眼前一亮。

年三十那天剩下的菜，熱一熱，又能吃上好幾天，而且小食肆裡的大家，都不是挑食的人。

吃飽飯後，鍾菱和宋昭昭、阿旭，就窩在院子裡玩貓逗狗打葉子牌。

一直到第三天，鍾菱決定帶宋昭昭和阿旭出去走走。她一個人自己窩著沒什麼感覺，但是帶著兩個孩子宅在家，總是有些負罪感的。

正巧，傍晚時分同樣閒在家裡的蘇錦繡來串門子，告訴鍾菱城北的如意橋有廟會。

正好鍾大柱去赤北村了，鍾菱當機立斷，馬上去招呼宋昭昭和阿旭換衣裳。

太陽已經西沈，雖在天空中不見了蹤影，卻投下大片金燦的橙光，將奇形怪狀的雲朵暈染成溫暖的顏色。行走在夕陽之下，好像浸在了溫暖的澄湯裡。

宋昭昭被錦繡坊的幾個繡娘拉去說悄悄話了，她們腳步輕快，嘻嘻笑笑的走在前面。阿旭有些不知所措，他背著手跟在宋昭昭身後，脊背挺得筆直。

而鍾菱慢悠悠的邁著步子，和蘇錦繡走在最後面。

「今年的廟會，比往年又要熱鬧些。」

「嗯？」

「今年會試早啊，要參加會試的舉人，起碼已經有大半已經趕到京城了。」

鍾菱恍然大悟。

遠遠的，已經能看見一串一串掛起來的燈籠，像是天邊橙光凝結墜落下的一片殷紅，顯得耀眼喜慶。

人流也自此密集起來，來往的行人們大多身著紅色，面帶笑意，和家人同行。燈籠的紅光混著天邊的最後一點夕陽，映照著每個人臉上的笑意，更加溫暖。

鍾菱背著手，和蘇錦繡並肩走入了人群中。

她家的兩個孩子，早已不見了蹤影。他們手裡都有錢，由錦繡坊的繡娘們帶去玩了。

因蘇錦繡的這句話，鍾菱在看著來往行人時，多留意了幾分。仔細打量，確實能發現一些明顯是從京城外來的人。

有的是口音實在濃重，一聽便聽出來了；也有些是一身的書卷氣，他們大多在書攤，或者猜字謎的攤子前停留，看起來就是文人風範。

當朝舉人的年紀，其實是偏大的。

畢竟要先成為秀才，才能參加會試。而秀才這個身分，在很多鄉村足以被奉做上賓了。就好像周蕓的那個渣男前夫，仗著自己是秀才，便自覺高人一等，處處看不起周蕓。

但實際上，他沒有考鄉試的能力，又放不下身段去做農活，便只能每天活在自己清高的夢境裡，醉生夢死。
廟會裡有唱戲的，也有說書的、耍雜耍的，娛樂項目比鍾菱想像中的要豐富很多。甚至不遠處的河面上，還漂著畫舫，光是看著那窗櫺透出來的光亮，都可以想像船上是怎麼樣的紙醉金迷。
鍾菱倒是沒有擠去聽戲的想法，她的目光在邊上的小攤旁晃悠著，偶爾駐足停留。她舉著一個從小姑娘那兒買來的蓮花小燈，愛不釋手的反覆看著，笑道：「確實是熱鬧。」
夜幕降臨，街上的花燈耀眼璀璨，一眼看不到頭。
蘇錦繡手裡也拿著一個玲瓏精緻的小兔子花燈，她今日化著完整的妝容，明豔貌美，走在路上，吸引了不少人的側目。
鍾菱揶揄道：「妳今日莫不是叫我一起，來看郎君的吧。」
蘇錦繡嬌嗔道：「胡說什麼呢，這可是舉人老爺，哪看得上我這個商戶。」
「那可不一定！」
看起來好像滿京城都是舉人，但實際上，舉人已經是可以做官了的，哪怕是會試落榜的，也同樣可以在地方謀得官職。所以，他們傲氣一點，也是情有可原。
想想，在後世時，鍾菱上大學的時候，誰家小孩考上公務員，那可是一舉成為別人家的小孩、相親市場的香餑餑。
更何況是在這個官民之間，存在著明顯壁壘的時代。家中有人做官，那真的是光宗耀祖的事情了。

「如今也重視商戶呢，再說了，妳若是願意，去宮裡繡房謀個女官的職位，也不是難事吧。」

蘇錦繡癟癟嘴。「得了官差，可不就沒那麼自在了。」

鍾菱忍不住笑了，蘇錦繡的這個思想和想法，實在和這朝代的一般人不太一樣。人家都努力往上爬，惦記著光宗耀祖呢，她卻回頭看了自己的自在一眼。

「妳這個想法很好，讓我來敬自在一杯。」

鍾菱從手裡提著的小竹籃裡，取了兩杯奶茶出來。

用竹節做杯子，細長的竹管捅穿了做吸管，甚至還有配套的杯蓋。這些都是出自鍾大柱之手，他當年削箭的匕首，如今做了餐具，也是一點都沒浪費。

對鍾菱搗鼓出來的稀奇古怪的吃食，蘇錦繡已經是見怪不怪了。本著對鍾菱的信任，她毫不猶豫的吸了一口，然後鼓著腮幫子，朝著鍾菱直點頭。

「真好喝啊！」

鍾菱雙手捧著奶茶，笑咪咪的引著蘇錦繡往橋邊走去。

兩人站在橋邊，看著湖面倒映著的點點燈光連成一片，看來來往往的行人來來往往。

期間還有不少人來問鍾菱這飲品是在哪裡買的，大多是些年輕漂亮的姑娘們。

鍾菱沒想到，她只是在路邊喝口奶茶，竟然無形之中成為了一塊人形廣告牌。只是她沒有要擺攤的打算，只得指著竹筒杯子上的「鍾」字，把小食肆的位置告訴了她們。

蘇錦繡倚靠著石欄，見鍾菱忙前忙後的解釋，笑道：「妳乾脆把攤子擺過來好了，能賺不少吧。」

「那不行，好不容易得了兩日休息，怎麼能又出來忙活呢？」鍾菱剛和一個小姑娘說完鍾記糕點鋪子要開業的事情，頭也不回的應道：「那也太累了。」

「有錢也不賺，妳倒是清醒。」

蘇錦繡話音剛落，她們兩人面前走過了一個略有年紀的穿著圓領長衫的瘦削男子，他板著一張臉，完全融入不進這一片火熱，喜氣洋洋的廟會。

他似是聽見了蘇錦繡剛剛誇鍾菱的那句話，陰沈的扭頭看了蘇錦繡和鍾菱一眼，目光中的倨傲和蔑視，完全不加掩飾。

「粗鄙。」

這兩個字擲地有聲，引得周圍人側目看了過來，也讓鍾菱和蘇錦繡一愣。

蘇錦繡可不是什麼好脾氣的人，她秀眉一擰，在氣勢上一點也沒輸。「你胡說八道些什麼呢！」

一旁捧著奶茶的鍾菱，突然有了一種不好的預感。

果不其然，那男子一開口，就是鋪天蓋地，高高在上的一套說教言論。

「女人在外面拋頭露面的，成何體統！張口閉口賺錢，市儈！也不嫌丟人，也不知道哪家男人倒大楣了，要娶妳們這樣不賢慧、不檢點的女人。」

他一點也沒壓著音量，用那枯瘦的手指，指著鍾菱和蘇錦繡直罵。

蘇錦繡抱著手，秀眉微擰，揚聲道：「誰放你上街的啊，也是我們脾氣好，你這要是衝撞了誰家的貴人，你看你手指還保得住嗎？」

「妳！」

那個男人忙收回自己的手指，怒氣衝衝的瞪著蘇錦繡。

這番爭吵，已經惹得不少人駐足觀望，在無數張目光的注視下，蘇錦繡並不在意，反而將下巴揚得更高了。

但是那個男人顯然並不適應這樣成為焦點，他咬牙切齒的脹紅了一張臉。「我是舉人！來參加會試，將來要在京城做官的！」

「來作官的啊，不知道你的名字是題在金榜的哪一行啊？」

鍾菱忙低頭，掩飾住自己的笑意，同時她清楚的聽到，人群中也傳來了幾聲笑聲。

「妳這個臭婆娘，給我等著，等我以後做官了，有妳好看的。」

蘇錦繡漫不經心的應道：「嗯嗯，好，我等著看好看的。」

鍾菱忍無可忍的別過頭去，假裝看河上的畫舫，肩膀一顫一顫的。

而圍觀群眾，就不像鍾菱這樣體貼了。人群中先是有誰忍不住笑出了聲，隨後竟然發展成了一整片的歡聲笑語。

那男子忍無可忍，帶著憤恨瞪了一眼蘇錦繡和鍾菱，扭頭便在眾人看熱鬧的目光中，擠進了人群。

不知道是人群中的哪個姑娘，稱讚歡呼道：「錦繡姑娘好樣的！」

圍觀的人群中，有不少姑娘，她們看向蘇錦繡的目光，帶著豔羨的光亮，格外溫柔。

蘇錦繡也不怯場，她朝著眾人一拱手，朗聲道：「姑娘們！咱不慣著這樣的人啊，女人也好，經商也好，靠自己的雙手吃飯就不丟人啊！」

沒有想到，能在這個時代，聽到這樣的話。

鍾菱視線所及範圍內，所有的光亮，彷彿在此刻都匯聚到蘇錦繡身上，她有些控制不住的眼眶發熱。

在一片姑娘們的歡呼稱讚聲中，有兩個年輕男子從人群裡走了出來。

「這位姑娘說得好！」

第四十四章

「那位舉人是我的同鄉，冒犯到大家，我代表同鄉因他這不妥的話，向諸位姑娘們道個歉，還請各位諒解。」

其中一位男子微胖，臉頰圓潤，笑起來的時候瞇著眼睛，一副好脾氣的樣子。

他語氣溫和，朝著眾人一拱手，讓圍觀人群頓時不好意思起來。眾人剛剛對進京趕考的舉人產生的負面印象，在他誠懇的笑容中，頓時消散大半。

雖說這天子腳下，隨手扔一塊磚下去，都能砸到三個當官的，但來參加會試的舉人，誰知道哪個不起眼的，回頭就出現在金榜上了。

對這種謙遜溫和的舉人，眾人還是很樂意賣個面子的。

特別是那個和他一起站出來的青年。他挺拔頎長，容貌俊美，眉眼之間溫潤如玉，月光穿過了燈光火影，盡數落在他一人的身上。

大家格外樂意賣這容貌俊美的書生面子，不同於剛剛那個乾瘦男子身上迂腐的書卷氣，他的周身才真的是富有詩書氣度，如玉般溫文爾雅。

他雖未說話，但光是站在那裡，就惹得不少姑娘們朝他看去。

即使是鍾菱，也忍不住將目光在他身上停頓了一下。

那微胖男子又朝著鍾菱和蘇錦繡拱手。「冒犯到二位姑娘了，我替我那同鄉，向二位道歉。」

來京城參加會試的舉人們，大多是以地區劃分結伴的，多有一榮俱榮，一損俱損的意味在裡面。

他們站出來打圓場，意圖平息這場風波，也是擔心有好事者，壞了這一地所有同鄉的名聲，耽誤其他人的仕途。

「又不是你罵我，替他道什麼歉。」蘇錦繡擺擺手。「倒是能向您二位打聽下那人叫什麼嗎？等放榜那日，我倒要看看他名字在哪兒，能做到個什麼官。」

微胖男子有些無奈，鍾菱掩著嘴直笑。

「他叫李志。我們都是從臨安府來的。」

四人客客氣氣的交談了幾句後，禮貌的拱手告別。

蘇錦繡的小臂搭在雕花欄杆上，看著那書生走入人群的背影，後知後覺的喃喃了一句。「忘了問他倆叫什麼了。」

鍾菱咬著竹吸管，湊了上來。「怎麼，看上哪個了？」

「妳這腦子裡怎麼裝滿了情情愛愛啊？」

蘇錦繡沒好氣的伸出素白的手指，在鍾菱額間點了一下。「我是覺得他們二人氣度不一般，倒是像能夠金榜題名的樣子，多結交有好處。」

鍾菱重新將奶茶揣回手心裡，她低頭看了眼她們二人倒映在河水上的影子。

「那倒是，那個李志看著就不像是能考上的人。」

「而且是他先莫名其妙開口罵人的。」蘇錦繡撩了一下鬢髮，她眼尾挑起的緋紅躍動著不遠處花燈的火光。

「他也真不怎麼樣，一股陳年書卷味，吵兩句就說不出話來，開口閉口都得提一嘴自己舉人的身分，估計這輩子也就只是個舉人了。」

鍾菱望著她的側顏，贊同的點了點頭。

蘇錦繡雖是商戶，但她每天接觸到的，都是京城裡的權貴；而且她一個女子，能把生意做到如今的地步，她的眼界和能力，可是相當強的。

「不過，妳剛剛盯著那貌美的書生看了這麼久，是怎麼回事啊！」蘇錦繡秀眉一擰，質問道。

她可是堅定相信祁珩和鍾菱能夠有情人終成眷屬的，可不能被這不知道從哪兒來的書生給攪和了！

鍾菱微微笑著搖搖頭，髮髻上墜下的流蘇碰撞出了清脆的聲響。「沒有啊，只是想起一個朋友……算是朋友吧。」

對這個答案，蘇錦繡還是比較滿意的。

她權當作是鍾菱和祁珩之間的小情趣了，能讓鍾菱這般「曖昧」稱呼的人，應該只有祁珩了。而且祁珩未出仕的時候，也是京城裡赫赫有名的溫潤公子，比起今晚這個俊朗書生，也是一點不差。

她們在橋邊歇夠了，便又攜手逛了起來。

但是蘇錦繡不知道的是，讓鍾菱有些拿不定稱呼的人，其實還有一個，就是那個應該在三年後成為狀元的書生。

書生進京趕考，和妻子、弟弟一起住在客棧裡。

就在他們一家外出吃飯的時候，不巧被陳王和唐之毅看見了。陳王趁著那書生參加考試的那幾日，不知用了什麼理由，生生將書生的妻子和弟弟擄到了府裡。

等到鍾菱知道這件事情的時候，書生的弟弟已經沒有氣了，而且死狀極慘。那抬出府的草蓆，還一路滴著殷紅的鮮血。

鍾菱兩輩子都忘不了那一幕場景。

那滴落下來，尚且滾燙的鮮血，在空氣中逐漸失去了鮮豔的紅色。黑紅的血液，像是一個烙印，窺見人性極端的險惡。

那個時候，書生的妻子還沒有死。

鍾菱偷偷見過她。

那是一個溫婉的女子，像是江南桃花樹下涓涓流動的清泉。即使是帶著一身的傷痕，眼眸之中存了死志，她依舊配得上世界上最溫柔美好的詞彙。

鍾菱這個陳王妃，在府裡沒實權，她能做的不過是偷偷給她上藥，給她尋些吃食來。導致這一切的罪魁禍首是陳王，而作為名義上陳王的妻子，鍾菱已經做好被冷眼相待，甚至被大罵的準備了。

但是她沒有。

那個溫婉的女子在聽完了鍾菱的來意後，甚至沒有在鍾菱面前說出一句怪罪的話。

她雖溫柔如水，卻也堅韌。她給鍾菱說了自己的丈夫，她到死，都一直堅信著她的丈夫會來救她。

可是她沒有等到她的夫婿來救她。

剛剛結束考試的書生在京城裡無權無勢，所有人都在觀望，沒有人願意為了一個清貧的書生，去闖張跋扈的陳王手裡搶人。

但這樣的痛苦和絕望，隨著金榜的張貼，最終結束了。年輕的狀元像是一根熊熊燃燒的火柴，點燃了這些年陳王為非作歹的所有罪證。

而鍾菱的記憶，也就到此為止了。

因為她作為害死陳王親人的凶手，第一個死在刑場上。鍾菱對他，談不上恨。畢竟，一切的罪魁禍首，還是陳王。

今天晚上見了那如皓月一般清朗的書生，莫名讓鍾菱想起了這段往事。

她沒見過那個未來的狀元，只是從他妻子的嘴裡，聽到過描述。

從他當上狀元之後，那以死相逼，為妻子復仇的氣勢，鍾菱對他就很難生起恨意來。也不知道，再和他們一家相見的時候，會是什麼樣的場景。鍾菱還沒有做好準備。

除了那個不知道從哪裡冒出來一通說教的迂腐書生，短暫倒了人一下胃口外，今晚的廟會，鍾菱還是逛得很開心。

尤其是宋昭昭和阿旭，給她買了一個虎頭枕。

鍾菱愛不釋手的抱在懷裡，當晚便放在床頭。而這個虎頭枕成了小白貓的玩具，一直翻來覆去的玩了很久。

眼看著越來越多倖存的赤北軍將士們回到了京城，阿旭這個鍾大柱的「親傳弟子」，未來更多的時間，都不會再待在小食肆裡了。

小狼崽不該被困在這間小鋪子裡，他應該在草原上奔跑。

但是鍾菱很清楚，要成為獨當一方的男人，阿旭要吃的苦還有很多。也因此，她這幾日對這兩個孩子越發縱容。

宋昭昭年後去書院讀書的事情，也已經敲定了。雖說書院在京城，但畢竟距離遠，也不能每天都來回趕。

鍾菱年紀輕輕，突然就理解了，為什麼當母親的，送孩子上學前要焦慮了。

宋昭昭和阿旭大概也是看出了鍾菱的焦慮，他們這幾日和鍾菱一起，搓了湯圓小丸子，吃了烤甘蔗、烤橘子，還一起帶了小狗蒸蛋去赤北村玩。

這一份快樂，一直延續到小食肆開業的那一天。

韓師傅兩口子和周雲沒那麼快趕回來，鍾菱還是得撐起後廚來。好在書院沒那麼快開學，赤北軍的將士們也還沒有啟程樊城，阿旭和宋昭昭還可以留在店裡幫忙。

小食肆迎來的第一桌客人，是老熟人。

祁珩的祖父和柳恩在剛開門不久，就進來了。鍾菱樂呵呵的給他們道了新年好，沒等他們點完菜，就先端上了兩杯奶茶。

「這是什麼？」柳恩雖然問了，但卻毫不猶豫的端起杯子就喝了一口。

他閉著眼睛品了品，然後頗為不沈穩的大叫了一聲。「好喝啊！」

他對面坐著的祁國老，臉上的表情怪異，似是並不能接受這新奇的味道。

這讓鍾菱突然想起，一開始祁珩也是這樣，對她捲餅捲茶葉蛋的吃法，非常不能接受。但是祁珩已經不是當初那個祁珩了，他現在甚至可以吃下柳丁燉肉，並且不提出質疑。

「還得是妳這個小丫頭，過一個年，又折騰出了這麼有意思的東西。」

柳恩笑道：「只可惜我們過幾日要去趟西北，怕是要錯過妳那春闈限定菜嘍。」

「您要吃還不容易，您派人來說一聲便是。況且，只要換個名字，就不只在春闈的時候賣了。」

鍾菱這話一說出口，連祁國老的臉上，都現出了幾分笑意。

「妳呀，還真有趣。」柳恩點了點鍾菱，滿臉的慈愛，甚至已經有幾分縱容了。

「正好我爹他們要去樊城一趟，我做了一些方便儲存攜帶的小食，您二老若是不介意，改日我送到您府上。」

鍾菱的小麻花、豬肉脯、梅乾菜小燒餅和堅果酥，都已經在研發中了。

柳恩沒跟鍾菱客氣，他還答應鍾菱，若是在西北見了什麼新穎的食材，一定給她帶回來。

食材傳播不只是通過海路，橫貫大陸的絲綢之路，也是一條重要的傳播路線。若是真能得到新食材，那就再好不過了。

柳恩點了鍾菱的那道招牌菜金鑲玉，加上梨子炒雞，還有油燜筍。

恰好宋昭昭和阿旭在後廚裡燒著火堆烤水果，鍾菱還給他們送了烤甘蔗，成功讓祁國老眉間的溝壑更加深了幾分。

柳恩一向喜歡給鍾菱小費，還在正月裡，他出手闊綽，硬是要鍾菱收下。

回到後廚的鍾菱，臉上還殘留著笑意，但思緒已經不知道飛到哪裡去了。

柳恩和祁國老要去西北？

如果她沒有記錯的話，西北，是曾經赤北軍駐紮的地方，也是曾經陳王的封地。

難道……陳王和赤北軍之間，還有關係？

鍾菱當年查陳王的罪證，可從來沒有往這個方向想過。

她在圍裙上擦了兩把，下意識的走出後廚，怔怔的盯著櫃檯下的一堆帳本。思考要不要把她手裡陳王的罪證，交給皇帝呢？

鍾菱認認真真的撐著下巴，在櫃檯前坐了很久。她思來想去，最終還是將那寫著所有陳王罪證的小本子，塞回了最下面。

主要是把這交出去了，鍾菱壓根兒沒想好自己怎麼解釋，她以一己之力得到這些線索。而且現在好像也沒到需要她出手的時候，她還是相信朝廷，相信陛下。

若是等到三年之後，那個書生帶著家人來上京趕考，要是陳王仍然在京城中為非作歹，她再把這證據拿出來，為扳倒這京城唯一的藩王出一臂之力。

即使是「熱心市民」，也需要留一手保命的底牌。

這事，鍾菱只和宋昭昭提了一下。

沒說是什麼，只是讓宋昭昭知道了這個特殊帳本的存在。如果她被什麼事情絆住了腳，店裡起碼得有人可以接應。

也不怪鍾菱這般警惕，主要是年前的時候，陳王莫名其妙的說了句「會經常來光顧」。以鍾菱對陳王的瞭解，他那一肚子壞心眼，只要踏進店裡，就絕對不會是什麼好事。

過完年開業第一天，一直到即將打烊的時候，都沒出什麼紕漏。

就在鍾菱鬆了一口氣的時候，有兩道熟悉的身影，一前一後的踏進了小食肆。

鴉青色的斗篷和鵝黃色的裙襬前後交錯，兩道倩影悄然對抗碰撞著，卻又十分默契的在離著最遠的對角先後坐下了。

看著面色不悅的盧玥，又看了一眼靠著門口坐著的，鐵青著一張臉的唐之玉。

鍾菱抱著手站在後廚，覺得自己一個頭兩個大。

這兩人不和的事情，可是京城出了名的，她們倆一前一後的來店裡，不會吵起來吧？而且唐之玉三番五次對她下手，突然來店裡，也不知道安的什麼心思。

阿旭不知何時站在了鍾菱身側，他往店裡探了一眼，小聲道：「那就是唐家小姐嗎？」

在見鍾菱點點頭後，阿旭挽了挽袖子，周身的氣場沈了一沈，格外可靠的樣子。「我擔心她對妳不利，讓我去吧。」說罷便邁出了步子。

雖然阿旭比宋昭昭還小幾歲，但他這段時間個子竄得很快，已經褪去了臉上的嬰兒肥，隱約可見幾分凌厲了。尤其是他裸露在外，肌肉線條流暢的小臂，教人不敢隨意輕視他。

光天化日的，鍾菱倒不太擔心唐之玉要對阿旭不利，她便腳步一拐，朝著盧玥身邊去了。

鍾菱走近了才發現，盧玥的臉頰有兩抹不自然的緋紅，淺淡的酒氣，飄散在空氣中。

「妳給我上些清淡點的吧。」盧玥頗為疲倦的扶著額頭，朝著鍾菱擺擺手。「剛下宴席，沒吃幾口菜，喝了一肚子酒。」

難怪盧玥會和唐之玉一前一後進來。

鍾菱扭頭看了眼唐之玉，她也是一副喝了不少酒的樣子，顯然是沒什麼力氣來找碴了。

「後廚裡還有雞湯，我給妳下個雞湯小餛飩？」

盧玥在出宴席時，已經偷偷去吐過一次了。此時胃裡空空盪盪，卻依舊還殘留著酒精帶來的麻木和噁心，沒有一點食慾。

之所以不回府裡，而是拐了一步到小食肆，就是想要鍾菱能夠拯救一下她空盪盪的胃。恰好鍾菱對醉酒後的飲食，也是頗有研究。因為當時鍾大柱經常醉酒，鍾菱便特意研究了一下，酒後應該吃什麼。

她先是給盧玥端了一杯薑茶，讓她暖暖胃。

小餛飩是江南一代的做法，皮薄如紙，握一片皮在手裡，用筷子輕輕挑起一筷子尖的肉，往餛飩皮中間一放，也不需要多用力氣去捏，只需要輕輕一按，就成了。

速度若是快，手上的動作便可不帶停的，餃子皮翻飛，頗有觀賞性。

小餛飩下鍋，不一會兒就漂浮上來，本就薄的皮煮過之後微微透明，像是觀賞魚一般，順著水流沸騰的方向，漂揚著尾鰭。

白瓷的大碗裡，已經放了切細的金黃雞蛋絲，撕碎的雞肉，還有一小塊雪白的豬油。滾燙的雞湯注入碗底，豬油瞬間融化，香味逐漸蔓延開來。

鍾菱叫來宋昭昭，叫她把雞湯小餛飩給盧玥端去。

她鍋裡還煮著麵，是唐之玉點的，清湯大骨麵。待麵起鍋後，放上兩塊切好的叉燒和一個煎得圓潤的荷包蛋，簡單調整一下擺盤，便叫阿旭給唐之玉端去了。

鍾菱還給盧玥開了一點小灶。

她端著蒸蛋和一小碟的香油拌時蔬，坐到了盧玥對面。盧玥只是抬頭看了她一眼，便又低頭繼續喝湯了。

雞湯撇去了油，清淡且清澈，帶著少許豬油香。湯底和雞蛋絲都沒有額外調味，格外清爽，滿口都是雞湯的鮮香味，撫慰了盧玥空盪盪的胃。

小餛飩皮薄，一咬開肉餡，被溫潤湯底包裹的舌尖，一下子嚐到了鹹鮮味。就好像原本是一個人在湖上盪舟，突然一下，輕舟駛過萬重山，眼前是一片豁然開朗的繁華都城景象。

盧玥不知道為什麼吃一口餛飩，腦子裡突然出現了毫不相干的畫面。

只是這碗湯，讓她在宴席上已經近乎乾枯竭力的腦袋，注入了一些生機和活力。

這碗餛飩的數量，是鍾菱算好的，只夠盧玥墊個胃。

盧玥將雞湯喝乾淨，挾了一筷子的香油拌菜，細細咀嚼嚥下肚後，她長舒了一口氣，眼中又恢復了一些神彩。

「隔壁開始開工了吧？」

鍾菱點頭。

隔壁的鋪子，今日開始裝修，一陣噼哩啪啦的聲響，鍾菱還去旁觀了一會兒，和盧家的管事打了個招呼。

「那鋪子結構挺好的，我給他們加了錢，不出正月就能做完。」

「這麼急？」

「今年會試早，要做這一筆生意不得早點？」盧玥又挖了一勺蒸蛋，送進嘴裡。

鍾菱的蒸蛋做得很好，柔嫩光滑無一絲氣孔。

盧玥嚥下蒸蛋，接著道：「而且出正月了我就要回江南一趟，沒多少時間了。走之前也得給這鋪子裝修好，等蕓姨回來，好讓她直接接手。」

盧玥年前就和鍾菱說過，她要回一趟江南。這個被盧家捧在手心裡的大小姐，如今也要從父兄的傘下走出來，開闢一片屬於自己的天地了。

鍾菱雖然心疼她酒後虛弱的模樣，但是卻也不好勸什麼。

每個人成長都有自己的必經之路，想要成為京城能夠獨當一面的女商，酒局飯桌之上的應酬，少不了。

鍾菱能做的，便是給盧玥做些養胃的菜。還有，她那些能長期儲存又方便攜帶的小食，還得再多做些。

兩人隨意聊了幾句，夜色漸深，盧玥便要起身回去。

就在鍾菱站起身來準備送盧玥的時候，一直在店裡安靜吃麵，並沒有什麼存在感的唐之玉，也站了起來。

目光猝不及防的相交，鍾菱頓住腳步。

和半年前的唐之玉相比，眼前的人，更像鍾菱印象裡的唐之玉。帶著濃重具有壓迫感的眼妝，眼中再沒了少女的天真和單純，而是築起了屏障，教人覺得難以捉摸。

唐之玉輕笑了一聲，殘存著豔紅色口脂的唇角微微勾起。

「妳的手藝，還真的不錯。」

她似笑非笑的目光朝著她們二人看了過來。

鍾菱微微蹙眉，不動聲色的往前挪動腳步，擋在盧玥身前。

鍾菱的小動作惹得唐之玉嘴角勾起了更大的弧度。她目光中晦暗不明，飽含深意，帶著一種極強的侵略性，帶著一種生生要將鍾菱看透的狠戾。

「味道很好，我很喜歡。」唐之玉放下一小塊碎銀，在轉身離開前，頗有深意的留下了一句。「我會常來的。」

唐家的馬車駛過青石板，消失在小食肆的門口。

鍾菱方才鬆了口氣，輕輕拍了拍胸脯。「真怕一言不合打起來啊，大過年的也太不吉利了，而且我店裡的東西可都是新換的。」

盧玥笑道：「不用擔心，我和她之前在酒宴上已經吵了個翻天覆地，今晚是不會再吵了。」

她頓了頓，似是想到了什麼，正色道：「不過京城裡這段時間魚龍混雜，妳要小心。我盧家在京城裡，還是有點人脈的，我不在京城的時候，若是妳真的碰到難以解決的事情，儘管來盧府找人手。」

有這樣的朋友，才教鍾菱格外珍視每一天。

鍾菱再三和盧玥道謝，又邀請她等韓師傅和周蕓回來後，好好吃上一頓，方才合上了小食肆大門，回到後廚去收拾。

唐之玉今晚的出現，讓鍾菱十分在意。

唐之玉給鍾菱下過兩次絆子。

一次是擺攤時候那對模仿她的金沙捲餅，還企圖敗壞她名聲的夫妻。

還有一次便是年前的八寶飯，非說是唐老爺子是吃了八寶飯壞了身子。

擺攤時唐之玉並未認真謀劃，而八寶飯的事情，若不是禁軍統領陸青剛好碰見，壓下來了，怕是沒那麼輕易過去。

這一次，唐之玉怕是想要在會試的時候，徹底攪黃她的生意。

鍾菱翻來覆去的想了一夜，做吃食生意的，最怕的就是食品安全出現問題。唐之玉估計會從這方面下手，而她定會趁著人最多的時候，儘可能讓更多人看見鍾菱出洋相。

那麼，唐之玉昨日突然造訪，可以視作提前踩點了。

因為今日一早，在清水街邊上，原先青月樓、現在陳王開的賭場的附近，有一場詩會。這詩會似乎規模不小，鍾菱昨天也聽見了不少食客在議論。

她本想帶著宋昭昭和阿旭去陶冶一下的，這下看來，是不行了。

於是第二天一早，鍾菱直奔京兆府。

提著筆的衙役詫異道：「妳說，昨夜有人偷偷潛入妳的食肆後廚？」

鍾菱鄭重的點了點頭。「確有此事！」

第四十五章

正所謂，知己知彼，百戰不殆。

鍾菱對唐之玉的手段非常瞭解，因為在前世唐老爺子病重時，鍾菱在唐府裡被唐之玉折磨了一段時間。

被迫嫁給陳王後，鍾菱更是對唐之玉恨得咬牙切齒，在夜裡睡不著的時候，總把和唐之玉打交道的那些事情，一一翻出來思索。

反覆斟酌，剖析了唐之玉的行事風格，並且得出一套應付的完整方案，最後在腦子裡演練一遍後，她才好像得到安慰一般，得以安然睡去。

誰能想到，這般可悲荒唐的行為，如今居然能派上用場。

她就在這裡賭一手，唐之玉會在今天中午對小食肆動手。

不僅僅因為詩會，以及昨日那個把盧玥和唐之玉都喝得臉色發青的酒宴，還有春闈所帶來的極大的商機。

這一切，都是唐之玉要對鍾菱下手的原因。

唐之玉初接手唐家的產業，從她妝容的變化就可以看出來，她肩上的壓力是很大的。

小食肆的存在，不僅會影響到唐之玉手下餐館的利益，同時也是鍾菱過得很好的一個證明。

唐之玉見不得鍾菱在離開唐家之後，還過得這麼安逸，儘早將鍾菱的小食肆生意搞垮，她就能早點鬆一口氣。

在去官府之前，鍾菱就已經和阿旭交代過了，他們兩人會輪流在店裡盯著，一旦有可疑的人，爭取儘早控制住局勢，防止他們失去理智，做出什麼出格的事情來。

至於為什麼不是讓宋昭昭守在店裡，她對鍾菱提前知道有人要鬧事的事情，感到非常震驚。因此在上菜的時候，不太能控制住自己的情緒，看誰都像是要找碴的人。

因為心理素質不夠強大，無奈鍾菱只得讓她去後廚幫忙。

阿旭雖然面上沈穩，但幫客人點完菜，在經過櫃檯時，還是忍不住在鍾菱身邊停頓了一下腳步。

「姊，他們真的會在今天動手嗎？」

鍾菱接過他手裡的單子，輕輕拍了拍他的肩膀。「會不會都不重要，我都安排好了，不用擔心。」

「不用和師父說一聲嗎？」

「不用不用，這點小事，哪裡需要我爹出手啊。」在阿旭擔憂的目光中，鍾菱腳步輕快的走進了後廚。

少年已經開始初學兵法，但他依舊看不懂鍾菱到底想做什麼，不過是憑著對鍾菱無條件的信任，做好要站出來保護鍾菱的準備。

就如鍾菱所預料的那樣，今天店裡有不少生面孔，大多是結伴來參加詩會的書生們。

鍾菱順勢推出了一道叫做「金榜題名」的創新菜。

乍一看是一碗平淡無奇的白米飯，上面綴著一小撮香油時蔬。實際上，那一層薄薄的白米飯下，暗藏玄機。

撥開白米，是一層晶瑩剔透的肉凍，在米飯的溫度下將化未化，湯汁往下頭一層金燦燦的炒雞蛋中滲去。雞蛋炒得很嫩，光是看著就能想像入口時的柔軟。

而肉凍化做一片晶瑩油亮，覆蓋在雞蛋上，使得原本就多加了個蛋黃所炒出來的雞蛋，變得更加金燦，那一瞬間，好像真的從碗裡迸發出了金光。

金光晃得人眼前一花，彷彿真的看見了自己的名字，浮現在其上。

來參加會試的舉人，很難拒絕這樣的一碗飯。

尤其是這碗飯的味道還相當不錯，肉凍濃縮了大骨湯的精華，鮮美甘醇。而且鍾菱炒雞蛋時又添加了一些牛乳，使得雞蛋柔軟細膩，帶著一股柔和的奶香。

第一個點這碗飯的人，在發現其中暗藏的玄機之後，驚呼了一聲，立刻端給一旁的同鄉看了，同鄉張望了兩眼，立刻召來阿旭，也點了一碗。

騷人墨客向來愛用文章抒發自己的情緒，當即便誇讚了起來，非說這小食肆的廚師，是個胸懷大志，心繫科舉大事之人。

聽得鍾菱在後廚都不好意思了起來，不敢出去露面。

恰好是中午人最多的時候，店裡坐得滿滿的，騰不出空位來。後廚裡的鍾菱一邊攪打著手裡的雞蛋，一邊暗自掐著時間。

在她將手中的雞蛋倒入油鍋時，伴隨著雞蛋觸碰到熱油發出的聲響，店裡傳來砰的一聲巨響。

鍾菱一驚，她立刻放下了手裡的鏟子，喊道：「昭昭！把雞蛋盛出來！」

她在圍裙上擦了把手，交代了一句宋昭昭後，大步從後廚走了出去。

店裡亂成一團，所有人的目光，都聚焦在躺在地上，捂著腹部的男人身上。

「好疼啊，我的肚子！好疼啊！」

那男子皺著一張臉，在地上來回翻滾著，他面色蒼白，冷汗匯聚在鬢角，不像是裝的，而他的身邊，是砸碎的碗和灑了一地柔嫩金黃的雞蛋和裹著湯汁的白米飯。

「怎麼回事，他是吃了那碗飯才這樣的嗎？」

「不會吧！」

不少人滿懷驚恐的相互張望，最後將目光投向了自己的桌前。店裡幾乎每個人，都點了這道「金榜題名」。

那躺在地上的男人哼哼了兩聲，極其費勁的開口道：「飯裡……飯裡有髒東西……」

此言一出，瞬間證實了眾人心中的懷疑，方才吃了這道菜的人，皆是臉色一變。

「掌櫃呢，這要給我們一個交代吧！」

「這不會吃死人吧！」

「完了，我現在也覺得有點不舒服了！」

剛剛還滿口誇讚的食客們，立刻就改了說法。他們心裡的驚恐和猜忌，在別人的猜測聲中，越發篤定了起來。

站在人群裡的阿旭，有些不知所措的握緊手裡的抹布。他雖然知道有人要找麻煩，但這樣來勢洶洶的場面，讓他有些措手不及。

氣氛僵持在那裡，有反應快的食客，看見了站在那裡的阿旭，就去拽他的衣袖，討要個說法的時候，鍾菱擦著手，大步從後廚裡走了出來。

「出什麼事情了！」

在場有幾個熟客，其中一個和鍾菱交好的，忙招呼鍾菱。「小鍾掌櫃，快來看看。」

站著的人自發的給鍾菱讓出了一條道來，他們的目光中帶著警惕和懷疑，盡數落在鍾菱身上。

「妳就是掌櫃？」

蹲在那躺在地上的男子身邊，有一個看起來頗為壯碩的男子，他惡狠狠的瞪著鍾菱。

「我是。」鍾菱神色如常，她掃了一眼這兩人的桌子。

「你們就一人點了一碗飯？」

「怎麼了，不可以嗎？」那壯漢倏地從地上站了起來，怒視著鍾菱。「妳少給我轉移話題，我弟弟要是出了什麼事情，妳今天必須給我一個交代。」

「當然可以，若是出事，自然會給出交代的；只是……」鍾菱頓了一下，嘴角微微勾起一絲弧度。她環顧了一圈，坦蕩接受所有人的注視。

「這飯，不可能有問題。」

這語氣實在是太過於篤定了，站在一旁的一位食客忍不住開口質問。「妳怎麼這麼篤定？」

這話問得，簡直順了鍾菱的心，她略帶感激的對那提問的食客笑了笑。

見鍾菱一點也沒有慌亂緊張的樣子，那壯漢指著鍾菱罵道：「妳這小丫頭片子別在這裡胡言亂語，我弟弟還躺在這裡呢！」

鍾菱還沒來得及開口說話，阿旭一把將她往後拽了幾步，擋在鍾菱面前。

「你這小兔崽子是要幹什麼，瞪誰呢，信不信老子把你眼珠子挖下來！」

那壯漢咄咄逼人的質問道：「妳這個掌櫃怎麼回事，店裡的人都是這個態度的嗎？」

眼瞅著火藥味瞬間就濃郁起來，鍾菱安撫的拍了拍阿旭的脊背。「阿旭。」

他這一句話，像是火星子一般四處飛濺，點燃了圍觀群眾心中的「正義感」。

「就是啊，這態度實在是太差了一點。」

「人家可是還躺在地上呢，這小掌櫃怎麼一點也不擔心啊。」

聽著周圍這一聲蓋過一聲的質問，阿旭低著頭，緊緊攥著拳頭。

鍾菱長舒了一口氣，她抬起頭，看向那個壯漢。「你以為我真的什麼都不知道嗎？」

壯漢的額間暴起青筋，他揮舞著拳頭怒罵道：「他娘的，妳這死娘兒們在胡說什麼東西，我知道什麼，我知道我弟弟現在躺在地上！」

鍾菱輕笑了一聲，頂著所有人指責的目光，她朗聲道：「因為小食肆昨夜有人潛入，因此今日一早，我便報了官，在官差大人在場監督下，後廚的鍋碗全都進行了清潔和置換。」

在聽見「報官」二字後，躺在地上打滾的男人的動作有些不自然的頓了頓。

鍾菱沒有理會他，而是朝著後廚喊了一聲。「陸大人！」

陸大人？

食客中有人瞬間反應過來了，鍾菱請來的官差到底是誰。

在眾人的注視下，一身官袍的陸青板著一張臉，從後廚走了出來，他的身後跟著一個抱著書冊的衙役。

「陸青大人？」

食客中有人認出了陸青。

陸青微抬眼眸，頗具威壓的掃視了一圈，他沈聲道：「鍾掌櫃所言屬實。」

此言一出，一片譁然。

陸青向來是以剛正不阿，手段嚴明在京中出名的。他這樣開口，就不會有問題。

但是……但是……

雖然陸青這樣說了，卻並沒有打消在場人心中全部的懷疑。

有個食客大膽的站了出來，他指了指躺在地上的男人，滿臉疑惑道：「可這人難受的模樣，不像是裝的啊。」

鍾菱走到那個躺在地上的男人面前，緩緩蹲下身。

那男人額間布滿了汗水，臉色鐵青，他死死咬著牙，臉頰的肌肉弧度猙獰可怖。他的脊背不自覺的蜷縮著，像隻躺在蒸鍋上的蝦，腳尖用力抵著地面，企圖抵抗難以承受的痛苦。

鍾菱輕聲問道：「為了演得更像一點，你是真的吃藥了吧？」

那男人的瞳孔猛地一縮，從牙縫裡擠出幾個顫抖的字。「妳……妳胡說八道……」

「我沒有亂說。」

鍾菱神色如常，甚至稱得上是平靜，墨色的眼眸像是一汪不見底的池水，生生吞噬了所有的情緒，讓那男人不敢與她對視。

她俯下身，伸手去撿地上的碎瓷片。在低下頭的時候，用只有他們兩個人能聽見的聲音道：「你以為唐之玉那樣的大小姐，會在事情結束後，留你一條命嗎？」

在旁人眼裡，鍾菱只是撿起了碎掉的白瓷碗，但是躺在地上的男人卻是瞳孔一縮，臉上的驚恐越發明顯。

他掙扎著起身，卻因為疼痛的緣故，一下子失了力氣，本能的想要伸手向鍾菱求助。

伸出的手，終究還是抓了個空。

阿旭冷著一張臉，將鍾菱拉遠了幾步，又不由分說的從她手裡拿走瓷片。

鍾菱沒有管阿旭的情緒，她挺直脊背，環顧了一遍四周，在眾人好奇疑惑的目光中，朗聲開口道：「今早我發現後廚有人潛入之後，便第一時間報了官，官差大人進行了搜查。」

食客們的胃口一時間被吊了起來，而鍾菱則低斂著眼眸，似笑非笑的看著躺在地上的男人。

「你真的不說嗎？」

男人捂著肚子，死死咬著牙，他似是掙扎了許久，才紅著眼眶，喘著粗氣道：「我不知道妳……妳在說什麼。」

既然他堅持不願意開口，鍾菱微微一笑，從袖口掏出了一小包油紙。

「從昨夜到今天早晨，後廚裡多了一包……」她頓了頓，而後一字一字的道：「耗子藥。」

在一片譁然聲中，那高壯男子難以置信的蹲下身去，握住了那止不住開始抽搐的男人的肩膀。

「你到底吃了什麼！你吃了什麼啊！」

地上那男人驚慌失措的想要開口說話，卻張著嘴，怎麼也發不出聲音。

已經沒有人管他們了，食客們慌亂的回憶起吃過的東西，疑神疑鬼自己是不是也吃到耗子藥了。

關鍵時刻，還是陸青站出來維持了局面。「後廚所有餐廚具都進行過檢查，並沒有任何耗子藥。」

到底是禁軍統領，這話鍾菱分明已經說過了，但就是沒有陸青說出口的效果好。

陸青一開口，像是定海神針般，頓時安了眾人的心，周圍的質疑聲一下子銷聲匿跡了。

鍾菱將手裡的油紙放到桌上，她抱著手，看向還躺在地上的人。

那個壯漢紅著眼眶，拚命的扳著臉色蒼白的男人的下巴，摳著他的嗓子，企圖讓他吐出來。

而那個被他抱在懷裡的男人，因為疼痛已經透支體力，此時有些受不了吃了耗子藥的痛苦，甚至開始翻白眼了。

鍾菱的聲音冷冷的，一點也沒有沾染上現場的慌亂。「所以……是誰讓你們來店裡找碴的？」

她的冷靜，讓陸青忍不住皺起了眉。

鍾菱太冷靜了，冷靜到，好像現場所有的情況都在她的意料之中一般；甚至，陸青有一瞬間，懷疑起這件事情是不是鍾菱在自導自演。

要不然她為何不見一點慌亂？

那個壯漢被鍾菱的聲音驚醒，他驚慌失措的抬頭，在和鍾菱對視一瞬後，忙朝著她跪了下去。「求求您救救我弟弟！」

他俯下身，聲音顫抖道：「有個人來找我弟弟，要他吃下瀉藥，來這小食肆裡說飯菜有問題。進後廚和耗子藥的事情，我們真的不知道啊！」

他哽咽道：「我弟弟被騙著吃了耗子藥，還請陸大人為我們作主啊！」

事情至此，很明顯就是一起惡意陷害的案件。如此曲折反轉的事件，惹得書生們唏噓不已。

見他們禁不住嚇，全都交代了，鍾菱也是鬆了一口氣。

她轉身，朝著陸青一拱手。「接下來就交給陸統領了。」

陸青面色複雜，他抬手示意了一下手下，將那對兄弟先帶去醫館，而他則站在原地，盯著鍾菱那雙依舊平靜的眼眸，久久未動。

一直到他的手下安排好所有事情，前來匯報時，陸青才邁出腳步，在經過鍾菱身邊時，他忍不住輕聲問道：「這真的不是妳安排的嗎？」

鍾菱聞言笑了笑，坦然道：「陸統領說什麼呢，我可是安分守己的良民。」

陸青帶著深意的看了她一眼，邁步走出小食肆的大門。

他今日得了空，恰好聽聞手下來匯報，說是小食肆的鍾姑娘來報官，生怕她遭了欺負，特地過來看一眼。

畢竟小食肆出手幫助過禁軍，加上眼下正是重建赤北軍的節骨眼，小食肆若是出事，還真有些不好辦。

來之前，陸青還有點擔心，這小食肆的鍾姑娘看起來柔和隨意，教人欺負了不會哭吧？

沒承想，分明是她三兩句話就把人給整得什麼都交代了。

從前是被她純良無害的外表給欺騙了，她的行為舉止，讓陸青越想越不對勁。他覺得被全盤蒙在鼓裡不說，又被這小丫頭當作震懾現場的工具，給利用了一番。

陸青輕嘖了一聲，有些懊惱之前對鍾菱的輕視。果然，能被祁珩這個狐狸看上的，也不是什麼天真純良的人。

鍾菱一點也不知道陸青對她的評價有了翻天覆地的變化。

店裡的食客還有些沈浸在剛剛那一場鬧劇中，抨擊著來鬧事的人，也擔心後怕著秏子藥。不出意料的話，等到下午詩會開始的時候，這件事情應該就會傳開了。

鍾菱給店裡的食客都免了單，安撫了他們的情緒後，才回到後廚。

不一會兒，就有陸青的手下來告知鍾菱，那個倒地不起的男子並沒有服用秏子藥，應該是吃了普通的瀉藥，因為驚嚇過度，才昏厥過去的。至於他交代出來的事情，後續會繼續審問調查。

鍾菱道謝後，將人送了出去。

她一轉頭，阿旭若有所思的站在那裡，似是在等她。

「妳……昨天真的有人進過後廚嗎？」

鍾菱一愣，隨後輕笑了一聲。

不愧是被一眾赤北軍將士稱讚的孩子，阿旭實在是太敏銳了，他在這麼短的時間裡，就抓到了整件事情中不對勁的地方。

「有沒有人進來，重要嗎？」

鍾菱無法和阿旭解釋，這是她順著唐之玉陷害她的思路，反推出來的一個局。

如今的唐之玉，還鬥不過曾經的那個忍辱負重的陳王妃。

對鍾菱來說，這件事情，就好像是一場提前被她知道答案的考試，她要做的，不過是讓整件事情的發展，看起來自然一些。

阿旭似懂非懂的點了點頭，他又問道：「為什麼一定要有耗子藥呢？不是一早就把官差們請過來檢查一通了嗎？」

「因為要讓他們親口說出真相。」鍾菱點了點太陽穴，笑道：「人們往往只相信自己看到的。」

阿旭接道：「所以……原本那兩個人，是和幕後的那個黑手站在一起，對付小食肆的。但是一旦告訴他們，吃下的可能是耗子藥，會威脅生命之後，他們就會反過來咬出那個幕後黑手。」

鍾菱打了個響指，讚嘆道：「完全正確！」

誰知道小食肆後廚到底有沒有進過人呢，只要鍾菱一口咬定了有人來過，又確確實實搜出一包耗子藥，這件事情就是真的了。

而且，她作為食肆掌櫃和主廚，不可能會在自家店裡放耗子藥的。光憑這一點，鍾菱就是無懈可擊的。

而這件事情能不能追查到唐之玉那裡，就得看她找來的那兩個人嘴夠不夠硬了。

唐之玉幹這種事情的時候，一般都會去京城花柳巷旁的酒肆裡，找些遊手好閒的人。這些人沒權沒勢，人際關係又複雜，給點錢就能打發，真查起來還有些麻煩。

他們可以為了錢，去做一些偷雞摸狗、不光彩的事情，但是他們往往是非常惜命的。所以鍾菱才連夜翻箱倒櫃，把耗子藥找了出來。

「我還有一點不懂。」阿旭皺著眉，繼續提問。「妳是怎麼知道，他們一定會在今天動手的，如果他們今天沒來呢？」

「就算他們今天不來，我已經告知過官府，等到今天這樣的情況出現的時候，他們就會先入為主的覺得，是那個潛入後廚的人要動手了，而不是我們的菜有問題。雖然可能沒有今天這樣順利，但也不會有什麼大問題。」

鍾菱揉了揉脖子，思索了一會兒，才接著道：「如果非說為什麼我這麼篤定是今天，可能就是一起生活了十多年的默契吧。而且……我覺得這件事情沒那麼簡單。」

雖然這件事情很順利的就解決了，但鍾菱一直覺得有什麼地方不對勁。

唐之玉難道只想攪黃她的生意嗎？

她在企圖打垮鍾菱的事業之後，又想要做什麼？

唐之玉很擅長先打壓一個人，在對方絕望狼狽的時候，再遞出一根紅蘿蔔，以求徹底籠絡住人心。

那麼，她給鍾菱準備的胡蘿蔔，是什麼？

——未完，待續，請看文創風1254《炊出好運道》3（完）

2024年4月出版

吃貨動口不動手

文創風 1250~1251

她還小，只能靠賣萌嘴甜來攬客，
不過……開始賣自家月餅前，
她能不能先來一碗隔壁攤的豆腐腦？

背有家人靠，躺好是王道／覓棠

投胎前說好是千金小姐，投胎後卻成了清貧戶的小閨女，
姜娉娉深感被騙了，幸好仍擁有在現代的記憶，便決定藉此改善家計。
不過一切還輪不到她這個只會吃奶的小娃娃，爹娘已考慮好一切，
親爹的木匠手藝了得，不用將收入全數上繳後，生活自然好了起來。
等到二哥能聽懂並翻譯她的呀呀之語，她又獲得了狗頭軍師的助力，
在大人們做事時撒嬌指揮，為家中的事業發展，指出更多可能性。
而多虧家人對她的突發奇想能包容且肯嘗試，因此家裡的經濟越來越好，
她也樂得當一條鹹魚被寵愛，發揮小孩子想一齣是一齣、賣萌的天性。
然而太過安逸，災難就會悄悄來臨，誰想到她會傻得被拐子帶走呢？
想到爹娘她開始害怕，沒哭出來全因為旁邊的孩子們哭得更大聲，
唯獨一個叫做顧月初的男孩異常冷靜，讓她也平靜下來思索現況。
若是就這樣乖乖被帶出城，恐怕她爹和官差是追不上他們的，
但他們這群小不點，該怎麼樣才能從惡徒手中逃脫呢？

2024年3月出版

醫路福星

文創風 1244～1245

林菀沒想到剛穿越過來，就要為自己的人生大事做決定，
秀才李硯好心救了落水的她，卻被逼著要為她負責，
唉，這不是為難人家嗎？而且就算不結婚，她也有信心能在這裡站穩腳跟，
因為她發現，這裡有許多名貴中藥野長在山上，乏人問津，
這裡的村民太不識貨了，這些可都是《本草綱目》裡的神藥啊！

君心如我心，莫負相思意／夏雨梧桐

林菀覺得一頭霧水，她明明在醫院值完夜班累得半死，回家倒頭就睡，
怎麼一睜開眼，就到了這奇怪的地方？難道自己也趕時髦穿越了？
可她無法從原身的身上，搜尋到和這個世界有關的任何訊息，
不行，她得先搞清楚這是哪裡、她是誰，才能應付接下來的難關。
透過原身的幼弟，她得知這是大周，他們住的地方叫林家村，
父親被徵召戰死，母親不久也死了，姊弟三人由懂醫術的祖父撫養長大，
祖父死前安排好了大姊的婚事，如今家中僅剩十六歲的她和幼弟，
而原身採藥時意外跌入河中死了，然後她穿來，被路過的同村秀才所救，
恩人李硯將她一路抱回家，還好心地花錢從鎮上找了大夫來醫治她，
可問題來了，男女授受不親，這一抱瞬間流言四起，難道她要以身相許嗎？

風 文創
1253

炊出好運道 2

國家圖書館出版品預行編目資料

炊出好運道 / 商季之著. --
初版. -- 臺北市 : 狗屋出版社有限公司, 2024.04
冊 ; 公分. --（文創風 ; 1252-1254）
ISBN 978-986-509-516-1（第2冊 : 平裝）. --

857.7　　113002394

著作者	商季之
編輯	黃暄尹
校對	沈毓萍
發行所	狗屋出版社有限公司
地址	台北市104中山區龍江路71巷15號1樓
電話	02-2776-5889～0
發行字號	局版台業字845號
法律顧問	蕭雄淋律師
總經銷	知遠文化事業有限公司
電話	02-2664-8800
初版	2024年4月
國際書碼	ISBN-13　978-986-509-516-1

本著作物由北京晉江原創網絡科技有限公司授權出版

定價290元

狗屋劃撥帳號：19001626

網址：love.doghouse.com.tw　E-mail：love@doghouse.com.tw